一笑

古龍[illegible]著

國際學術研討會

古龍武俠小說 領先時代半世紀

【記者賴素鈴／報導】江湖代有才人出，這廂古龍凋零二十載，那廂今朝懸賞百萬獎新秀，浪淘不盡，唯有武俠熱愛，不隨時間變易，在學術研討會上更見分明。以「一代鬼才：古龍與武俠小說」為主題，淡江大學第九屆文學與美學國際學術研討會昨起在國家圖書館，展開為期兩天的議程，紀念武俠小說家古龍逝世二十周年，新生代學者與古龍故舊齊聚一堂，以文論劍話武俠。

日前與淡大中文系教授林保淳共同發表《台灣武俠小說發展史》，武俠小說評論家葉洪生昨天在專題演講中，直批胡適1959年底發表「武俠小說下流論」是「胡說」，學界泰斗的不當發言以及隨即展開的「暴雨專案」，反而促成1960年起台灣武俠新秀的繁興，「武俠小說迷人的地方，恰恰在門道之上。」，葉洪生認定，武俠小說審美四原則在文筆、意構、雜學、原創性，他強調：「武俠小說，是一種『上流美』。」

集多年心血完成《台灣武俠小說發展史》，葉洪生認為他已為從十歲起迷上武俠小說的半世紀畫上完美句點，並且宣布他「以後決心退出武俠論壇，封劍退隱江湖」。

雖然葉洪生回顧武俠小說名家此起彼落，套太史公名言「固一世之雄也，而今安在哉？」，認為這是值得深思的嚴肅課題，昨天意外現身研討會而備受矚目的溫世禮，則為了紀念同是武俠迷的哥哥溫世仁，推出第一屆「溫世仁武俠小說百萬大賞」，即日起至今年10月3日截止收件，經兩階段評選後於明年12月7日公布首獎得主，預料將會是一場武林新秀的龍虎爭霸戰。

看明日誰領風騷？風雲時代出版社發行人陳曉林眼中的古龍，其實領先他的時代半世紀，以致如今雖然古龍逝世20年，陳曉林認為大家對古龍的了解仍然有限，預言未來世代更能和古龍的後設風格共鳴。

昨天這場研討會，也凸顯武俠小說作為一項文學研究門類，仍有待開發學習空間。多位與會者都指出，武俠小說的發表、出版方式和管道具考證難度，學術理論與論文格式的建立待加強。而武俠名家的版權之爭、市場競爭力，也增加出版推廣困難，古龍武俠小說的版權糾紛、司馬翎作品的版權官司也成為研討會的場外話題。

與

武俠小說

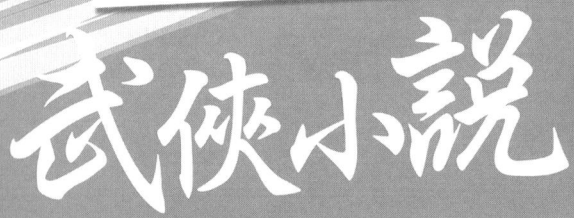

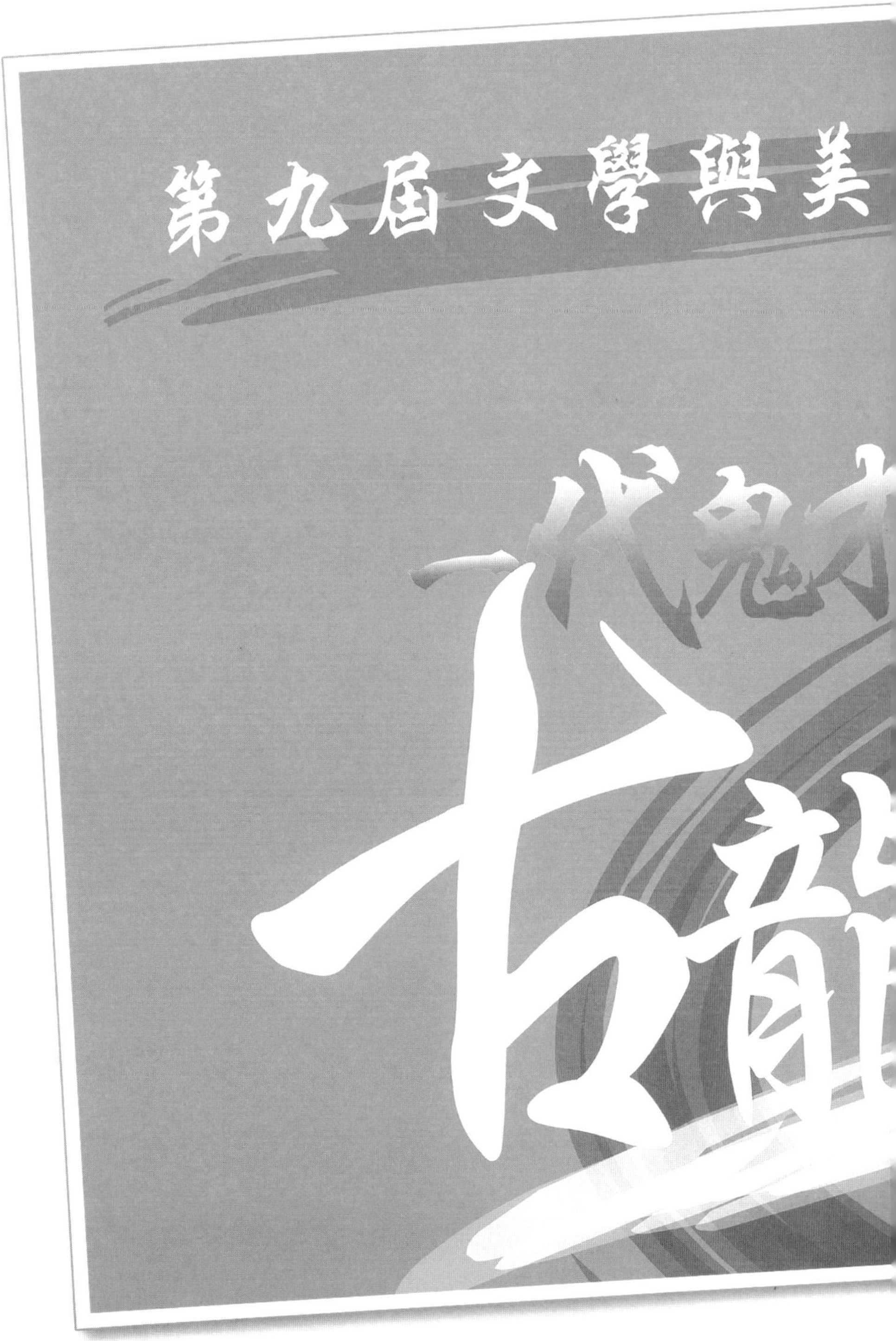
第九屆文學與美

古龍兄為人慷慨豪邁，跌蕩自如，變化多端，文如其人，且復多奇氣。惜英年早逝。余與古兄當年交好，且喜讀其書，今既不見其人，又無新作可讀，深自嘆惜。

金庸

一九九六、十、十一、香港

七星龍王

（叁）

古龍精品集76

七星龍王（全）

目錄

【導讀推薦】

《七星龍王》：江湖世界的表象與眞相

著名文化評論家 陳曉林

《七星龍王》是古龍創作晚期頗爲費心經營的一部作品，與同一時期的力著《英雄無淚》一樣，也是古龍試圖突破既往的寫作成就，朝向全新境域或另類風格進行試探的代表作。衆所周知，古龍是一位永不以既有成果爲滿足的作家，在已寫出了衆多膾炙人口的武俠名篇，塑造了無數躍然紙上的俠義典範之後，他仍不斷嘗試新的題材、新的技法，經常懷著新的憧憬，攀向新的高峰。《七星龍王》即是例證之一。

古龍生前與筆者頗爲投緣，燈前酒後，偶而心血來潮談及寫作心得和近況時，曾慨然表示，在寫過了像楚留香、陸小鳳、小李飛刀、傅紅雪等諸多武俠傳奇人物之後，他想要再一次大幅度地求新求變，計畫中的方向有二：一是準備開始淡化武俠故事的傳奇色彩，而強化紅塵人世的生活情致，且看是否能爲武俠寫作再闢一新徑；二是從傳奇或詭異的情節出發，進一步導向於玄虛境界，即是賦予武俠創作以「神秘」這個新向度，以豐富武俠的內涵。

顯然，古龍晚期的兩部風格迥異於全盛時期諸名篇、但同樣值得探索與玩味的作品，說明了他當時所設想的兩個新創作方向，均已落實爲情節緊湊、文字優美的武俠作品。從傳奇導向神秘、而神秘中隱含俠氣的新書，便是《英雄無淚》；而從詭異回到平淡、但平淡中寓有真趣的新書，即是《七星龍王》。正因如此，《七星龍王》雖然篇幅不大，卻是古龍晚期的特殊成品，它承載了古龍爲武俠創作探索新路徑的重要思維，當然，純就小說寫作的技法而言，它也自有獨樹一幟的藝術魅力。

首先，《七星龍王》敘述的是一個情節繁複、人物紛雜的故事，反映的是江湖世界機謀百出、變化無窮的情狀；然而，古龍在敘事上擱置了傳統武俠小說娓娓道來的模式，將整個故事壓縮在短短五天的時程內，從而使敘事節奏顯得相當緊湊，但緊湊中卻能繁而不亂，一氣呵成。這樣的敘事技法，在晚近較受推重的西方驚悚小說，如丹布朗的《達文西密碼》等，已是屢見不鮮；但在當年的中文寫作界實屬聞所未聞，更遑論有意識地引進到武俠小說的創作技法中。

其次，《七星龍王》的故事情節雖然複雜紛紜，但在古龍導傳奇入平淡的創作意向驅使下，巧妙地區分爲兩個「雙層結構」：一個是「表象與真相」的雙層結構，另一則正是「傳奇與平淡」的雙層結構。結構如此繁複，而節奏卻仍起落自如，猶如行雲流水，這正是古龍作品之所以能夠沁人心脾、豁人眼目的魅力所在。

此處所謂「表象與真相」，一方面指的是故事的外緣與內核背離。江湖大豪孫濟城爲了避仇，自布遭到情殺的僞局，然後化裝爲委瑣的小商人「吳濤」重入濟南城，觀望風向。從表象看，濟南各大江湖勢力如花旗門、鷹爪門、丐幫等窺破這個僞局，故而要查明案由，追緝「吳濤」，自亦各有各的理由；但其實他們所謂主持江湖公道只是藉口，真相是有人為了攫取孫濟城的巨額財富，有人收受酬金甘為格殺「吳濤」的刺客，還有人心懷禍胎意欲尋仇雪恨。

進而言之，如只看表象，則「吳濤」隱諱自己身世，出手狠辣無情，自是生怕身分一旦暴露將會成為眾矢之的；但真相卻是，他挾巨資隱身通都大邑經商牟利，卻是為了賑濟貧苦無告的孤兒寡婦，他躲避仇家追殺，躲的其實只是自己的妻子。他的真正身分也不是孫濟城，而是當年威懾江湖的兩大高手「天絕地滅」中的郭滅，他的妻子正是與他齊名的高天絕。又如只看表象，則高天絕理直氣壯不擇手段地追殺郭滅，而郭滅不惜偽裝已死來逃避，應是其咎在郭；然而，真相卻是另一回事，其中大有冤情孽債，高天絕未必有理，郭滅則是有口難言。

本書的另一個雙層結構，當然是由主角「元寶」的行徑來揭示與彰顯的江湖世界。「天生福星，點鐵成金」，手裡持有一顆不起眼的小星星，元寶突兀地進入波譎雲詭的濟南城，以狀似莽撞的偷兒手法掏走「吳濤」的腰包，得以與後者結識，進而共處患難，顯然是為了暗中考察「吳濤」的為人。正因元寶是懷著赤子之心的大孩子，初次踏入花花世界，觸目所見，處處驚奇，從而古龍便透過他的眼睛來描摹紅塵情事、人間煙火；對比於「吳濤」背後的滔天巨案與武林傳奇，元寶則像一位心存善念的導遊，讓人得以體會到平凡人世的市井百態與生活情調。

表象與真相之間的對比與糾葛，當然以「李將軍」與「天絕地滅」之間的恩怨情仇，最為扣人心弦；然而，藉由元寶的抽絲剝繭，故事還呈現了另一樣態的表象與真相：高天絕追殺郭滅，猶如螳螂捕蟬；花旗門算準高、郭必然兩敗俱傷，故布局要坐收漁利，一舉攫取龐大財富，儼然黃雀在後；殊不知，元寶所代表的龍氏家族早已洞燭其間奧妙，三言兩語便逼得花旗田家知難而退。然則，「七星龍王」家族究竟有多麼厲害、多麼精采，已盡在不言中！

這個龍氏家族的故事，應是古龍構想中一個系列長篇的題材，《七星龍王》則是長篇的起手式。可惜天不假年，古龍未有機會再著墨這個導傳奇入平淡的新試驗。

一 億萬富豪之死

一

四月十五日。晴。

這一天開始的時候也和平常一樣，孫濟城起床時，由昔年在大內負責皇上衣履袍帶的宮娥柳金娘統領的一組十六個丫鬟，已經爲他準備好他當天要穿的衣裳。在他臥房外那間精雅華美的廳房裏，喝過一碗來自福建武夷的烏龍茶之後，孫濟城就坐上他的專用馬車，開始巡視他在濟南城裏的七十九家商號。

他並不見得是生活有規律的人，經常和他的清客作長夜之飲，但卻從未耽誤過這每天一次的例行巡查，甚至連進行的路線都從未改變過。

創業不易，守成更難，無論誰要做到這一點，都必須付出相當代價。

孫濟城明白這一點。

他愛惜自己的事業和財富就好像一個絕色美人愛惜自己的容貌一樣。

他常常告訴他的朋友：「財富雖然並不一定能使人快樂，但至少總比貧窮好得多。」

孫濟城身長六尺有奇，魁偉英挺，遠比那些和他有同樣身價的豪商鉅富更懂得享受。

多年來優裕的生活和精美的飲食，雖然已使他的腹部逐漸凸起，但是在精心剪裁的衣著掩飾下使他看起來還是要比他的實際歲數年輕得多，還是可以騎快馬、喝烈酒、滿足最難滿足的女人。

他從來不會忘記提醒別人讚美他這一點，別人也不敢忘記。

像這麼樣一個人，當然不想死。

所以他每天出門時的扈從，都是從各大鏢局挑選來的高手，其中甚至包括昔年威震河朔，護鏢九十一次從未失手過的「穩如泰山」邱不倒。

他座車的車廂，也是特別製造的，刀砍不裂，箭射不穿，爲他訓練馬匹的是昔年征西將軍的馬房總管，拉車的每匹馬都是名種良駒，體能和速度都經常保持在巔峰，必要時一日一夜間就可以奔馳一千三百里。

他的巨宅裏戒備也同樣嚴密，日夜都有人輪流值班守衛，每個人都可算是一流高手。

要想將這麼樣一個人置之於死地，簡直可以說是件絕不可能的事。

誰都不會來做這種事，誰都不敢來冒這種險。

誰也想不到他會死！

二

如果沒有特別的事故，孫濟城通常都會在城內的大三元酒樓吃午飯。

也不知道是因爲他在顧慮他日漸凸起的肚子，還是因爲他頭一天晚上酒喝得太多，他起床出門前，除了一盞烏龍茶外，從來不吃別的，所以這一頓午飯他通常都很講究。

他選擇大三元這個地方有很多種理由——

大三元也是屬於他的七十九家商號之一。

大三元的廚子是他特地從嶺南物色來的名廚。「發翅」和「燒翅」都有一手祖傳的秘法，而魚翅正是孫濟城的偏好。

大三元的總管鄭南園，不但也是個講究飲食的人，而且談吐風趣，說的又都是他最喜歡聽的話。

還有最主要的一點是，大三元的生意好，客人多。孫濟城喜歡看人，也喜歡別人看他。

今天也和平常一樣，孫大老闆也是在大三元吃午飯的，也喝了一點酒。

平常他喝的有時是竹葉青，有時是茅台，有時是大麴，有時是女兒紅，有時是玫瑰露，有時候甚至會喝一點從關外送來的青稞酒和古城燒。

今天他喝的是更難得的波斯葡萄酒。

孫濟城喝得不多，天沒有黑的時候，他從來不會喝得太多。

大三元是他巡行的最後一站，吃過這頓飯之後，他就要打道回府，回到他那間很少有別人進去過的臥房去小睡片刻，養足精神，再開始他多姿多采的另一種生活。

——富有確實是要比貧窮愉快得多。

孫濟城比這世界上大多數人都富有，也比這世界上大多數人都愉快。

別人既然殺不死他，他自己也沒有任何一點要死的理由。

他怎麼會死？

三

孫濟城是個很懂得享受，對每件事都很考究的人，包括衣食住行在內。

他住的臥房當然既舒服又華美。

這是每一個只要有一點頭腦的人都能夠想像得到的，但卻很少有人能想像到那裏究竟是個什麼樣的地方，因爲他的臥房確實很少有人進去過。

他的臥房是他休息睡眠的地方。

他要休息睡眠時，從不找女人，他要找女人的時候，從來不休息睡覺。

——「妻子」和「女人」是不同的。

「妻子」不僅是一個「女人」，也是一個患難相共、甘苦共嚐，在寂寞病痛衰老失意時也可以互相依靠安慰的伙伴和朋友。

孫濟城沒有妻子，也沒有朋友。

他的朋友嚴格算來都不能算是他的朋友。

——高處不勝寒，一個人如果到達了某種巔峰，通常都比較寂寞。

和平常一樣，孫濟城回到他那間雖然很少有人進去過，但是無論任何人進去後，都會驚奇讚美羨慕的臥房時，已經接近黃昏時分。

平常他回來後，總是會小睡片刻，今天卻破了例，只從床頭的秘櫃中拿出了一條用波斯白金製成，還帶著翡翠墜子的項鍊就出去了。

臥房外是一間精雅華美的廳堂，壁上懸掛著吳道子的畫和王羲之的字，架上擺著純白無瑕的玉鼎，迎門的一張交椅，據說是皇宮裏流出來的御用之物。

孫濟城剛坐下，門外就響起了一陣音樂般的環珮聲，他在等的人已經來了。

來的是柳金娘。

這個美麗溫柔成熟細心而且極精於剪裁的女人，十一歲入宮，二十一歲被遣回時就已被孫濟城聘來負責掌管他的衣著鞋帽，對這個男人的身體四肢骨骼結構，世上只怕沒有人能比她瞭解得更多。

要替一個人縫製一件舒服貼身的衣服，這是必要的條件之一。要真正完全瞭解一個男人的身體並不容易，她用的方法是最直接有效的一種。

她是個美麗的女人，他健康強壯，那天晚上春風吹得又那麼溫柔。

可是從那天晚上之後，她就從未再提起過那件事，他也似乎完全忘記，兩個人仍然保持著一種良好的賓主關係。

她在深宮內早已學會忍受寂寞。

斜陽從窗外照進來，孫濟城看著她美麗而冷淡的臉，忽然輕輕的嘆了口氣。

「十年了。」他嘆息著問她：「是不是已經快有十年了？」

「大概是的。」

柳金娘臉上還是冷冷淡淡的全無表情，一個像她這麼有教養的女人，是絕不會把情感表露在臉上的。

但是她的心卻在刺痛，她知道他說的日子是從那個春夜後開始算的，她遠比他記得更清楚，不是十年，是十年一個月零三天。

「這些年來，你過得快不快樂？」

「也沒有覺得很快樂，也沒有什麼不快樂。」柳金娘淡淡的說：「現在想起來，十年好像一眨眼就過去了。」

多少個孤獨寒冷的冬日，多少個寂寞難捱的春夜，真的是一眨眼就過去了麼？

孫濟城又嘆了口氣，忽然站起來，走過去。

「我知道我負了你。」他揚起手裏的項鍊：「這是我對你的一點心意，你肯讓我爲你戴上？」

柳金娘默默的點了點頭，可是等到孫濟城走到她身後，將那條珍貴美麗的項鍊掛到她頸上時，她忽然覺得想哭。

難道經過那漠不關心的十年後，他忽然又想起了那天晚上的激情和柔情？

就在她眼淚將要流下時，他的手忽然抽緊，就用手裏這條美麗的項鍊殺了她。

她死得並不痛苦，因爲她死也不信他會對她下這種毒手。

誰也想不出他爲什麼要殺她，因爲他根本完全沒有要殺她的理由。

美麗的項鍊仍然掛在美麗的脖子上，美麗的人已倒下。

窗外夕陽漸淡，暮色漸深。平時神態行動都極沉著穩重的孫濟城，慢慢的推開後面一扇窗戶，忽然像一縷輕煙般飄出窗戶，轉瞬間就消失在暮色中。

四

夜色將臨，邱不倒還躺在床上，昨晚他當値大夜班，上午才睡下，他當値時就和他護鏢時一樣總是全力以赴，就算知道沒有事會發生，也不敢有片刻疏忽鬆懈。

「穩如泰山」這四個字是他以性命血汗換來的，但是只要有一次疏忽，就可能被毀於一剎那間。

經過無數次出生入死的經驗後，他的確已能做到這個「穩」字，就算有急箭利刃迎面擊來，也不會驚慌失措，就算已將全部身家押在一把骰子上，看到骰子擲出來的是么點，他的眼睛也不會眨。

可是近年來他經常會覺得很疲倦，一個五十五歲的人本來已經不該做這種勞苦的事了，只可惜他的背後總是有條鞭子在抽著他，使他不能不像一匹推磨的驢子般繼續推下去。

生命的輾輪，已經漸漸快把他一身銅筋鐵骨輾成一堆血肉。

他在心裏嘆了口氣，正準備起床去點燃桌上的燈，想不到他剛走過去，忽然有一隻手自背後伸過來，按住了他的肩，邱不倒立刻全身冰冷。

居然有人能在他不知不覺中潛入這屋子，來到他身後，這本來是絕不可能發生的事。

就在這一剎那間，他全身都已被冷汗濕透。

按在他肩上的這隻手並沒有乘勢去切他頸上的血管，也沒有進一步動作，只聽見一個人用很和緩的聲音說：「用不著點燈，我也能看得見你，你也能看得到我。」

邱不倒聽得出這個人的聲音。

這個鬼魅般忽然出現在他身後的人，赫然竟是他們的大老闆孫濟城。

孫濟城放開手，讓邱不倒轉過身來面對著他。

在暮色中看來，邱不倒的臉色雖然蒼白如紙，神情卻已鎮定下來。他身經百戰，每次都在劣勢中扭轉危機，就憑這一個「穩」字。

孫濟城眼裏也不禁露出讚賞之意，但是這一點暖意轉瞬間就結成了冰。

他不讓邱不倒開口，忽然問出句很奇怪的話，他一個字一個字的問：「你是幾時知道的？」

「知道什麼？」邱不倒不懂，這句話本來就問得很突然，讓人很難答覆。

孫濟城笑了笑，眼睛裏全無笑意，又看著邱不倒看了很久，才一個字一個字的說：「我的秘密！」

「你的秘密？什麼秘密？」

孫濟城嘆了口氣：「你既然已經知道，又何必還要我說？」

邱不倒閉上了嘴。

他已看出此刻站在他面前的，是個絕不容任何人瞞哄欺騙的人，再狡辯裝佯都已無用。

「你是幾時知道的？」邱不倒忽然反問：「你幾時才知道我已發現了你的秘密？」

這是問話，也是答覆。

孫濟城又笑了笑！

「你一直賭得很兇，也輸得很兇，可是這兩個月來你卻已經將賭債漸漸還清了。」他又問：「是什麼人替你還清的？」

邱不倒拒絕回答，孫濟城也不逼他立刻回答，又接著說：「由你統領的那三班七十二名衛士，在這兩個月裏已經換了十三個人，每隔三五天就會換上一個新來的，值班時總是站在離我最遠的地方。」孫濟城微笑：「你以爲我不知道？」

邱不倒居然也笑了笑：「本來我確實以爲你不知道。」

就在他說完這句話，孫濟城想開口時，他已雷霆般出手。

邱不倒練的是刀，練得很好，無論誰都不能不承認他的刀法絕對是第一流的。

但是他很少用刀。

他的拳頭也是種致命的武器，甚至比他的刀更有威力，更可怕。

他總認爲無論什麼兵器都難免會有不在手邊的時候，他的二叔「雙鞭無敵」邱勝就是因爲被人盜走了雙鞭，赤手苦戰而死。

拳頭卻是永不離手的，所以他從小就苦練這雙拳頭，而且不惜吃盡千辛萬苦也要拜在少林門下。

因爲少林的「降龍伏虎羅漢神拳」一直都被公認爲天下無雙的拳法。

他的拳法剛猛霸道，出拳快，出手重，尤其是第一拳。

一招封門，一拳致命，高手相爭，勝負往往就在一招間。

他一向認爲第一拳絕對是最重要的一拳，這種觀念無疑十分正確。

現在他一拳擊出，雖然沒有十成把握能一拳就將對方擊倒，但卻認爲至少也能搶得機先，爲自己留下一條退路，四十年寒暑不斷的苦功，三百次浴血苦戰的經驗，他確信自己的判斷絕對不會錯。

可惜這一次他錯了。

他這勢如雷霆閃電的一拳剛擊出，眼前忽然一花，他要揮拳痛擊的人已經不見了。

就在這同一刹那間，他的手腕已經被扣住，全身的力量忽然消失無蹤，手腕已經被擰到背後，連一點掙扎反抗的餘力都沒有。

邱不倒嚇呆了。

這一雙也不知擊碎過多少武林高手鼻樑肋骨魂魄的鐵拳，竟在一招間就被人制住，苦練四十年的拳法，在這個人面前竟變得有如兒戲。

「穩如泰山」的邱不倒臉上變了，滿面冷汗滾滾而落，他做夢也想不到這個家資鉅萬，養尊處優的大富豪，竟是如此可怕的一個人，竟有這麼樣一身鬼魅般的功夫。

孫濟城卻在嘆息：「我錯了。」他說：「這次我算錯了。」

錯的是邱不倒，怎麼會是他？

邱不倒忍不住問：「你錯了？什麼事錯了？」

「你根本還不知道。」

「不知道什麼事？」

「既不知道我的秘密，也不知道我是誰。」孫濟城淡淡的說：「否則就是再借給你幾個膽子，你也不敢輕易對我出手。」

「你是誰？」邱不倒嘶聲問：「你究竟是誰？」

孫濟城不回答，卻反問：「你既然連我是誰都不知道，為什麼要出賣我？」

這句話本來很少有人願意回答，邱不倒卻是例外，因為他遠比孫濟城更想知道真相。

——這個神秘而可怕的億萬鉅富究竟是個什麼樣的人？究竟有什麼秘密？

要知道別人的秘密，唯一的方法就是自己先說真話——這道理是老江湖們全都明白的。

「我本來雖然一直不太相信你真的是個白手起家，經商致富的人，但是我也從未想到過你會是個身懷絕技的武林高手。」邱不倒說：「更沒有想到過你會是個洗手退隱的江洋大盜。」

「為什麼？」

「因為你實在不像。」邱不倒說：「你太招搖，連一點避人耳目的意思都沒有。」

他又補充：「這二十多年來，積贓鉅萬後，忽然在江湖中消失的大盜，最多只有九個人，其中雖然還有四個尚未被查出下落，但你卻絕不是這四個人之中的一個，因為無論年齡、相貌、身材，你都跟他們完全沒有一點符合之處。」

孫濟城微笑：「現在你一定也已看出我的武功也比他們高得多。」

邱不倒承認。

「但是前三個多月，卻忽然有人向我打聽你！」他說：「你的一舉一動他們都想知道！」

「那些人是些什麼人？」

「都是我在賭坊裏認得的，年紀有大有小，身分也很複雜。」

「你也不知道他們的來歷？」

「我也不知道。」

邱不倒想了想，又說：「他們的出手都很豪闊，看來都有一身很好的功夫，卻全都深藏不露，江湖中也從來沒有人聽見過他們的名字，當然更沒有看見過他們的人。」他的聲音裏彷彿有了種奇特的恐懼：「這些人就好像從某一個奇怪的地方忽然出現的，這世界上還沒有人到那地方去過。」

孫濟城的微笑已消失，瞳孔在收縮。他知道自己這次已經遇見了一群極神秘、極可怕的對手。

「我平生唯一的嗜好只有賭，賭得太兇，也輸得太多。」邱不倒說：「他們對我的要求卻不多，只不過要我把他們收納在我屬下的三班衛士裏，所以……」

「所以你就答應了他們。」

「是的。」邱不倒說：「我答應了他們。因爲我不想欠別人的債，除了他們外，也沒有別人肯替我還債。」他用力扭轉頭，用眼角盯著身後的孫濟城：「我說的是真話。」

「我相信。」

「你知不知道他們的來歷？」

「不知道。」

「他們知不知道你的來歷？」

孫濟城沉默著。邱不倒又問：「你究竟是什麼人？」

這時夜色已經很濃，孫濟城在黑暗中沉默了很久，忽然又笑了笑！

「我是什麼人！」他的笑容怪異而詭秘：「我只不過是個快要死的人而已，很快就要死了。」

一個像他這樣的人，爲什麼要死？怎麼會死？

邱不倒忍不住又要問，孫濟城卻只說：「你跟我來，我帶你到一個地方去。」

「去幹什麼？」

「去看一個人。」

「什麼人？」

「一個你永遠都想不到會看見的人。」孫濟城說：「等你親眼看見時也許都不會相信。」

五

這個人是誰？爲什麼能讓別人親眼看見他的時候都不會相信自己看見了他？難道他根本就不該活在這世界上，根本就不該存在？

邱不倒想不通。

在以後這半個時辰中發生的事，每一件都是他想不通的。

孫濟城居然把他帶回那間從來沒有人進去過的臥房裏。

一向溫柔文靜，從未與人爭吵過的柳金娘居然已經死了。

臥房裏那張裝飾華美的大床下，居然還有兩間秘密的地室。

地室中除了書籍、酒氣和糧食之外，居然還有一個人。

——一個邱不倒永遠想不到自己會看見的人，現在他雖然已經親眼看見了，還是不能相信。

因爲這個人赫然竟是孫濟城，第二個孫濟城。

六

地室的角落裏有張竹椅，邱不倒很快的坐了下去，好像生怕自己會跌倒。

這個人當然不是孫濟城，這世界上既然不可能有兩個邱不倒，當然也不會有兩個孫濟城。

這個人也不會是孫濟城的兄弟。

孫濟城沒有兄弟，就真是孿生兄弟也不會長得完全一模一樣。

他們卻是完全一模一樣的，身材、容貌、裝束、神氣都一樣，孫濟城面對著這個人站著的時候，就好像站在個大鏡子前面。

這個人是誰？和孫濟城有什麼關係？孫濟城爲什麼要把他藏在這裏？爲什麼要帶邱不倒來見他？

邱不倒更想不通。

孫濟城正在欣賞著他臉上的表情，而且顯然覺得十分滿意。

這是他的精心傑作，只可惜他一直都不能帶人來欣賞。

現在終於有人看見了。

孫濟城微笑道：「我知道你看見他的時候一定會嚇一跳的，我自己第一眼看見他也嚇了一跳。」

他笑得極愉快！

「那時候我們看來還不是完全一樣，如果兩個人站在一起，還是有人能分辨得出。」孫濟城說：「可是加上一點奇特而巧妙的人工手法之後，情況就大有改進了。」

他又補充：「要做到盡善盡美，當然還有些特別需要注意的地方。」

邱不倒在等著聽他說下去。

「譬如說，他活動的地方不大，通常不是躺在床上發呆，就是坐著看書，在這種情況下，肚子就難免會凸起來。」孫濟城拍了拍自己的肚子：「所以我也一定要讓肚子凸起來一點。」

「還有呢？」

「一個人如果經年不見陽光，皮膚的顏色就會變得蒼白而奇怪。」孫濟城說：「所以我每天都要讓他到我臥房的窗口去曬曬太陽。」

「所以你從來不讓別人走進你的臥房。」邱不倒掌心又有了冷汗。

事情發展到現在，他已經想通了。

一件極可怕的陰謀正在孫濟城無懈可擊的計劃下逐步進行，這世界上已經沒有人能阻止他。

孫濟城轉過身，拍了拍那個人的肩，微笑道：「這兩天你的氣色不錯，一定睡得很好。」

他的「影子」立刻用一種溫馴而軟弱的聲音說：「是的，這兩天我睡得很好。」

邱不倒忽然大聲叫起來：「不對，有一點地方不對了。」

「哪一點？」

「他的聲音跟你完全不一樣。」

孫濟城笑了笑，淡淡的說：「他的聲音用不著跟我一樣。」

邱不倒沒有再問「爲什麼」，剛才他那麼問，只不過爲了要證實自己那種可怕的想法。

現在他已經證實了，他的心在往下沉。

如果他還能動，不管孫濟城的武功多可怕，現在他還是會跳起來拚一拚。

只可惜孫濟城也不知用什麼手法制住了他，點了他某處連他自己都不知道的穴，他全身的力量都已消失無影。

孫濟城卻顯得很悠閒，居然又在那裏和他的「影子」閒聊：「我第一次看見你的時候，你的氣色卻很不好，好像已經有很久沒睡了。」

「是的，那時候我已經有三天三晚水米未沾，也沒有闔過眼。」

「爲什麼？」

「因爲我剛遭遇到一件慘絕人寰的不幸之事。」他說話的聲音居然還是那麼溫馴平靜：「我的父母妻子兒女都已慘死在一個大惡人的手裏。」

「你爲什麼不替他們報仇？」

「因爲我知道以我的力量，一輩子都休想傷那惡人的毫髮。」

「所以你也想一死了之？」

「是的。」

「可是你還沒有死。」

「我沒有死，是你救了我，而且還殺了那惡人，替我報了仇。」

「我有沒有要你報答過我？」

「沒有。」這個「影子」說：「你只不過要求我，等到你要死的時候，我就得把我欠你的這條命還給你。」他凝視著孫濟城，用一種出人意外的平靜態度問：「現在時候是不是已經到了？」

「是的。」

時候已經到了，生命已將終結。

這樣的結果，「影子」當然早已預料到，邱不倒也已想到。

——孫濟城當然不是一個白手起家經商致富的人，也不僅是一個講究衣食愛惜事業的富豪而已。

——他一定是另外一個，一個爲了某種原因不能不隱藏自己真實身分的人，帶著億萬不義之財和滿手血腥到這裏來躲避強敵。

——可是他也知道天網恢恢，秘密總有洩露的一天，所以他早就爲自己準備了一個替死的人。

——這個人看來當然要和他完全一模一樣，只有說話的聲音用不著一樣。

——因爲等到別人發現他時，他一定已經死了，死人是用不著說話的。

這個人死得並不痛苦，因爲孫濟城出手一拳就已致命，這一拳又快又準又狠。

邱不倒臉色又變了。

孫濟城忽然問他：「你看不看得出這一拳我用的是什麼手法？」

邱不倒當然看得出，孫濟城一出手他就已看出來，這一拳用的正是他的成名絕技，正是他苦練四十年的少林羅漢拳。

孫濟城又問：「你看我那一拳使得怎麼樣？」

邱不倒不能回答，連一個字都說不出。

他苦練這種拳法近四十年，可是孫濟城剛才那一拳擊出，無論氣勢技巧功力竟都在他之上。

他還能說什麼？

孫濟城道：「一拳致命，肺腑皆傷，這正是『穩如泰山』邱不倒的殺手鐧，所以這個孫濟城當然是死在你手下的，跟我一點關係也沒有，這一點大家都應該能看得出。」

他在一個銀盆裏洗了洗手，又用一塊雪白的絲巾擦乾，忽然嘆了一口氣：「只不過大家一定都會奇怪，你爲什麼要殺死柳金娘？」

「柳金娘？」邱不倒失聲問：「她也是死在我手裏的？」

「當然是。」孫濟城好像覺得很詫異：「難道你一直都沒有看出絞殺她的那條鍊子是誰的？」

邱不倒怔住。

剛才發生的那些事已經讓他的心亂了，直到現在他才看清楚，那條帶著翡翠墜子的項鍊居然是他的，是他的亡妻留給他的，他珍藏已久，在他輸得最慘時也沒有去動過。

他甚至連看都很少去看它，因爲往事太甜蜜，也太悲傷，他再也不願觸及。

「它怎麼會到你手裏的？」

「我當然有我的法子。」孫濟城微笑：「我至少有一百種法子。」

無論誰都不能不承認，像孫濟城這種人不管想要什麼都一定能得到手。

「我爲什麼要殺他們？」

「你當然有你的理由。」

孫濟城道：「一個男人要殺一個女人和另一個男人，至少有一百種理由，就算你自己想不出，別人也會替你想出來的。」

他笑了笑：「也許每個人想的理由都不同，也許只要有五十個人，就會想出一百種理由來，幸好不管別人怎麼想都跟你無關了。」

邱不倒瞪著他，瞪著他看了很久，才一個字一個字的說：「我明白你的意思了。」

「你應該明白的。」孫濟城道：「現在孫濟城已經死了，柳金娘也已經死了，你當然也不想再活下去。」他淡淡的接著道：「我保證別人也一樣會替你找出一種爲什麼要死的理由來。所以我已經先爲你準備好一杯毒酒。」

七

所以現在孫濟城已經死了。

雖然沒有人想得到他會死，可是他確確實實已經死了。在四月十五這一天的晚上，和他最忠心的衛士領班邱不倒、最溫柔的秘密情人柳金娘同時死在一間從未被人發現過的密室裏。

有關他們的死，當然有很多種傳言，可是不管別人怎麼說，都已經和孫濟城全無關係。因爲現在他已經是個死人。

四月十五的深夜，他已經離開了濟南城，拋下了他無數正蓬勃發展的事業和億萬家財，就好像一個浪子拋棄他久已厭倦的情婦一樣，居然沒有一點留戀憐惜。

這個億萬富豪就是這麼樣死的，他還會不會復活呢？

二 元寶

一

四月十六日，晴。

這一天開始也和平常一樣，天氣乾燥晴朗，濟南城外的大道上旅人不絕於途。

可是對某些人來說，有時一天的開始雖然跟平常一樣，結束時就已完全不一樣了。

從另一方面說，有些人外表看來雖然和平常人一樣，其實卻是完全不一樣的。

吳濤就是這麼樣的人。

吳濤是個普通人，是個生意人，就和世上其他千千萬萬個普通生意人一樣，看來雖然很老實，可是一點都不糊塗。

吳濤長得不胖不瘦，既不算英俊，也不算難看，身上穿著質料不能算太好卻非常經穿耐洗的衣裳，騎著條跟他自己一樣能吃苦耐勞的毛驢，看來年紀已經有一把，積蓄也已經有一點了，現在還僕僕風塵於道路上，只不過要讓自己的妻子兒子過得好一點，讓自己晚年也過得好一點。

世界上也不知道有多少這樣的人，這個人和別人唯一不同的是，在四月十五的日落之前，這世界上還沒有人看見過他。

絕對沒有人看見過他，連一個人都沒有。

你甚至可以說——

在億萬富豪孫濟城還沒有死的時候，這個普通的生意人吳濤也還沒有在這個世界上出現過。

絕對沒有。

二

大城外總有小鎮，小鎮上總有客棧。

濟南城外的柳鎮上也有家客棧，吳濤就住在這家客棧裏，是在四月十五的深夜住進來的。

那時候月已將落，客棧的大門早已關了，他叫了半天門才叫開。

因爲那時候濟南府的城門也關了，他從外地來要到濟南府去，城門是叫不開的，所以他只有叫客棧的門。

——他是真的從外地來要到濟南府去？還是剛從濟南城出來？

幸好客棧裏的掌櫃和伙計都沒有興趣追究這一類的問題，也沒有注意這位客人第二天起來吃飯時樣子是不是和頭一天晚上有了些不同的地方。

半夜被叫醒替他開門的那個伙計，根本也沒看清他長得是什麼樣子。

這天晚上他在客房裏做了些什麼事也沒有人知道。

十六正好是柳鎮的集日，一大早趕集的人就從四鄉趕來了，帶著他們自種、自養的雞鴨豬羊果子蔬菜鮮花米麵雜糧，換一點胭脂花粉綢布針線和一點散碎銀子回去看妻兒們的笑臉。

想混水摸魚的扒手小偷和要飯的叫化子，當然也不會錯過這種大好機會。

客棧開門的時候，對面的廣場和大街上已經擠滿了各式各樣的人，甚至還有兩班走江湖賣藝的班子，也趕到這裏來了，所以鎮上顯得比往常更熱鬧。

吳濤居然也忍不住要出來湊湊熱鬧。

他發現了一樣很絕的事，到這裏來的乞丐們好像都很規矩，全都安安靜靜的分撥聚在兩三個角落裏。別人不給，他們也不要；別人給得再多，他們也一樣不聲不響，連個「謝」字都不說。

每一撥乞丐中，都有一兩個年紀比較大的，身上揹個麻袋，遠遠的坐在後面，不管誰討來的東西都得交給他們，再由他們按人分配。

誰也想不到要飯的叫化子這一行居然也這麼有規矩有制度，大家都覺得很有趣。

其中只有一個眼睛大大的小叫化連一點規矩都不懂。

這小子圓臉大眼笑起來還有兩個酒窩，一看見人就笑，一笑就伸手；也不知是因爲他長得討人喜歡，還是因爲他看人看得準，這小子伸出來的手總是很少有空著回去的時候。

所以他討來的錢比誰都多，可是每一文都進了他自己的荷包。

荷包已經飽起來了，他還是不停地在人群裏亂闖，有一次差點把吳濤撞了個觔斗。

吳濤一文錢也沒給他。

他不是那種隨隨便便就肯把錢財施捨給別人的朋友，他的錢賺得也很辛苦，好像遠比這小叫化還辛苦得多。

他知道這小叫化是故意撞他的，只可惜這小子比泥鰍還要滑溜，一撞就跑，一霎眼就跑得無影無蹤。

吳濤當然不會去追。

他也不是那種喜歡惹麻煩生閒氣的人，可是被這一撞之後，看熱鬧的心情也被撞跑了。

於是他返回客棧，牽出那匹驢子，打道直奔濟南府。

他居然真的是去濟南府。

不管他是從哪裏來的，這一點倒是真的不假。正午的時候，他真的已經到了濟南城了。

三

場子裏的鑼鼓敲得正響，一個十七八歲梳著兩條辮子的大姑娘正在場子裏翻觔斗，一雙又長又直又結實的腿好像隨時都可能把那條用小碎花棉布做好的褲子撐破。

所以這個場了比什麼地方都熱鬧，四面看把戲的人比哪裏都多。

小叫化就像泥鰍般從人叢裏擠了進來，蹲在地上直喘氣。

他知道那個尖頭灰臉一毛不拔的老小子絕不會追來的，而且暫時也不會發覺腰裏的錢包已經到了他的大荷包裏。

那個老小子的錢包真不輕，他那一撞最少已經撞出了二三十兩白花花的銀子。

小叫化的心裏直樂，一雙大眼睛卻已被那辮子姑娘的長腿勾去了。

等到她拿著銅鑼來求「看官們給兩個錢」的時候，這個一向只會求人施捨的小叫化居然也變得大方起來，居然也抓出一把錢灑在銅鑼裏。

辮子姑娘看著他嫣然一笑，小叫化就暈了頭，正想再抓一把錢灑過去，兩邊肩膀忽然被人按住。

被兩個他的同行按住。

按住他的兩個乞丐，一個痳，一個跛，手上的力量都不小。

小叫化雖然滑如泥鰍，可是被他們一按住就再也動不了。

他只有拿出他的看家本事，只有看著他們直笑。

不幸的是，這兩位同行一點都沒有被他的圓臉大眼和酒窩打動，非但沒有放開手，反而捏住了他的膀子，把他從地上抓了起來，把他抓出了人叢。

旁邊的人注意力都集中在那雙長腿上，誰也不會管三個臭要飯的閒事。

場子裏的鑼鼓又響起，另外一場好戲又開鑼了。

四

小叫化長得並不算瘦小，看他的臉雖然只有十四五六，看他的身材卻已經有十七八九，可是被這一痳一跛兩個乞丐抓在手裏，竟好像抓小雞一樣，兩隻腿都離了地。

他想笑，可惜已經笑不出。

他想叫，可惜那位痳大哥已經從地上抓起把爛泥，狠狠的告訴他：「你一叫，我就用這把泥塞住你的嘴。」

嘴裏被塞進這麼一大把爛泥絕不是件好玩的事，小叫化只有苦著臉問：「兩位大叔，我又沒得罪你們，你們何苦這樣子對付我一個可憐的小孩？」

「我們並不想對付你。」跛大叔雖然也板著臉，說話的聲音總算比較和緩：「只不過要你跟我們去走一趟而已。」

「走一趟？到哪兒去？」

「去見舅舅。」

「舅舅？我從小沒爹沒娘，哪兒來的舅舅？」小叫化好像已經快要哭出來：「兩位大叔，我看你們一定是搞錯了？」

兩位大叔都已不再理他，場子裏的鑼鼓聲也越來越遠。

他們已經走到鎮後一座小山的山坡。

山坡上有棵青色的大樹，大樹下有塊青色的石頭，石頭上坐著個穿青布衣裳的人。很破舊的青布衣服，而且打滿補釘，但卻洗得很乾淨。

人也很乾淨。

一張乾乾淨淨的臉上，非但沒有表情，甚至連一點血色都沒有，看起來就像是個死人。

幸好現在是白天，如果是在半夜裏看見這麼一個人，不嚇死也會被嚇得跳起三尺高。

青衣人好像並沒有看見他們，一直偏著頭，斜著臉，遙遙的凝視著遠方，彷彿在沉思，又彷彿是在回憶著某一件又甜蜜又悲傷的往事，在想著某一個永遠不能忘懷的人。

但是他那張灰白的臉上還是全無表情，一雙眼睛也冷冰冰的像死人一樣。

一麻一跛兩個乞丐雖然已經站在他的面前，卻連大氣都不敢出。

小叫化平常的膽子雖然不小，這時候也被嚇得不敢出聲了。

過了很久很久，青衣人才開口說話，只說了三個字：

「放開他。」

兩個乞丐立刻放開了他們那兩隻像鉗子一樣的大手，小叫化總算鬆了口氣，這才發現這個青衣人左面的一隻袖子是空的，空空盪盪的束在腰間的一條青布衣帶上，背後還揹著一大疊空麻袋，好像有七八個之多，至少也有五六個。

青石旁也擺著個麻袋，看來黑黑囊囊的，也不知道裏面裝著什麼。

只要有一點江湖經驗的人，現在都已經應該看出，這個斷臂青衣人就是勢力遠達邊陲、弟子遍佈海內，天下第一大幫「丐幫」中地位極高身分極尊貴的數大長老之一。

可是小叫化看不出來。

規矩他不懂，人事他也不懂，該懂的事他都不懂，不該懂的事他懂得的倒有不少。除了偷雞摸狗裝笑臉露酒窩故作可愛狀混別人的錢之外，他居然還懂得看女人的大腿。

青衣獨臂人眼睛還是在看著遠方，卻忽然問他：

「你知不知道我是誰？」

小叫化搖頭，拚命搖頭，但是一轉眼間他又變得在點頭了。

「我知道你是誰。」他說：「這兩位大叔說要帶我來見舅舅，你一定就是舅舅。」

青衣人並不否認。

小叫化嘆了口氣：「可惜你不是我的舅舅，我也沒有舅舅，你到底是誰的舅舅？」

他忽然拍手：「我明白了，你也不是誰的舅舅，別人叫你舅舅，只不過是你的外號而已。」

青衣人也不否認。

小叫化笑了，因爲他忽然發覺自己聰明得不得了，連這麼困難的問題都能答出來。

可惜下面一個問題卻是他答不出來的。

「你知不知道我爲什麼要他們帶你來？」

「爲什麼？」不能回答就反問，這是老江湖們常用的手段。

這個混小子居然也懂得。

青衣人終於回過頭，用一雙冷冰冰的眼睛看著他，冷冰冰的說出了十個字。

「因爲你犯了本幫的幫規！」

「本幫？」小叫化又不懂了：「本幫是什麼幫？」

「窮家幫。」

江湖中人人都知道窮家幫就是丐幫，這個小叫化卻不知道。

「你錯了，我不是窮家幫的人。」他說：「我雖然窮，可是沒有家，如果有家，也許我就不窮了！」

「就算你不是本幫弟子也一樣。」

「爲什麼？」

「因爲普天之下以乞討爲生的人，都在本幫統轄之下。」青衣人的聲音雖冷漠，卻帶著一種絕對可以震懾人心的力量。

小叫化卻又笑了起來，不但笑得非常愉快，而且居然說出了誰也想不到他會說出來的兩個字，他居然說：

「再見。」

一個人說「再見」的時候通常都是他已經走了——有時候是真的要走，有時候是不得不走，有時候是故作姿態，只希望別人挽留他。

這個小叫化是真的要走，而且說走就走。

只可惜他走不了。

他還沒有走出一尺，那兩雙鉗子般的大手又抓住了他。

「你們抓住我幹什麼？」小叫化抗議：「這裏已經沒有我的事了，我既不是你們窮家幫的人，也不是要飯的。」

「你不是？」

「我當然不是，我已經改了行。」

「改行做什麼了？」

「做小偷。」

小叫化說得理直氣壯：「就算你們是天下所有叫化子的祖宗，也管不了我這個小偷。」

他說得好像真有點道理，誰也不能說他沒有道理。

斷了臂的青衣人眼睛還是在看著遠方，只冷冷淡淡的告訴他：

「別人管不了，我管得了。」

「爲什麼？」

——「因爲我不是別人。」「因爲我比別人強。」「因爲我比別人厲害。」

這些話青衣人都沒有說。

他不想說，不必說，也不用說，不說反而比說出來好。

他只不過指了指他身邊青石旁那個黑黑囊囊的麻袋：

「你去看看。」青衣人說：「看看裏面裝的是什麼？」

小叫化早就想去看了。

雖然他早就知道麻袋裏裝的絕不是什麼好東西，看了後對他絕對沒什麼好處，可是他的好奇心早就像條小毛蟲一樣在他心裏爬。

他當然要去看，非看不可。

看過了之後，他心裏的那條小毛蟲非但沒有走，而且忽然變成了一百條、一千條、一萬條，不但在他心裏爬，而且在他胃裏爬，在他腸子裏爬，在他毛孔裏爬，在他血管裏爬，在他骨髓裏爬。

在他的全身上下每一個可以讓它們爬的地方爬，爬得他又想打又想罵又想哭又想吐。

其實這個麻袋裝的東西也不太特別，也不過是一些每個人每天每時每刻都可以看得到的。

這個麻袋裏裝著的也只不過是幾個鼻子、幾個耳朵、幾隻手。

——鼻子是人的鼻子，耳朵是人的耳朵，手是人的手。

這是個人的世界。

每個人都有鼻子、耳朵、手。

一個人只要還活在這個世界上，而且還沒有瞎，那麼他除了睡覺的時候外，時時刻刻都會看見這些東西，想不去看都很難。

可是這些東西沒有一樣是應該裝在痲袋裏的。

青衣人冷冷的說：「脅人隱私者削其耳鼻，盜人錢財者剁其手足，以暴力淫人妻女者殺無赦，不管其人是不是本幫弟子都一樣。」

「這是誰訂的規矩？」

「是我。」

「你有沒有想到過你訂的這些規矩未免太殘忍了些？」小叫化說：「而且你根本就沒有權力訂這種規矩的。」

「沒有？」

「也沒有別人告訴過你？」

「沒有！」

小叫化吐出口氣：「現在總算有人告訴你了，我勸你最好還是趕快把這些規矩改一改吧。」

青衣人轉過頭，冷冷的看看他，忽然道：「你的運氣不壞。」

的。

「為什麼？」

「因為你還是個孩子，否則此刻你已死在我的掌下。」

他的目光又重回遠方，再也不理這小叫化，只淡淡的吩咐了一句：

「剁下他的左手來。」

小叫化撒腿就跑，跑得還真快。

一個像他這樣的大小孩，隨時隨地都要準備逃跑，就算沒有別的本事，跑起來總不會慢的。

他一面跑，一面還在大叫：

「是不是因為你自己沒有左手了，所以希望把別人的左手都砍掉？」

他敢這麼叫，因為他已經確定後面還沒有人追上來。

後面沒有，前面有。

不知道是在什麼時候，青衣人忽然間就已經站在他前面，眼睛還是連看都沒有看他，只淡淡的說：「以後你雖然只剩下一隻手了，可是只要你肯好好做人，還是一樣可以活下去，而且比兩隻手還要活得好些。」

小叫化拚命搖頭。

「不行，不好，不管怎麼樣，兩隻手總比一隻手好，你不能把我的手砍掉。」

他在拚命大喊的時候，山坡下忽然有個人飛奔了上來，連背後兩條烏油油的大辮子都飛了起來。

她跑得也不慢，因為她有一雙健康結實的長腿。

她一面跑，一面也在大喊：

「他只不過是個可憐的小孩，你們就饒了他一次吧。」

青衣人皺了皺眉，問這個辮子姑娘：

「你是他的什麼人？」

「我根本不認識他，只不過可憐他而已。」

「你可憐他？你為什麼不可憐那個錢包被他偷走了的人？」青衣人冷冷的說：「那錢包也許是他的全部家財，他的父母妻兒也許就要靠這點錢才能活下去，你為什麼不可憐可憐他們？」

辮子姑娘怔了怔，吃吃的說：「也許是這樣子，只不過你還是應該先問清楚才對。」

「我不必問。」青衣人眼睛裏忽然露出種無法描述的怨毒之色：「寧可殺錯一百，也不能放走一個。」

「可是……」

辮子姑娘這句話還沒有說出口，忽然被人一把拉了過去，用一把小刀架在她脖子上。做這種事的人居然竟是她趕來搭救的小叫化。

他用刀抵住這辮子姑娘的咽喉：「如果你們不放我走，我就殺了她，那麼她就等於是死在你們手裏的。」

他問青衣人：「傷害無辜是什麼罪？是不是應該把兩隻手兩條腿都砍下來？」

青衣人沒有憤怒，臉色也沒有變，甚至連考慮都沒有考慮，立刻就說：「你走吧。」

五

所以小叫化就走了，帶著他完整的兩隻手和辮子姑娘一起走了。

走下了山坡，走出了柳鎮，又走了很遠很遠，走到一片密林前的一片曠野上，小叫化確定後面絕對沒有人追來的時候，才放開了手。

辮子姑娘立刻轉過身，用一雙美麗的眼睛狠狠的盯著他，狠狠的問：

「你是不是人？」

「當然是。」小叫化笑嘻嘻的笑：「從頭到腳都是。」

「既然你是人，怎麼做得出這種事？怎麼能這樣對我？」

辮子姑娘真的生氣了，小叫化卻笑得更愉快！反而問她：

「你到那裏去是不是爲了救我的？」

「當然是。」

「那麼現在你已經救了我，已經如願以償了。」小叫化說：「我做得有什麼不對？」

辮子姑娘被他問得呆住了，居然沒法子不承認他說的話也有點道理。

小叫化又問她：

「現在你準備怎麼樣感謝我？」

「感謝你？」辮子姑娘忍不住叫了起來：「你居然還要我感謝你？」

「你當然應該感謝我。」小叫化說得理直氣壯：「那個青衣獨臂人做事當機立斷，武功高得一塌糊塗，而且是個怪物，如果不是我想出這法子，你怎麼能把我從他手裏救出來？」

辮子姑娘又沒話說了。

小叫化卻越說越有理：「你救不出我，心裏一定很難受，我讓你開心，幫了你這麼大一個忙，你怎麼能不感謝我？」

辮子姑娘笑了，笑得就像是樹林旁那一叢叢正在開放的小白花。

「你這個小鬼，你的鬼花樣真多。」

「如果你自己想不出，我倒可以替你出個主意。」小叫化說。

「又是什麼鬼主意？」

「替你想個法子來感謝我。」

「什麼法子？你說。」辮子姑娘眨著眼，實在很想聽聽這小鬼想出的是什麼怪花招。

小叫化咳嗽了兩聲，板起了臉，一本正經的說：「只要你讓我在你的小嘴上親一親，就算是謝過了我，我們就扯平了。」

辮子姑娘的臉飛紅了起來，小叫化的樣子看起來就好像真的說做就要做。

「你敢，你敢來親我，我就……」

「你就怎麼樣？」

辮子姑娘能怎麼樣?她只有跑，跑得真快，背後的兩條辮子又飛了起來，繫在辮子上的兩個蝴蝶結就好像真的是一雙彩蝶飛舞在花間。

小叫化哈哈大笑，笑得連腰都直不起來。

現在已經是四月，春天已經來到了人間。

六

密密的桑樹林，密如春雨春愁。

小叫化沒有去追那雙蝴蝶，他喜歡美麗的蝴蝶，可是他也不想再看到那張死人般蒼白的臉。

樹林裏總比這裏安全得多。

他一頭鑽進了樹林，正想找個枝葉最濃密的樹椏，上去小睡片刻。

想不到他還沒有找到這麼樣一棵樹，已經有人先找上了他。

來的一共有五個人，從四面圍過來，把他包圍在中間。

五條黑黝黝兇巴巴的大漢，一臉兇橫霸道的樣子，看來雖然不像是身懷絕技的武林高手，但是要殺幾個像小叫化這樣的大小孩，卻絕不會太困難。

一個脖子上長著個大瘤的，顯然是這五個人中的老大，手裏倒提著一把牛刀，看著小叫化獰笑。

「小兄弟，道上的規矩你懂不懂？俺兄弟早就看上那條肥羊了，你爲什麼要搶走？」

「肥羊？哪兒來的肥羊？」小叫化一臉莫名其妙的樣子：「我連瘦羊都沒碰過，幾時搶過你們的肥羊？」

「有財香過手，見面至少也得分一半，這規矩你不懂？」

「我不懂。」小叫化說：「我至少也有三五十天沒洗過澡了，全身上下都臭得要命，哪裏來的財香？」

他拉起自己的衣裳自己嗅了嗅，立刻捏起鼻子，皺眉道：「真臭，簡直可以把人都臭死，你不信就過來聞聞。」

瘤子大怒：「好小子，你是在裝糊塗。」

他的手腕一翻，刀光一閃，他的兄弟們立刻幫腔：「先把這小王八蛋做倒再說，看他是要錢還是要命？」

小叫化終於恍然大悟：

「原來你們是強盜，是來搶錢的。」他嘆了口氣：「強盜搶錢，居然搶到小叫化的頭上來了，這樣的強盜倒也少見。」

瘤子大喝一聲，又要揮刀撲過來，小叫化趕緊搖手：「你千萬不能生氣，一生氣瘤子就會大起來的，說不定會變得比頭還大，那就不好玩了。」
他又裝出笑臉，露出酒窩：
「只要你不生氣，你要什麼我都給。」
「俺兄弟別的都不喜歡，只要一看見白花花的銀子，火氣就消了！」
「銀子我沒有，我給你們元寶行不行？」
「行。」瘤了轉怒爲笑：「當然行。」
「你們要大的？還是要小的？」
「當然是大的，越大越好。」
「那就好辦了。」小叫化笑道：「別的我沒有，元寶倒有一個，而且大得要命。」
他忽然往地下一躺，用手抱住了頭：「元寶就在這裏，你們快來拿去吧。」
大家連元寶的影子都沒看見，搶著問：
「這裏哪有元寶？」
「元寶就是我，我就是元寶。」小叫化指著自己的鼻子：「這麼大的一個元寶你們都不要？」
這次瘤子真的發火了，脖子上的瘤好像真的大了起來，只聽他罵道：「你這小王八羔子，你竟敢消遣你祖宗？」
這次他真的撲了過來，手裏的牛刀高高舉起，只要一扎下去，小叫化身上就得多個大窟窿，小命最少也得送掉半條！

他的兄弟們也撲起，錐子尖刀斧頭全都往小叫化的身上招呼過來，身手雖然並不太靈便，手裏的傢伙也不是武林高手們用的兵刃，兩三下還是可以把這小叫化大卸八塊。

小叫化怕得要命，怕得全身都在發抖，可是一雙大眼睛裏卻偏偏連一點害怕的意思都沒有。

就在這一瞬間，樹林外彷彿忽然閃起了四五道寒光，其中有一道銀色的光芒最強，可是也看不太清楚。

因爲它來得實在太快，人們的目力根本無法看清。

寒光一閃而沒，五條大漢已經倒下。

五個人同時倒下，一倒下就站不起來了，永遠都站不起來了！

閃動的寒光，致命的暗器。

五條精壯如牛的大漢，連一聲慘呼都沒有發出就已斃命。

這種暗器實在太快，太準，太可怕。

能發出這種暗器的人無疑是武林中的絕頂高手，像這樣的高手，找遍天下也找不出十個，剛才卻最少來了兩個。

因爲寒光是從兩個不同的方向射出的，光芒的顏色也不同。

像這樣的絕頂高手，怎麼會同時出現在這裏？難道是特地來救這個小叫化的？

寒光已沒，人蹤已渺。

小叫化根本沒有看見那幾道寒光，更沒有看見樹林外的人。

他當然也不知道是誰救了他，可是不管怎麼樣，他這條小命總算撿了回來，他應該感激才對。

風吹木葉，空林寂寂。

他忽然從地上跳起來，非但連一點感激的意思都沒有，而且還氣得要命，氣得連臉都紅了。

「是哪個王八蛋救了我？」他居然還大罵：「是誰叫你來救我的？難道你們認爲我連這幾個第八流的強盜都對付不了？」

別人救了他，他反而罵人。

如果有人要選一個天下最不知好歹最莫名其妙的混蛋，除了這小子外還有誰？

幸好救他的人已經走了，否則恐怕已經被他活活氣死。

如果沒有聽眾，不管你是在說話唱戲還是在罵人，都是件很累人很無趣的事。

小叫化也覺得越罵越沒意思，而且也罵累了，又想找棵大樹歇一陣，再想法子處理這五個人的屍首。

——就算他們是第八流的強盜，也不能讓他們死了之後連口棺材都沒有。

這次他總算找到了一個理想的樹椏子，他正準備想法子爬上去。他已經轉過身，所以沒有看見他背後又發生了什麼事，他也想不到，想不到五個死人中居然有一個又復活了。

七

死人是不會復活的，死的不是五個人，是四個。

瘤子根本沒有死，小叫化一轉過身，他的「屍體」就開始在動。

也不知為了什麼，他雖然受了重傷，可是他的動作反而變得極靈巧，遠比剛才靈巧得多。

小叫化已經走到那棵樹前面。

瘤子用一雙滿佈血絲的眼睛盯著他，脖子上的瘤忽然漸漸發紅，由紅變紫，紫得發亮，亮得就像是透明的紫水晶。

就在這一瞬間，他的身子忽然躍起，就好像是條豹子般躍起，向小叫化撲了過去。

他的身手動作已經變得絕不是一個第八流的強盜所能夢想得到的，甚至連第七流第六流第五流第四流第三流的強盜都不能，甚至連第二流的強盜都做不到，他的身手已經忽然變成了第一流的。

雖然他受了傷，可是現在他這奮身一撲，出手一擊，無論速度氣勢招式功力都是第一流的。

他手裏的牛刀雖然已經在他倒下去時落了手，可是他的一雙鐵拳卻遠比刀更可怕。

他的拳頭上青筋凸起，連一條條青筋都變成了紫紅色的，紫得發亮，亮得透明。

只要有一點眼光的人，都應該可以看得出這一拳的外家剛猛之力幾乎已將到達巔峰。不幸這個小叫化看不出，他根本看不見，他的眼睛不是長在後面的。

唯一幸運的是，他還有一雙很靈敏的耳朵，還可以聽得見這一拳擊出時帶起的凌厲風聲。

風聲響起，他的身子已經滾到地上，滾出去三四丈遠。

只聽見「喀嚓」一聲響，一棵比海碗還粗的大樹已經被瘤子這一拳打倒。

小叫化嚇呆了，他沒有受傷，全身上下都沒有受傷，可是他全身上下都已被嚇出了冷汗。

現在他才知道這個人不是第八流的，是第一流的。不管他做什麼都不是第八流的，剛才只不過是在裝佯而已。

一個第一流的人，絕不會和第八流的人結交爲兄弟，他的兄弟們無疑也是第一流的。

將第一流的武功當作第八流是件多麼危險的事？剛才如果沒有人救他，他怎麼能活到現在？

現在他終於明白了，終於明白他不該罵人的。

令人不能明白的是，這些第一流的武林高手爲什麼要故意裝出笨手笨腳的樣子來分一個小叫化的贓？而且還想要這小叫化的命，誰知道這是怎麼回事？

三 花旗

一

四月十六日。午後。

對宋長生來說，這一天開始的時候也跟平常的日子沒什麼兩樣，可是吃過了午飯之後，他就遇到件他這一輩子從未遇到過的怪事。

宋長生是柳鎮上唯一一家棺材店的掌櫃，也許是因爲柳鎮的居民生活都很平淡簡樸，活得比較長，所以他這家店的生意並不好，賺來的錢有時連開銷都不夠，想不到今天他剛吃過午飯就來了一筆大生意。

那時候他正坐在櫃台後面打瞌睡，四月的風從窗外吹過來，吹得他這條老光棍全身都懶洋洋的，好像覺得什麼地方都不太對勁。

更惱人的是，他剛睡著就被吵醒了，而且是被一個小叫化吵醒。

平常有乞丐上門，他多少總會打發幾個小錢，可是今天他卻連一個銅板都不想拿出來。想不到這個小叫化反而從身上拿出了一大把碎銀子給他。

這個小叫化居然不是來要飯的。

「我要買棺材，五口棺材，你看看這裏的銀子夠不夠？」

宋長生呆住了。

要飯的叫化子們死了之後能夠有塊草蓆裹屍，已經算很不錯了，這個小叫化居然來買棺材，而且一買就五口。

宋長生幹這一行已經幹了三十年，這樣的怪事卻從來也沒有遇見過。

更奇怪的是，等他把五口棺材裝上車，陪這小叫化一起到鎮外的桑林去收屍的時候，那裏卻連一個死人的屍首都沒有。

「沒有死人爲什麼要買棺材？」

他正想問這小叫化究竟是怎麼一回事？這個小叫化竟已人影不見了，居然把這花了二十多兩銀子買來的五口棺材平白留給了他。

如果說這小叫化是存心來開玩笑的，這二十三兩銀子卻絕不是個玩笑。

宋長生越想越想不通。

更讓他想不到的是，他剛把這五口棺材運回他的店，就有人來把棺材買了去。

這次來買棺材的，居然又是個乞丐，而且一買也是五口。

這個乞丐長著一臉麻子，看起來遠比剛才那小叫化兇得多。

宋長生也不敢問他別的，可是不能不問：

「要裝殮的人在哪裏？要把這五口棺材運到什麼地方去？」

麻臉的乞丐卻板著臉告訴他：

「這是個秘密，要命的秘密。」他的口氣極嚴肅：「如果你知道死的是什麼人，從今以後恐怕就再也沒有一天好日子過。」

說完了這句話，他就自己找了輛大車來把棺材運走了。宋長生已被嚇得連一句話都不敢再說。

這天晚上他一夜都沒有睡著。

二

桑林裏的屍體怎麼會忽然不見了？買棺材的小叫化也跟宋長生一樣想不通。

他走的時候屍體明明還在樹林裏，而且的確都已經死了。

瘤子那一拳已用出他所有的潛力，好像本來就準備跟他同歸於盡，所以一拳打在樹上後，也就力竭而死。

另外四個人的屍體早已冰冷僵硬。

這一次小叫化把每個人都仔細檢查之後才走的。

他並不想替他們買棺材。

這些人是來搶他錢要他的命的，他的銀子得來並不容易，他情願拿去買糖買餅買酒買肉，甚至情願拿去送到那長腿辮子姑娘的銅鑼裏。

但他卻還是拿去買棺材了。

一個人只要還活著，就難免要做一些自己本來並不願意做的事。

小叫化當然猜不到屍體是被誰運走的？更想不到那個麻臉乞丐也到宋長生那裏去買了五口棺材。

他只想趕快離開這個是非之地。

傍晚的時候，他就到了濟南府，在大街上逛了兩個圈子後，就看見了吳濤。

這兩個人居然好像很有緣似的。

三

桑林裏的屍體是那青衣人移走的，從樹下藏到樹上濃密的林葉間。

那是在小叫化去買棺材的時候。

青衣人並沒有放過他，一直都在盯著他，卻一直都沒有出手。

小叫化買了棺材回來，發現林中的屍體已經不見了，並沒有再去找。

他已經替他們把棺材買來，已經盡了自己的一份心，不管他們的屍體是被誰搬走的，都已經跟他全無關係，對這件事已經完全沒有興趣了。

青衣人對這五個死人的興趣卻很濃，居然又叫他的屬下把那五口棺材買來，將他們的屍體載走，反而放過了他一直在追蹤的小叫化。

這五個人跟他有什麼關係？他爲什麼要替他們收屍？爲什麼忽然放過了那小叫化？

他的屬下從不敢問他任何問題，他也不準備對他們解釋，只簡短的發出命令。

「下次無論在哪裏見到那個小孩都不要再動他。」他蒼白的臉上竟似藏著種很沉重的表情：「立刻把這五口棺材送到濟南府去。」

小叫化看見吳濤的時候，這五口棺材也已入城了。

四

夜。對很多人來說，這一天的晚上卻和平常不一樣了。濟南府的市面也遠比平時蕭條，有很多平時生意做得最大的商號店舖，都一早就關上了大門，連幾天前就已約好的生意和常來的老顧客都不再接待。

兩家本來訂好要在「大三元」辦喜慶宴會的人也被迫改了地方。

誰也不知道這是爲了什麼？這些店家的掌櫃和伙計也一個個全都守口如瓶。

唯一的線索是，這些商號都屬於遠近知名的億萬鉅富孫濟城所有，孫濟城警衛森嚴的宅院外，又不時有身手矯健神色緊張的健漢騎著快馬飛馳來去。

小叫化看見吳濤的時候，吳濤正在一家不大不小的飯舖裏吃晚飯，看起來好像有點悶悶不樂的樣子，面前擺著的兩盤菜和一角酒連動都沒有動。

小叫化站在街對面看了他半天，忽然下定決心要去陪陪他，替他解解悶，順便也正好幫忙替他把兩盤菜一角酒解決掉。

可惜這個尖頭灰臉的老小子卻完全不想領他的情，根本不理他，好像根本就沒有看見有這樣一個人站在他面前。

小叫化笑了，露出了兩個酒窩。

他絕不是那種隨便就肯放棄兩盤好菜一角好酒的人。

這個老小子雖然視錢如命一毛不拔，他相信自己還是一樣有法子可以對付的。

所以先就在這老小子對面坐了下去，然後才問：

「你的錢包是不是掉了？」

這句話是他早就研究過很久，要吳濤再也不能不理他的。

吳濤果然中計了，立刻轉過頭來問他：

「你怎麼知道我的錢包掉了？」

「我當然知道。」小叫化反問：「你想不想要我替你找回來？」

他說這句話的時候，已經順手從桌上的竹筒裏抽出雙筷子，順便把一個盤子裏的豬耳朵豬心豬腸豬肚豬肝每樣都吃了兩塊。

吳濤只有看著他吃。

那個錢包裏的銀子已經足夠買一條大豬。

「你真的能替我找回來？」

「半點不假。」

「什麼時候能替我找回來？」

「就在現在。」小叫化說：「現在我就能找回來。」

說完這幾句話，另外一個盤子裏的木須肉炒餅也已被他解決掉一半。

吳濤當然要趕快問：

「我的錢包呢？」

「你的錢包就在這裏。」小叫化右手的筷子並沒有停下來，用左手拿出那個錢包：「這是不是你的？」

「沒錯，是我的。」

錯是沒有錯，只可惜錢包已經空了。吳濤也只落得個空歡喜。

「我這錢包裏本來應該有二十三兩三錢三分銀子的。」

「我知道。」小叫化加緊吃肉餅吃酒：「我只答應替你把錢包找回來，可沒有答應替你把銀子也找回來。」

「銀子呢？」

「銀子已經被我花掉了。」

小叫化不讓吳濤發火，又搶著說：「我敢打賭，你絕對想不到我是怎麼花掉的。」

銀子已經花光了，發火也沒有用了，吳濤只有搖頭嘆氣：

「二十三兩銀子我至少可以花一個月。你是怎麼一下子就花掉了？」

「我買了點東西。」

「買了些什麼？」

「買了五口棺材。」

吳濤連嘆氣都嘆不出來，吃驚的看著這小叫化，臉上的表情就好像剛踩了一腳臭狗屎。

「買棺材幹什麼？」他忍不住問。

「我拿你的銀子本來就想替你做好事。」小叫化說：「剛巧我就在路上看見了五個死人，所以就替你買了五口棺材收他們的屍，替你積了個大德。」

他嘆了口氣：「這種機會本來並不常有的，居然一下子就被你碰到了，看來你的運氣真不錯。」

吳濤瞪著眼張著嘴，也不知是想哭是想笑，還是想咬這小子一口？

過了半天吳濤才把噎住的一口氣吐出來，苦笑著道：「這樣子看起來我的運氣倒是真他媽的好極了。」

這老小子居然也會說粗話。

小叫化笑了。

「我就知道你是個知道好歹的人。」他還要故意氣氣他：「以後如果有這樣的機會，我還是會讓給你的。」

他好像存心要把這老小子氣瘋。

吳濤盯著他看了半天，忽然用力一拍桌子，大聲說：「拿酒來。」他吩咐店小二：「要五斤上好的蓮花白，再來五樣下酒的菜，要好菜，不怕貴。」

這小叫化也吃了一驚。

剛才別人以為他瘋了，現在他也以為這個一毛不拔的老小子發了瘋，否則怎麼會忽然變得這麼大方闊氣。

酒一來他就連喝了三杯，又放下杯子大笑了三聲，拍著胸脯大聲說：

「痛快痛快；我已經好久沒有喝得這麼痛快過了。」

他居然替小叫化也倒了一大杯：「來，你也陪我喝幾杯，要吃什麼菜儘管再叫他們送來，今天咱們索性再吃他個痛快。」

小叫化趕緊拿起酒杯就往嘴裏倒。

瘋子都是不講理的，還是依著他一點的好，否則說不定會挨揍。

又喝了三杯後，吳濤忽然問他：

「你知不知道我今天為什麼這麼開心？」

「不知道。」

「因爲你。」吳濤大聲的笑：「就是你讓我開心的，我從來也沒有遇到過像你這樣的小混蛋。」

小叫化也大笑：「像我這樣的混蛋本來就少見得很。」

現在他已經看出這個老小子並沒有瘋，只不過平常日子太節省太規矩太呆板，所以找個機會讓自己放鬆一下，讓自己開開心。

在這種情況下，一個人就是瘋一點也是天經地義的事。

吳濤又喝了杯酒，忽然又用力一拍桌子：「那些王八蛋真不是東西。」他說：「如果不是看見你，今天晚上我一定會被他們氣得連覺都睡不著。」

「那些王八蛋是誰？」

「都是老翔泰綢布莊的那些龜孫子。」吳濤真的生氣了：「我早就託人捎信來訂了一批山東綢子，明明約好是今天交貨的，連訂錢我都給了。可是今天他們連門都不開，店裏面連鬼都沒有，我叫破喉嚨也沒人理。」

小叫化也用力一拍桌子：「那些王八蛋真是王八蛋，我們不理他們，來！喝酒喝酒。」

吳濤又開心了：「對！我們不理他們，來，喝酒喝酒。」

只可惜他的酒量並不好，再兩杯下肚，舌頭就大了，一張臉也紅得像某種會爬樹的動物的某部份一樣，說話時嘴裏就好像含著個雞蛋。

但是他的頭腦居然好像還很清醒，還反問這個小叫化：

「我姓吳，叫吳濤，你叫什麼？」

「我叫元寶。」小叫化說：「就是人人都喜歡的那種東西。」

「元寶。」吳濤大笑：「這個名字真他媽的好極了！」

五

這時候青衣人已經入了濟南城。

五口棺材是用兩架板車運來的，拉車的不是騾馬，是人。

丐幫門下絕沒有騎馬乘車坐轎的，因爲丐幫弟子無論做什麼都得靠自己，流自己的汗，用自己的力氣。

痲跛二丐推著板車，青衣人慢慢的走在他們後面，一雙眼睛還是空空洞洞的看著遠方，他的人雖然在此處，他的心卻彷彿在另一個世界裏，一個從來沒有別人能進入的世界。

他們走的是陰暗無人的偏僻小路。

月正圓。可是連月光都好像照不到這裏，破舊的板車被棺材壓得吱吱作響，空氣裏充滿了油煙和垃圾的臭氣，青衣人的臉色看來更覺得可怕。

他究竟要把這五口棺材送到哪裏去?送去幹什麼？

沒有人知道，也沒有人敢問。

車輪在灰砂中滾動，推車的人在冷風中流汗。

忽然間，七八柄長槍從黑暗中刺出，卡住了車輪，七八十個勁裝打扮的大漢自黑暗中擁出，把這兩部已經推不動的板車包圍，每個人的身手都極驃悍，每個人腰際的快刀都已出鞘，刀鋒在月下閃動著寒光。

青衣人走得太慢，已被隔斷在包圍外，痲子的臉色變了，臉上的每一顆痲子都好像發出了光。

但是他連動都沒有動。

他看得出真正可怕的並不是這些人，在他眼中看來，這七八十條大漢手裏的鋼刀加起來也比不上另外一個人手裏的一個酒杯。

這個人是被人推來的，坐在一張紫檀木椅上被人推來的。

木椅能推，因爲木椅上裝著兩個車輪，這個人手裏有酒杯，只因爲他正在喝酒。

這裏既不是喝酒的地方，現在也不是喝酒的時候，誰也不會坐在一張椅子上，叫人特地送他到這裏來喝酒。

這個人卻偏偏這樣來了，而且真像是專程來喝酒的，除了手裏的一杯酒外，對別的事都完全不感興趣。

他的輪椅旁還站著一個人，和他完全相反的一個人。

他的衣著華麗，神情懶散，臉上總是帶著很和氣的笑容，這個人卻像是桿標槍，好像隨時都可能飛擲出去，刺穿人心。

一走到板車前，他就冷冷的說：「我姓連，叫連根，這些人都是我的屬下，隨時都可以爲我死。」

他說的話直接簡短，咄咄逼人：「所以我也隨時可以要你們死。」

麻子居然笑了：「幸好我們既不想要別人死，自己也不想死。」他說：「我們只不過是兩個窮要飯的。」

「我看得出。」

「我們身上既沒有錢，車上也沒有載貨，只不過帶著五口棺材。」麻子說：「棺材裏既沒有珠寶，只不過有幾個死人而已。」

他嘆了口氣：「所以我實在想不通各位怎麼會找上我們的。」

「我只想借幾樣東西帶回去看看。」

「我們有什麼可以借給你？」

「棺材。」連根說：「就是板車上的這五口棺材。」

「這五口棺材很好看？」

「棺材不好看，死人也不好看。」連根說：「好看的我不看，不好看的我偏要看看。」

「你一定要看？」

「一定！」

「不能不看？」

「不能。」連根厲聲道：「就算是你們丐幫的龍頭蕭堂主在這裏，我也非看不可。」

麻子又嘆了口氣：「那麼你不妨現在就叫這些人替你死吧！」

連根的臉色也變了，慢慢的伸出一隻手，忽然反手一抓，他身後一條大漢手裏的鋼刀就到了他手裏，雙手一拗，就拗成兩段。

坐在輪椅喝酒的人直到這時才開口：「好功夫，好手力。」他微笑：「連淮南鷹王家的人恐怕都沒有幾個能比得上你了。」

連根冷笑：「他們根本就比不上我。」

他用兩根手指夾著半截刀尖，忽然一揮手，刀光閃電般飛出，忽然不見了，只聽見「奪」的一聲，半截鋼刀竟全部釘入棺材裏。

麻子居然神色不變，只淡淡的說：「幸好棺材裏的人已死了，再挨幾刀也沒什麼關係。」

「他死了，你還沒有死。」

連根手裏還有半截斷刀：「這就是留給你的。」

這句話剛說完，他和麻子中間就忽然多出了一個人來。

一個臉色蒼白的青衣人，就好像是忽然被風吹過來的。

連根後退半步，厲聲問：「你是誰？」

青衣人好像聽不見他的話，也看不見他的人，卻慢慢的從身上拿出一把旗子，很小的旗子，拴在六七寸長的黑鐵旗桿上。

——這些小小的花旗難道就是他殺人的武器？

連根握刀的手上已有冷汗，每個人握刀的手都沁出了冷汗。

無論誰都看得出這個青衣人就算用一根樹枝也一樣可以殺人的。

他沒有殺人。

他只把手裏的小旗一揮，插在棺材上。

五口棺材，五面旗子。

插好這五面小旗後，他就走了，麻子和跛子居然也跟著他走了，居然留下了那五口他們本來死也不肯放手的棺材。

握刀的大漢們立刻讓出了一條路。

他們要的是棺材，不是人，棺材既然已留下，誰也不想再找麻煩，能早點交差早點回去喝酒洗澡睡覺，至少總比在暗巷中拚命好一點。

誰也想不到他們會走，可是他們確實都已經走了，只留下五桿旗子插在棺材上。

他們爲什麼要這樣做？

誰也想不通，誰也沒有仔細去想。

黑黝黝的長巷，慘白色的月光，冷冷的風，連根忽然揮手。

「走！」他說：「把棺材帶走。」

四條大漢插刀入鞘，搶過來推車，只走了兩步，忽然停住，就好像忽然中了什麼不可思議的魔法，四個人四雙腳都忽然被一雙看不見的魔手，用八根看不見的釘子釘在地上，連動都不能動了。

四個人的眼睛都盯在同一個地方，每個人的眼睛都盯在同一個地方。都盯在一面旗子上。

這時正有一陣風吹過，吹開了捲在鐵桿上的小旗，小旗逆風招展，上面竟繡滿了五顏六色的花朵，在慘白的月光下看來更鮮艷奪目。

過了很久之後，四條大漢的腳步才能移動，卻不再向前走，而是往後退。

連根大怒，身形閃動。

他一向以軍法調度屬下，發出的命令從來沒有人敢違抗。

只聽一連串清脆的掌聲響過，四條大漢的兩邊臉立刻紅腫。

他們不敢反抗，連閃避都不敢，他們對連根的畏懼尊敬絲毫未減。

可是他們更不敢再去動那五口棺材。

連根的鐵掌再次伸出，抓住了一個人的臂，無論多粗壯的手臂，在他掌中都會變得脆如焦炭。

他發出的命令從來不用再說第二遍，他要用行動來證明這一點。

骨頭碎折的聲音在冷風中聽來更令人毛骨悚立，斷臂人的慘叫聲淒厲如狼嗥。

連根冰冷的目光刀鋒般在大漢們的臉上劃過，一個字一個字的問：

「有沒有人來抬這五口棺材？」

沒有人過來。

連一個人都沒有。

坐在輪椅上的人終於放下酒杯，長長的嘆了口氣：「沒有用的。」他說：「你就算殺了他們也沒有用的，還是一樣沒有人敢來動這些棺材。」

連根霍然回頭，怒視著他厲聲問：「爲什麼？」

「因爲他們都認得棺材上的旗子。」坐在輪椅上的人說：「三十年來，濟南府周圍八百里以內的人，從來沒有一個敢動田老太爺的花旗。」

連根冷笑。

「動了會怎麼樣？」

「我也不知道怎麼樣。」輪椅上的人說：「你爲什麼不自己過去試試？」

連根額上青筋一根根凸起：「我正要過去試試。」

板車仍在路上，棺材仍在車上，五面花旗仍在風中招展。

連根一步步走過，手背上的青筋也已毒蛇般凸起。

他居然真的要伸手去拔旗。

憑他一雙鐵掌上的功夫和神力，就算是大樹也可以連根拔起。

但他卻拔不起這幾面小小的花旗。

他的手剛伸出去，已經有一個枯瘦矮小頭禿如鷹的黑衣老人站在板車上，用一隻枯瘦如雞爪般的手，閃電般握住了他的鐵掌。

連根的臉立刻扭曲，雖然還是標槍般的站在那裏，冷汗卻已黃豆般直瀉下來。

禿頂老人冷冷的看著他，冷冷的問：「你就是孫濟城的總管，號稱『神力鷹王』的那個人？」

「我就是。」連根的聲音也已因痛苦而嘶啞：「我就是連根。」

「那麼你就錯了。」老人說：「兩件事你都錯了。」

「哦？」

「第一、你絕不該來動這花旗子的。」

「第二呢？」

「第二，你把你自己的功夫看得實在太高了些。」老人淡淡的說：「你的功夫比起淮南鷹王家的人還差得遠。」

說完了這句話，冷風中立刻又傳出一陣骨頭碎裂的聲音。

連根慘呼，身子拔起，就像是根標槍般被人飛擲了出去。

他的屬下退得也不慢，只留下輪椅上的人還悠然坐在那裏，微笑鼓掌：

「淮南三王，老王最強。」他口氣中充滿真心讚賞：「老王先生的鷹爪神功果然了不起。」

「了不起，了不起。」暗巷中居然另外還有一個人在拍掌大笑：「想不到『大三元』的鄭大掌櫃也有這麼好的眼力，居然一眼就認出了王老叔的功夫，真是了不起。」

這個人年紀不大，身材卻很高大，這個人年紀也不算很小了，笑起來卻像是個孩子。

這個人長得並不算很好看，小小的眼睛，大大的嘴，扁扁的鼻子，圓圓的臉，一笑起來眼睛就看不見了，可是樣子卻不討人厭。

這個人居然也坐在一張裝著車輪的椅子上，也像鄭南園一樣，自己推動車輪，自己把自己推了過來。

鄭南園鄭大掌櫃笑了：「原來是田大少爺。」他坐在輪椅上長揖：「大少爺，你好。」

「大掌櫃，你好。」

「大少爺怎麼也弄了一張這樣的椅子來？」

「我是學你的。」花旗門下的田大少爺說：「我一直都想弄一張這樣的椅子。」

「可是我記得大少爺前兩天還龍精虎猛，小店的二十多層樓梯大少兩三腳就跨了上來。」

「我這兩條腿本來就一直很管用，否則我們老爺子怎麼會叫我田雞仔？」

「那麼大少爺爲什麼要坐在這樣一張輪椅上？」鄭南園又問。

「因爲我懶。」田雞仔說：「我覺得把力氣用在走路上實在太可怕。」

鄭南園又大笑，兩個人笑得都很開心。

「大掌櫃難道也是爲了我們這五位貴客而來的？」

「貴客？哪五位？」

「有我們老爺子給的花旗，就是我們的貴客，不管他們死活都一樣。」田雞仔帶著笑問：「大掌櫃能不能讓我們把他帶走？」

「請。」

鄭南園立刻自己把輪椅推開。

他很識相，他自己先把自己推走，免得擋住田大少爺的路。

想不到老王先生卻叫他：「等一等。」

鄭南園剛回頭，老先生一雙威震江湖的鷹爪手已經在他眉目咽喉間。

剛才一下子握碎連根鐵掌的就是這雙手，只要他用一分力，無論誰的咽喉都要被洞穿。

鄭南園卻連眼睛都沒有眨，只淡淡的問：

「什麼事？」

「你知道棺材裏死的是什麼人？」

「不知道。」

「你爲什麼要這五口棺材？」

「因爲我們大老闆家裏昨天晚上出了件怪事。」鄭南園說：「所以只要是今天剛到濟南府的人，不管是死是活我們都想看看。」

六

這時候吳濤已經醉了，大醉，像泥蟲一樣醉倒在那家小飯舖裏。

那個叫「元寶」的小叫化，就坐在他旁邊看著他發呆，自己也不知道是醒是醉。

——在今天晚上這種情況下，就一個初到濟南府的人來說，醉了也許要比清醒好得多。

七

到處都堆滿了各地運來的巨大木材，空氣裏充滿了刨木花的清香。

大家都知道附近八百里內再也沒有比「森記」更大的木材行了，卻很少有人知道這裏也是花旗門下的分舵之一。

堆滿木材的廣場後面，有個高大寬敞的木棚，破舊的板車已經被拆散作廢料處理，五口棺材已經被抬入木棚裏。

一張用木板釘成的桌子上，有一盞燈一盤肉一罈酒和三副杯筷，座上卻只有兩個人。

禿鷹老王一雙鷹一般的銳眼正在盯著對面的田雞仔。

「你真的相信那個姓鄭的只不過是個酒樓的掌櫃而已？」

「我不信。」

「那麼你就不該要我放他走的。」

「你要留下他幹什麼？」田雞仔微笑：「請他到這裏來喝酒？」

「我至少可以試試他的功夫。」

「你用不著試。」田雞仔說得很肯定，接著又說：「他的功夫絕不比我們差。」

禿鷹沒有再開口，瞳孔卻忽然收縮，忽然翻身躍起，以單掌護胸，竄出了窗子。

窗外沒有人。

人已從另一扇窗口輕飄飄的進來了，死人般蒼白的臉，永遠都好像在凝視著遠方的眼睛，一身青衣已經洗得發白了，一隻衣袖束在腰帶裏。

田雞仔看著他，再看看那五口棺材，搖頭嘆息苦笑：「你爲什麼總是要照顧我們這種好生意？」

青衣人反問：「你爲什麼不問問那些人，爲什麼會對這五口棺材有興趣？」

「我問過。」田雞仔說：「他只說他們大老闆家裏昨夜出了件怪事。」

「你爲什麼不問那是什麼怪事？」

「我不必問，因爲我已經知道。」田雞仔說：「他們家裏昨夜死了三個人。」

「哪三個？」

「一個是他們的護院衛士頭兒邱不倒，一個是以巧手神針名馳遠近的遲暮宮娥柳金娘。」田雞仔說：「還有一個就是他們的大老闆孫濟城。」

「孫濟城也死了？」青衣人也很驚訝：「是怎麼死的？」

「據說是死在邱不倒的少林神拳下，一拳就已致命。」

「邱不倒呢？」

「一杯毒酒穿腸奪命。」田雞仔道：「據說酒裏的毒足足可以毒死一兵營的人。」

「是誰在酒裏下的毒？」

「也許是孫濟城，也許是柳金娘，也許是邱不倒自己。」田雞仔說：「他們三個人都有可能在酒中下毒，也都有理由要對方的命。」

他苦笑：「我至少已經替他們找出了七八十種理由來，可是真相如何，恐怕只有天知道了。」

青衣人沉默、沉思。

禿鷹已回來，正站在他身旁，一雙銳眼就盯在他後頭的大血管上，一雙鷹爪也已蓄滿真力。

青衣人好像完全沒有感覺到，過了很久才慢慢的問：「他們死在什麼地方？」

「死在孫濟城的密室裏。」

「有沒有別人知道那地方？」

「沒有。」

「所以也沒有別人能在酒中下毒？」

「是的。」

田雞仔又補充：「密室在臥房裏，昨夜在臥房外值班的衛士看到孫濟城和邱不倒一起進去之後，那地方就沒有人再出入過。」

青衣人眼睛裏忽然露出一種刀鋒般的光。

「在這種情況下，他們三個人的死只有一種解釋。」他說：「爲情爭殺，同歸於盡。」

「我也這麼想。」田雞仔說：「大家都這麼想。」

「既然他們是自己爭殺而死，並沒有別的兇手，孫濟城的屬下爲什麼要追查今天初到濟南的陌生人？而且連死人都不肯放過？」青衣人說：「難道這其中還另有秘密？」

這個問題才真正切入了這件事的要害，就好像一把快刀一下子就切入了毒蛇的七寸。

四　彈三弦的老人

一

四月十六，夜。

一項嚴密的搜查已經在夜幕下展開，動員的人數遠比濟南府尹所能調度的還要多，組成的份子包括了孫濟城的衛士家丁、他屬下商號店舖的伙計，和這些人的兄弟朋友，每個人對濟南的情況都極熟悉，每一個地區內的每一家茶樓酒肆客棧娼寮都在他們的調查範圍中。

這時候爛醉如泥的吳濤已經被酒舖伙計安排在後面的一間小屋裏住下。

元寶居然還沒走，因爲他也醉了，真的醉了，兩個人都醉得人事不知，吐得一塌糊塗。

負責搜查這個地區的是孫記「開源錢號」的二掌櫃楊克東。

這個人精明能幹，口才又好，可是遇到吳濤這樣的醉鬼，他也沒法子，連一句話都沒有問出來。

只不過吳濤這樣的醉鬼，根本就無足輕重，一個人的身上如果有事，絕不會陪著一個小叫化喝成這樣子的。

所以楊克東決定放過這兩個人。

但是他還得繼續搜查下去，看樣子今天晚上是沒法子回家睡覺的了，他新婚的妻子勢必也得睜著眼睛躺在床上等他一夜。

他心裏也不禁暗暗埋怨，因爲他也不懂，孫大老闆的死明明是死於情殺，兇手也已畏罪自盡，主持這項行動的人爲什麼還要他來受這種罪？

讓他更想不通的是，今天初到濟南的陌生人，和孫大老闆的死會有什麼關係？

二

這一點誰都想不通，所以青衣人問的問題雖然切中要害，也等於白問。

田雞仔站起來，拍了拍那五口棺材，反問他：「這裏面真的有死人？」

「真的有。」

「死的是你朋友？」

「不是。」

「死的是誰？」

「我也不認得。」青衣人道：「連一個都不認得。」

田雞仔怔住。

「你也不認得？」他問青衣人：「那你帶他們來幹什麼？」

「來送給你。」

田雞仔吃驚地看看他，連眼珠子都好像快要掉了下來。

「你特地買了五口棺材，裝了五個連你都不認得的死人來送給我？」

「是的。」

田雞仔簡直好像要暈過去了，趕緊跑過去喝了一大碗酒，最後一口酒差點從鼻子裏嗆了出來。

然後他終於忍不住大笑：「如果我不知道你是誰，一定會一腳把你踢出去。」

他對一個發了瘋的人通常用的都是這種法子。

但是這個青衣人絕對沒有瘋，也沒有醉。

他看來遠比這世界上大多數人都清醒得多，看到他這種態度，田雞仔也笑不出了，卻忍不住要問：「你把他們送來給我幹什麼？」

青衣人的態度更嚴肅：「我要你看看他們是誰？是怎麼死的？」

棺材本來就沒有被釘死。

看到棺材裏的五個死人和他們致命的傷口，田雞仔的臉色也變了，變得很嚴肅，而且很驚異。

青衣人問他：「你看出了什麼？」

田雞仔搖頭，不停的搖頭，過了很久才喃喃的說：「我看不出，我沒把握。」

他忽然用力拍手，召進來一個全身上下看起來都非常乾淨的年輕人問：「老爺子在哪裏？」

「今天早上老爺子的心情不好，又一個人走出去了，也不許別人跟著。」年輕人說：「誰也不知道他老人家要到哪裏去。」

花旗門當代的掌門人，武林老輩英雄中碩果僅存的田咏花田老爺心情不好時，通常都會躲到一個沒有別人知道的地方去。

可是別人雖然不知道，田雞仔總是知道的，青衣人已經在問他：「你能不能帶我去？」

「你不能去的，誰也不能去，可是這一次……」田雞仔看著棺材裏的五個死人，長長嘆了口氣：「這一次看來只有破例了。」

青衣人慢慢的站起來，忽然回頭，面對一直死盯著他後頸的禿鷹老王，淡淡的說：「你選的地方不好。」

「什麼地方？」

青衣人指了指自己的後頸：「這塊地方不好，非常不好。」

禿鷹的臉色在變，瞳孔在收縮。

剛才他穿窗而出，撲了個空，他心裏早已對這個白臉獨臂的青衣人生氣了，「淮南三王」本來就沒有一個好脾氣。

他手上又抓起一把勁，冷冷的問這青衣人：「這塊地方爲什麼不好？」

「因爲你剛才提氣作勢，大概是準備用你們鷹爪門裏『神鷹十三抓』中的一招『搏虎式』來對付我。」

禿鷹老王冷笑：「我用這一式來對付你，已經很看得起你了。」

「幸好你沒有真的用出來，否則……」

「否則怎麼樣？」

青衣人臉上還是全無表情，眼睛彷彿又落在遠方，身子卻忽然輕輕一轉，一隻獨掌忽然輕飄飄的拍了出去，從一個絕對沒有任何人能想像到的地方拍了出去，拍到半途，手勢忽然一轉。

他沒有碰到禿鷹老王，可是老王卻好像忽然被人狠狠的摑了一巴掌，枯瘦黝黑的臉忽然變成了死灰色，過了很久很久才問這青衣人：

「你是誰？」

「我姓蕭。」青衣人說：「劍氣蕭蕭的蕭。」

老王忽然情不自禁的後退了半步：「你就是丐幫新設的刑堂堂主蕭峻？」

「是的。」青衣人說：「我就是。」

三

這時候吳濤和那個「元寶」的小叫化還睡在酒舖後那間小屋裏，睡得像死人一般。

四

就在他們醉倒的那家小酒舖後面，有一條短街，又短又窄又臭又髒，一到了夏天，濟南全城的蒼蠅和蚊子好像都集中到這裏來。

除了蒼蠅和蚊子之外，還有一些人也會集中到這裏來。

一些在別人眼裏看起來和蒼蠅蚊子差不多的人。

短街兩旁幾十間破木屋內，十二個時辰不停的供應城裏最廉價的酒和女人，一到了晚上，空氣裏就充滿了各種臭氣和嘈雜的聲音。

可是在這一天的晚上，這條街上最陰暗的一個角落裏，最破舊的一棟木屋中，傳出來的卻是一陣陣古老而蒼涼的三弦聲。

一聽到這種樂聲，街上的每個人都知道「大阿姐」那個古怪的老客人又來了。

大阿姐原來的名字叫「雲雀」，不但有雲雀般的嬌小美麗，還有雲雀般甜美的歌聲。

只不過那已是三十年前的往事了。

三十年無情的歲月消磨，已經使這位昔年傾城的絕色變成了一個可怕的女人。

她臉上的皺紋越多，來找她的客人就越少，近年來除了這個古怪的小老頭外，她已經沒有別的客人。

但是她也沒有別的地方可去，所以只有像一棵枯萎了的殘菊般留在這條街上最陰暗的角落裏，等著在寒風中凋落。

她還能活下去，也許因爲她還有這麼樣一個忠心的顧客。

一個愛彈三弦的老人。

沒有人知道他的身分，也沒有人去問，大家都在背地叫他做「大阿姐的小老頭」。

這個小老頭正在彈三弦，蒼涼古老的弦聲，配合著大阿姐低啞的悲歌。

陰暗破舊的屋子裏充滿了一種說不出的哀愁，無可奈何的哀愁，卻又帶著種說不出的寧靜。

因爲他們的年華都已老去，美人已遲暮，英雄已白頭，生命中所有的歡樂榮耀刺激，都已經跟他們全無關係。

他們再也用不著爲了這種事去跟別人爭鬥。

老人在燈下悠悠的彈著三弦，聽著她在旁低低的伴著悲歌，長夜漫漫，距離天亮的時候還早，他那張已被多年痛苦經驗刻劃出無數辛酸痕跡的臉上，忽然露出種孩子們甜睡在母親懷裏的表情。

只有在這裏，他才會有這種心情。

只有在這裏，他才能得到真正的休息。

因爲這裏沒有人認得他，沒有人知道他就是昔年名震天下的「四大旗門」中的「花旗」田咏花。

別人雖然不知道，田雞仔總知道。

老人忽然放下三弦，嘆了口氣：「我就知道這個小討厭遲早總會找到這裏來。」

「這個小討厭是誰？」大阿姐問。

「除了我的寶貝兒子還有誰？」

大阿姐笑了，在陰暗的燈光下，她的笑容依稀彷彿還帶著幾分昔日的風姿。

她又問田老爺子：「你怎麼知道大少爺已經來了？」

「我不知道誰知道？」老爺子傲然說：「這世界上還有我老人家不知道的事？」

「有的。」田雞仔在門外應聲道：「我敢打賭，一定有的。」

他笑嘻嘻的說：「我敢賭你老人家一定不知道我還帶了些什麼人來。」

「你帶來些什麼人？」

「一個活人，五個死人。」田雞仔說：「活人是來看你的，死人卻要請老爺子出來看看他們了。」

五

這棟破舊的木屋後有道高牆，高牆後就是城裏有名的凶宅。

經常鬧鬼的凶宅。

凶宅的後園裏荒草淒淒，苔蘚滿徑，五口棺材已經搬到後園中的一個八角亭裏，兩盞油紙燈在風中搖曳，遠遠看過去就像是鬼火。

——明天一定有人會說這裏又在鬧鬼了。

田雞仔和蕭峻分別提著盞油紙燈站在老爺子旁邊，燈火照著棺材裏的死人，也照著他的臉。

老爺子的臉色居然也變了，忽然回過頭，盯著蕭峻：

「這五個人是你帶來的？」

「是。」

「你在哪裏找到他們的？」

「在一個樹林子裏……」蕭峻用最簡明的說法，說出了這件事的經過，他知道田老爺子一向最討厭別人囉哩囉嗦的說個不停。

田老爺子耳朵在聽他說話，眼睛卻一直盯在棺材裏的瘤子的臉上，等到蕭峻說完了，他才長長嘆了口氣，對著這個已經聽不到他說話的瘤子說：

「牛掛珠，牛老闆，二十年不見，想不到你脖子上掛的珠子已經大得成球了。」

田雞仔看看蕭峻，蕭峻看著田雞仔，兩個人同時用同樣驚訝的口氣問：

「這個人真是昔年橫行關東的大盜牛三掛？」

「就是他。」老爺子說：「頭上掛個珠子，腰上掛把刀子，刀上掛個人頭，牛掛珠就是他，牛三掛也是他。」

老爺子又說：「二十年前，不管誰想去抓他，人頭都要被掛在他的刀上。」

「他是老爺子的朋友？」

「不是。」田老爺子說：「只不過我也不能算是他的對頭。」

田老爺子嘆了口氣，又道：「因爲我老人家只有一顆人頭，還不想掛在他的刀上。」

「他的武功真有這麼高？」

「他的武功也許比傳說中還要高一點，做人卻沒有傳說中那麼惡劣。」田老爺子說：「他就算喝了三百斤老酒，也不會去搶一個小叫化的幾十兩銀子，更不會故意裝成一個第八流的強盜。」

「可是他確實這麼做了。」

「他一定是爲了別的事。」

「爲了什麼？」

「那個小叫化一定不是普通的小叫化。」老爺子說：「也許根本就不是個小叫化。」

「被他偷掉錢包的那個生意人，很可能也不是真的生意人。」

「很可能。」

蕭峻忽然問田雞仔：「你能不能找到他們？」

「只要他們在城裏，就一定能找到。」

「什麼時候能找到？」

「如果現在就去找，天亮前後大概就能找到。」

「那麼你最好趕快派人去找。」

五　銀　電

一

四月十七日，黎明前。

由田雞仔派出的三十二名得力的弟子，已經分別在與孫府派出的三十二個地區的搜索人員連絡，問他們在這一夜的搜索過程中，有沒有看見過吳濤和元寶這麼樣兩個人？

花旗門下弟子深入濟南各階層，搜索人員中當然也有他們的兄弟。

天亮之前，他們就已連絡上開源錢莊的二掌櫃楊克東，立刻就得到了這兩個人的消息。

這時候吳濤和元寶還在酒鋪後那小屋裏呼呼大睡，凶宅廢園中的田雞仔已經用一把銀鉗將屍體上那五件命中要害的暗器取出來，盛在一個銀盤裏。

銀鉗和銀盤都沒有變色，暗器上絕對沒有毒，它們能一擊致人於死的原因是它們的準確、力量，和速度。

五件暗器都極細小，但是每一件暗器都穿透了死者的衣服，穿透肌膚，釘入骨骼。田雞仔費了很大的功夫才把它們起出來。

暗器在銀盤中閃著光，其中三枚顏色烏黑，宛如鐵釘。

另外兩根細針卻是銀色的，卻遠比這個用純銀打成的托盤亮得多。

每個人的眼睛都盯在這五件暗器上，每個人神色都很凝重。

過了很久，田老爺子才輕輕的吐出口長氣。

「想不到，真是想不到。」他嘆息搖頭：「想不到這兩個老怪物居然還沒有死，居然還能出手，難怪連牛三掛那樣的身手都躲不開了。」

「這也許只因爲連牛三掛也想不到他們會來，而且正在全心全意地對付那個小叫化，所以才會遭到他們的毒手。」

「也許是這樣子的。」田老爺子說：「也許牛三掛根本就躲不開。」

他拈起一枚銀釘，又嘆了口氣：「我至少已經有十八年沒看過這種暗器了，可是我還記得，十八年前他們只要暗器出手，從未有人能躲得過，直到最後一次在東海之濱那一戰。」

「那一戰怎麼樣？」田雞仔問。

「那次他們終於敗在一個人手裏。」田老爺子說：「那一戰之後，江湖中就再也沒有人聽到他們的消息。」

「你老人家說的是不是『無聲霹靂』雲中雷，和他的夫人銀電仙子？」

田老爺子忽然發脾氣了，瞪著他的兒子大聲咆哮：

「你幾時變得這麼笨的？除了他們夫妻外，還有誰能用霹靂針和銀電針？」

田雞仔居然還在笑，笑嘻嘻的說：

「幸好有時候我也會變得滿聰明的，別人想不通的事，我反而能想出點頭緒來。」

「什麼事？什麼頭緒？你說！」

「那個小叫化一定不是普通人，一定很難應付，所以牛三掛和他的死黨才會故意裝成下八流的強盜，要小叫化大意輕敵，他們才容易得手。」

田老爺子的氣還沒有消，還在板著臉生氣，蕭峻卻已經在點頭。

田雞仔對他笑了笑，接著說：「可惜牛三掛也沒有想到暗中居然還有兩個人在保護那個小叫化，更想不到這兩個人居然是十八年前名震江湖的雷電雙仙。」

蕭峻立刻同意：「有理。」

田老爺子卻又大吼：「有理個屁，簡直是在放屁！」他說：「那兩個老怪物無兒無女，也沒有徒弟，他們退隱的時候，那個小叫化還沒有出世，跟他們有什麼關係，他們爲什麼要在暗中保護他？」

「也許他們是受人之託。」田雞仔說：「也許是別人派他們來的。」

「派他們來的？」田老爺子更生氣：「天下誰有資格指揮他們夫妻？」

「至少有一個人。」

「誰？」

「十八年前在東海之濱擊敗他們的那個人。」

田老爺子忽然不生氣了，也不說話了，過了半天，忽然輕輕的打了他兒子一耳光，嘆著氣道：「有時候我希望你還是笨一點的好。」

田雞仔居然也嘆了口氣：「只可惜再笨也不會笨到哪裏去。」

「爲什麼？」

「因爲我是花旗田四爺的兒子。」

老爺子笑了，大笑。

就在他笑得最開心的時候，忽然又是一巴掌打了過去。

這一巴掌不但比剛才打的重得多，也快得多。

田老爺子彈起三弦來雖然比大明湖畔的瞎子老樂師還慢，出手卻比江湖中大多數人都快三倍。

能躲開他這一掌的人實在不多，幸好田雞仔是其中的一個。

老爺子一巴掌打了出去，田雞仔已經竄到八角亭的柱子上了。

蕭峻忽然伸出一根手指，在這根滿佈灰塵的柱子上點了七個點，又畫了一道彎彎曲曲的線，然後才一個字一個字的問：「是不是他？」

蕭峻聲音低啞：「在東海之濱擊敗雷電雙仙的是不是他？」

他畫的只不過是一些看來毫無意義的點與線而已，可是田老爺子看到了這七個點和一條線時，臉上立刻露出種別人從未在他臉上見過的尊敬之色，就好像看到了一位非常值得他尊敬的人一樣。

當今天下，能夠受田老爺子尊敬的人已經沒有幾個了。

這七個點和一條線代表的是一個什麼樣的人？

他雖然連一個字都沒有說，可是他臉上的表情等於已經替他回答了這個問題。

「真是他？」蕭峻皺眉：「那個小叫化會和他有什麼關係？」

「應該是有一點關係的。」田雞仔搶著說。

「爲什麼？」

「如果他們之間全無關係，那個小叫化就算被野狗咬死在陰溝裏，雷電雙仙也不會看他一眼。」

「如果那小叫化真是他的門人子弟，爲什麼要去偷一個生意人的錢包？」其實這個問題的答案他早已想到過：「因爲那個生意人也不是普通的生意人。」

「可是那小叫化怎麼知道他不是普通的生意人？」蕭峻又問：「如果他不是個普通的生意人，他是誰呢？」

田雞仔笑了笑：「這些話你不該問我的！」

「我應該去問誰？」

「去問他們自己。」田雞仔說：「我相信現在應該已經有了他們的消息。」

他敢這麼說，因爲他已經看見李棟回來了。

李棟是花旗門下最能幹的弟子之一，也正是他派出去打聽消息的。

「雞哥要我們去找的那兩個人，現在已經有了下落了。」李棟說：「是楊克東給我的消息，我想大概不會錯。」

「他們的人在哪裏？」

「在一家叫『趙大有』的酒飯舖裏。」

「兩個人在一起？」

「從天黑的時候就在一起。」

「在一起幹什麼？」

「在拚命喝酒，喝了兩三個時辰，兩個人都喝得爛醉如泥，直到現在還死人一樣睡在趙大有後面那間專門爲醉鬼準備的小屋裏。」

田老爺子忽然笑了笑：「看來這一老一小兩個人都不是笨蛋，在今天晚上這種時候，喝醉了的確比清醒好得多，越醉越好。」

蕭峻冷笑：「如果他們真是我們想像中那樣的人，只怕不是真醉。」

「不管是真是假，我們先去看看再說。」田雞仔道：「最好讓我一個人先去。」

李棟卻攔住了他。

「我看雞哥也不必去了。」

「爲什麼？」

「因爲王老爹會把他們帶來的。」李棟說。

「他怎麼會知道他們的下落？」

「剛才他在外面問我的。」

「你爲什麼要說？」田雞仔叫了起來。

李棟苦笑：「雞哥也該知道王老爹的脾氣，他問我，我怎麼敢不說？」

「他已經走了很久？」田雞仔又問。

「走了有一陣子，現在只怕已經到了趙大有的舖子裏。」

田雞仔忽然跳了起來，大聲說：

「糟了！」

二

「爲什麼糟了？」

「禿鷹老王的脾氣就像是塊老薑，越老越辣，如果他說要把人帶回來，不管那人是醒是醉是死是活，他都非帶回來不可。」

「如果那個人不肯跟他走呢？」

「那麼他就非出手不可。」

「如果他不是那人的對手？」

「那就糟了！」

說完了這幾句話，田雞仔和蕭峻已經到了趙大有的房脊上。

趙大有的舖子前前後後裏裏外外都是黑黝黝的，連一點燈光都沒有。

幸好田雞仔以前到這裏來過、喝過、醉過，也在那間專爲醉鬼準備的小屋裏睡過一宵，所以很快就找到了這間屋子。

屋子裏既沒有燈光，也沒有聲音。

田雞仔嘆了口氣，苦笑道：「看樣子是真的糟了！」

他沒有說錯，是真的糟了。

屋子裏有人，只有一個人，爛醉如泥的吳濤和元寶都已不見蹤影，清醒無比的禿鷹老王卻像爛泥一樣倒在屋角裏。

三

四月十七日，凌晨。

「森記」木材行的廠棚裏已經有晨光透入，用不著再點燈，也可以看清人的臉。

淮南鷹爪門下三大高手中的禿鷹老王直挺挺的躺在一塊新鋸開的松木板上，四肢已僵硬，臉上的肌肉也已僵硬。

僵硬的肌肉雖然已扭曲變形，卻還是可以看得出他臨死前的驚嚇與恐懼。

禿鷹一向是條硬漢，田雞仔還沒有見過能讓他害怕的人。

可是現在無論誰都可以看得出他這一次是真的害怕，怕得要命。

田雞仔在嘆息：「我可以保證他不是怕死，我知道他一向都不怕死。」

「他怕的是什麼？」

「是那個人。」田雞仔說：「那個自稱姓『吳』名『濤』的人。」

誰也沒有聽見過「吳濤」這名字，「吳濤」他不是個可怕的人。

「他當然不是真的叫吳濤。」田雞仔苦笑：「鬼才知道他本來叫什麼名字。」

六 神仙窩

一

四月十七，晨。

天亮後一個時辰之內，濟南城內外所有的花旗門下弟子，以及和他們有關的眼線地痞流氓，都看到了一張圖像，接到了一項指令。

圖像是城裏十一位以替人繪製肖像遺容爲業的名師，根據「趙大有」店裏的掌櫃和伙計的形容描敘繪成的，畫的是兩個人。

一個叫吳濤的中年人，尖臉細眼長鼻闊嘴，打扮成外地客商的模樣。

另一個是叫元寶的小叫化，圓臉大眼，笑起來大眼瞇起，酒窩露出，樣子十分可愛。

指令是用「一號花旗」加急發出的，叫他們全力全面追查這兩人的下落。

半個時辰後，濟南官府屬下所有的差役捕快也參加了這項行動。

因爲濟南府的三班捕快也接獲了線民的密報，說這個叫吳濤的生意人，很可能就是天下各州各府各縣都在追緝的四名漏網大盜之一，甚至有可能就是曾經三入皇宮大內盜寶，在江湖人心目中名聲僅次於「盜帥」楚留香的「大笑將軍」。

木板桌上擺著一大盤蔥醬、一大盤烙餅、一大碗燉得極爛的罈子肉，和一大盤加料炒成的合菜。

田老爺子經常吃的早點都是這樣子的，他一向認爲早上吃得飽，一天做事都有精神。

今天他吃的卻不多。

今天他有心事，而且還有點感慨。

「大笑將軍，老子姓李。」他說：「這人倒是真有膽子，有本事。」

「他叫李什麼？」

「不知道。」田老爺子說：「沒有人知道。」

田雞仔又問：「別人爲什麼要叫他大笑將軍？」

「因爲大家都承認他的本事只比楚留香差一點，所以稱他爲將軍。」

「『大笑』兩個字又是怎麼來的？」

「每次做案後，他都要大笑三聲。」田老爺子嘆息：「當時別人聽到他的笑聲，真有人會嚇得連屎都撒出來。」

「然後呢？」

「然後就沒有了。」

「沒有了？」田雞仔不懂：「沒有了是什麼意思？」

「沒有了的意思就是沒有了。」田老爺子說：「別人聽到他的笑聲趕去時，已經沒有了。」

「什麼沒有了？」

「黃金、珠寶、古玉、古畫，只要他想要的，什麼都沒有了。」

田老爺子又嘆了口氣：「十多年前，連他這個人都沒有了，就好像一碗酒倒進去了你的嘴，忽然之間就沒有了。」

「還是有的。」田雞仔說：「一碗酒倒進了我的嘴，就到了我的肚子裏。」

「還是沒有了。」田老爺子說：「一碗酒到了你的肚子裏，就變成了尿，酒還是沒有了。」

他沒有笑，因爲這不是笑話。

田雞仔也沒有笑。

他明白他老爹的意思：「大笑將軍失蹤了多年後，就變成了吳濤。」

田老爺子忽然轉過去問蕭峻：「丐幫刑堂新創，百廢待興，日理萬機，你本不該到這裏來的。」

「是。」能夠用一個字表明的意思時，蕭峻從不用兩個字。

「只不過你還是來了。」

「是。」

「你爲什麼來的？」

蕭峻想了想才回答：「爲了大笑將軍。」

他說的是實話，他從不說謊，對這一點田老爺子無疑覺得很滿意。

「你當然是爲了他來的。」田老爺子說：「牛三掛他們當然也是爲了他來的，我相信現在江湖中一定已經有很多人知道他在濟南城。」

田雞仔又不懂了：「可是吳濤以前並不在濟南。」

「他在濟南也好，不在濟南也好，都沒有關係。」田老爺子說。

「爲什麼？」

「因爲別人本來要找的根本不是他。」

「不是他？」

田雞仔問：「是誰？」

「是孫濟城。」

當然是孫濟城。

大笑將軍失蹤了之後，就化身爲濟南億萬鉅富孫濟城。

田雞仔並不是沒有想到這一點。

田雞仔並不是笨蛋。

他只不過喜歡問，什麼事他都要問，明明已經知道的事有時候他也要問。

「別人找的本來既然是孫濟城，既然已經懷疑孫濟城就是大笑將軍，現在爲什麼又要懷疑吳濤？」田雞仔又問：「難道吳濤和孫濟城有什麼關係？」

「恐怕有一點。」

「是一大點還是一小點？」

「一大點，很大很大的一大點。」田老爺子說：「恐怕大得要命。」

他又嘆息：「現在恐怕就已經要了好幾個人的命。」

蕭峻的目光又好像凝視在遠方，一個字一個字慢慢的說：

「孫濟城已經死了，殺他的兇手也死了，他的門下爲什麼要大搜濟南城？」

這是非常重要的關鍵問題，是個已經問過了很多次的老問題，也是個無人能回答的問題。

可是現在不同了。

現在這個問題已經有人能回答，能回答這種問題的當然只有田老爺子。

「這問題的答案其實很簡單。」他說：「只用八個字就可以說明白了。」

「八個字？」田雞仔問：「哪八個字？」

「孫濟城根本沒有死！」

這是句很驚人的話，大多數人聽見都會大吃一驚。

田雞仔和蕭峻不是大多數人，他們是極少數人中的少數人。

他們居然都沒有吃驚。

只不過田雞仔還是要問：「他明明已經死了，大家明明都已看見過他的死屍，怎麼會沒有死？」

「死的不是孫濟城。」田老爺子說：「那個死屍也不是孫濟城。」

「是誰呢？」

「是一個長得極像孫濟城的人，很可能是孫濟城特地挑選製造出來，準備在必要之時代替他死的人。」

「挑選的意思我明白，可是製造……」田雞仔問：「製造是什麼意思？怎麼製造？」

「他先挑選　個容貌本來就非常像他的人，再在這個人臉上做一點手腳，加一點工而已。」

田老爺子又解釋：「江湖傳言，都說大笑將軍和花十娘的交情不錯，花十娘妙絕天下的易容術，他當然也學到了一點。」

「然後他就把這個人藏在密室裏，等到必要時替他死？」

「對。」

「必要的意思，就是他的秘密已被人發現了的時候？」

「對。」

「他先勒死了柳金娘，用邱不倒的少林神拳打死了他的替身，然後再強迫邱不倒服毒自盡，讓別人以爲他們是死於情殺的？」

「對。」

「以前雖然有人懷疑他是大笑將軍，可是孫濟城既然已經死了，也就不會有人再追究這件事。」

「對。」田老爺子說：「錯了。」

田雞仔苦笑：「究竟是對？還是錯？」

「你說的對，他卻做錯了。」田老爺子冷冷的說：「他選錯了人。」

「我倒認為他沒有錯。」田雞仔說：「柳金娘替他做的衣服，每一件都像皮膚一樣合體貼身，對他的身體四肢骨骼構造一定非常熟悉，所以只有她可能會分辨出死的那個人不是他，因為每個人的骨骼構造都不會相同的，如果我是他，我一定也會選柳金娘的。」

田老爺子忽然又在生氣了，用力一拍桌子：「可惜你不是他，你是個混蛋，你懂個屁？你根本連屁都不懂！」

田雞仔閉上了嘴。

他看得出老爹這次是真的生氣了，可是他不懂他老爹為什麼生這麼大的氣。

所以他不敢再開口，一直不開口的蕭峻卻開口了：「一定有一點破綻。」

他只說了七個字。

其實這句話至少要用三十四個字才能說明白的——

「孫濟城這計畫雖然周密，可是其中一定有一點破綻，所以別人才會發現死的不是他。」

他只說了七個字，因為相信田老爺子一定明白他的意思。

田老爺子果然在點頭：「當然有一點破綻。」他說：「如果有人真的相信世上真的有天衣無縫、滴水不漏的罪案，那個人一定是個瘋子。」

「孫濟城自己很可能也隱隱約約感覺到這一點，所以才忍不住要回來看看。」

田老爺子冷笑：「他一定認爲這裏是個很安全的地方，絕對沒有人想得到他會回來。」

「所以他回來了。」蕭峻說：「所以吳濤才會在濟南出現。」

這就是他們的結論。

可是田雞仔還有問題：「如果吳濤就是孫濟城，就是大笑將軍，那個叫元寶的小叫化是誰呢？」

田老爺子沉著臉不開口。

蕭峻也不開口。

田雞仔又問他：「如果元寶真的和你說的那個有關係，怎麼會跟吳濤在一起？難道他也知道吳濤就是大笑將軍？他是怎麼知道的？」

田老爺子又有點生氣了：「你爲什麼不問他自己去？」

田雞仔嘆了口氣：「我也想去問他，只可惜無論誰要找他恐怕都很不容易了。」

「爲什麼？」

「如果我是吳濤，我殺了老王之後，一定也會殺了他滅口的。」田雞仔說。

他偷偷的看他老爹，忽然又笑笑：「幸好我不是吳濤，我只不過是個混蛋而已。」

田雞仔不是混蛋。

他聰明機警、有膽識、反應快，而且極富判斷力，花旗門下的兄弟們沒有不佩服他的，因爲他下的判斷幾乎從未錯過一次。

這一次他的判斷無疑也十分正確，連田老爺子和蕭峻都沒有異議。

但是這一次他偏偏算錯了。

吳濤並沒有殺元寶滅口，而且好像連一點點要殺他的意思都沒有。

他們也沒有逃走。

現在他們居然還留在濟南，只不過沒有人能找得到他們而已。

就是比田雞仔再精明十倍的人，也絕對想不到他們會到那種地方去。

沒有人能想到他們會躲在那種地方的。

二

濟南是古城，也是名城，開府已久，物阜民豐。

濟南府的知府衙門建築恢宏，氣派之大遠比大多數的府縣衙門都大得多。

濟南府的大牢建築堅固，禁衛嚴密，關在裏面的人要想逃出去，簡直難如登天。

——要逃出去雖然難如登天，要進去是不是也同樣困難？

沒有人仔細研究過這問題。

——誰願意無緣無故把自己關進監牢裏去？

有人願意的，至少有兩個人。

三

每座監牢都有陰暗的一面，濟南府的大牢當然也不例外。

關在這座牢獄裏的囚犯，只要一聽見「神仙窩」三個字，就會嚇得連褲襠都濕透。

神仙窩當然不是神仙的窩，也不是神仙去的地方。

神仙窩是濟南府大牢裏最可怕的一間牢房，只有最可惡的惡鬼才會被關到那裏去。

現在被囚禁在神仙窩裏的，是兩個只等秋決處斬的死囚，不但犯案如山，而且窮兇惡極。

四月十七這一天，黎明前最黑暗的那段時候，他們忽然在睡夢中被人打醒，忽然發現這間陰暗如鬼窟的牢房裏居然多了兩個人。

他們看不清這兩個人的臉，只看得出其中一個比較高大。

死囚大喜，還以爲是道上的朋友來救他們。

黑暗中的高大人影也客氣的告訴他們：「我是送你們走的。」

「送我們到哪裏去？」死囚更喜。

說話的人更客氣：「像兩位這樣的人，除了十八層地獄外，還有哪裏可去？」

死囚又緊張又憤怒，想翻身躍起，可是全身上下都被制住。

這人影只伸出一根手指，就把他們制住了。

他們平生殺人無算，手底下當然也很硬，可是在這鬼魅般的人面前，就像是變成了兩隻臭蟲。

他們流著冷汗問這個人：「我們跟你有仇？」

「沒有。」

「有怨？」

「也沒有。」

「既然無仇無怨，你爲什麼要冒險闖入這裏來要我們的命？」

對方的回答是這兩個死囚做夢也想不到的，讓他們聽了哭也哭不出來，笑也笑不出，死也死得不能閉眼。

這人夜闖大牢來殺他們的人，居然只因爲：「我想借你們這地方睡一覺。」

這個鬼魅般的人當然就是吳濤。站在後面看他殺人的，除元寶外也不會是別人。

唯一讓人想不到的是，元寶並不是被吳濤綁架來的。

元寶是自己要跟他來的。

在趙大有那間暗室裏，用一種不可思議的手法，在一瞬間擊斃淮南鷹爪門高手禿鷹老王之後，他就用一隻手將元寶扔出了窗戶。

可是元寶還沒有跌在地上，忽然間又被他用一隻手接住了。

然後元寶就發現自己忽然間已經到了七八重屋脊外。

「我的媽呀！」元寶叫了起來：「你這身功夫是怎麼練出來的？你到底是人是鬼？」

「有時候是人，有時候是鬼。」吳濤淡淡的說：「有時半人半鬼，有時非人非鬼，有時連我自己都不知道自己是什麼？」

他淡淡的聲音中，彷彿帶著種說不出的悲愴，幸好元寶似乎聽不出來。

不幸的是，元寶又好像聽出來一點。

這個小叫化知道的事好像比他應該知道的多，所以他問：「現在你是不是要殺我滅口了？」

「殺你滅口？」吳濤冷笑：「你知道什麼？我爲什麼要殺你滅口？」

「至少我知道你殺了人。」

「殺人又如何？」吳濤聲音中又有了那種悲愴：「世上殺人的又豈止我一個？」

元寶看看他，忽然嘆了口氣：「其實我也知道那個人並不是被你殺死的。」

「哦？」

「他是嚇死的。」

元寶說：「你一出手就捏碎了他的兩隻雞爪，在他身邊低低說了一句話，我就聽見他放了一串屁，就嗅到一股臭氣。」

元寶又道：「我早就聽說被嚇死的人就是這樣子的。」

「你知道的事倒不少。」

「我知道那個人本來就該死。」

「爲什麼？」吳濤問。

「他根本不知你是誰，只不過要帶你回去問話而已，可是他一進來就想用重手法捏碎你身上四大關節。」元寶道：「像這樣的人，平常做事也一定又兇又狠又毒辣，也許早就該死了。」

吳濤盯著他看了半天，臉上雖然沒有什麼表情，眼睛裏卻露出種別人很難看得出也很難解釋的表情。

「你走吧。」他說：「快走。」

「我不走，我也不能走。」

「爲什麼？」

「別人既然能找到你，當然也知道我跟你在一起。」元寶說：「現在你一走了之，我又不知道你到哪裏去了，如果被他們抓住，不活活被他們打死才怪。」

他拉住吳濤的袖子：「所以我只有跟著你，而且跟定了你。」

吳濤又盯著他看了半天，才問道：「你知道我是誰？」

「不知道。」

「我不是個普通生意人。」

「我也不是個普通小叫化。」

「你不想知道我是什麼人？」

「我想，可是我又不想讓你知道我是誰。」元寶說：「所以只要你不問我，我也不問你。」

「你跟著我不會有什麼好處的。」吳濤說：「我若是人，絕不是個好人，就算我是鬼，也是個惡鬼。」

他的聲音又變得極冷酷：「我本來只不過想利用你度過今夜，我也看得出你有點來歷，必要時說不定還可以利用你的家世去要脅別人。」

「我知道。」

元寶居然說：「我完全知道。」

「你若跟著我，不但要陪著我受苦受難受氣受罪，必要時我說不定還會出賣了你。」吳濤冷冷的說：「別人一刀砍來時，只要我能逃命，說不定會用你去擋那一刀。」

「我知道。」

「你不後悔？」

「這是我自己願意的，怎麼會後悔？」

元寶忽然笑了笑：「何況我說不定也會利用你，別人一刀砍來時，究竟是誰有本事利用誰去擋那一刀，現在還難說得很。」

吳濤沒有笑。

他本來好像想笑的，可是他沒有笑。

元寶又問他：「現在你想到哪裏去？」

「想大睡一覺，養足精神。」吳濤說：「不管要幹什麼，都得要有好精神。」

他冷笑：「別人一定認爲我會像野狗般被追得疲於奔命，我偏要他們大吃一驚。」

「睡覺是好事。」

元寶說：「只不過濟南城裏哪裏還有能讓你好好大睡一覺的地方？」

「有個地方是他們絕對找不到的，因爲誰也想不到我會到那裏去。」吳濤說得極有把握。

「沒有人能想得到？」

「沒有。」

「有一個。」元寶眨了眨眼：「至少有一個人能想得到。」

「誰？」

「我。」

吳濤盯著他：「你知道我說的是什麼地方？」

元寶又笑了笑，露出了兩個大酒窩。

「我不但知道那是什麼地方，而且還知道那地方要進去比要出來容易得多。」

所以元寶就跟著吳濤進了神仙窩。

七 抽絲

一

四月十七，正午。

濟南城裏還在大事搜索元寶和吳濤，對這件事有興趣的人已越來越多，因爲花旗門和官府都出了極高的賞格，足夠讓人過好幾年快活日子。

他們搜索的對象卻正在神仙窩裏蒙頭大睡，居然像是真的睡著了。

在這種情況下還能睡著的人，除了他們兩位恐怕很難找得出第三個。

孫記屬下的七十九家商號大門外都已貼上「忌中，歇業五日」的白紙，孫大老闆的暴斃已經人人皆知，用不著再保守秘密。

——真正應該保守的秘密是孫大老闆還沒有死。

大三元當然也沒有開始營業，可是鄭南園卻在正午時匆匆趕來，因爲他知道樓上來了三位貴客，他不能不接待的貴客。

來的是濟南大豪花旗門的田老爺子父子，和決心整頓丐幫，單手創立刑堂，令天下武林震動，在丐幫中操生殺大權的蕭峻。

鄭南園是走上樓的。

他也不是殘廢，他坐輪椅只不過因爲糾纏折磨他已有多年的關節風濕。

他來的時候，樓上的雅室中已經擺上一桌極精緻的酒菜，貴客已在座。

酒有三種——

罈封剛啓的是清洌而辛烈的貴州茅台，溫和醇美而有後勁的江浙女兒紅。

盛在金樽裏的是孫大老闆前天中午沒有喝完的波斯葡萄酒。剛用井水鎮過，金樽上還凝著水露。

田老爺子每種都喝了一杯，先喝過然後才說：「我們不是來喝酒的。」

他可以說這種話。

一個人的身分到達某種程度後，隨便說什麼別人都只有聽著。

他說的話通常都不太好聽，有時會令人哭笑不得，有時會令人大吃一驚，有時甚至會要人的命。

「我們也不是來弔喪的。」他又說：「因爲你我都知道孫大老闆根本沒有死。」

這句話就狠得要命。

鄭南園居然沒有反應，只不過在他面前的水晶杯裏又加了一杯葡萄酒而已，剛好加滿，一點都不多，一點都沒有濺出來。

他的手還是很穩。

田老爺子瞇著眼，看著他。

「你們昨天晚上大舉搜城，並不是真的爲了要找那位裝死而沒有死的大老闆，因爲這樣子找人是絕對找不到他的。」

田老爺子說：「這樣子找人只能找到些醉鬼小偷白癡。」

他說：「你們這麼做只不過爲了要讓孫濟城明白，你們已經發現死的不是他。」

鄭南園在聽，就好像一個小學生在聽塾師講他根本聽不懂的四書五經。

於是喝酒的田老爺子又喝了三杯酒，他的兒子也陪他喝了三杯。

「我們到這裏來，是想問你一件事。」田老爺子問的話永遠都問在節骨眼上：「你們怎麼會知道死的不是孫濟城？」

鄭南園笑了。

「這句話其實是應該由我來問老爺子的。」

「可是現在我已經先問你。」

「我能不能不說？」

「不能。」

「那麼我就從頭說起。」

鄭南園首先也爲自己倒了杯酒，淺淺的啜了一口，然後才開始說：

「孫大老闆府上的衛士分爲六班，分別由連根和邱不倒率領，最近我忽然發現邱不倒率領的衛士連續被他撤換了十三個人。」

田老爺子知道他絕不會說和這些事無關的廢話，所以每個細節都不肯放過。

「換走的是些什麼人？新的是些什麼人？」田老爺子問。

「被換走的都是得力的舊部，新來的都是些行蹤詭秘，從未在江湖中出現過的陌生人，年紀都沒有超過三十歲。」

「你有沒有在孫濟城面前提起過這件事？」

「沒有。」

鄭南園又說：「但是他忽然暴斃之後，我立刻就想到他的死一定跟這十三個人有關係。」

「當時他們還沒有離開？」

「還沒有。」鄭南園道：「所以我將被邱不倒換走的舊部全找了回來，再配上另外十三個好手，要他們兩個對付一個，去對付那十三個來歷不明的陌生客，不管死活，都要把他們帶回來。」

「你做得對。」田老爺子表示讚許，又問道：「結果怎麼樣？」

「我派出去的人很快就回來了。」鄭南園將杯中酒一飲而盡：「二十六個人都回來了。」

「現在他們的人呢？」

「就在樓下藏酒的地窖裏。」

「每個人都在？都沒有走？」

「二十六個人都沒有走。」鄭南園淡淡的說：「恐怕永遠都不會走了。」

永遠不會走的只有一種人。

死人！

二

陰暗的地窖，用白布單覆蓋著的死屍排列得比酒罈更整齊。

鄭南園跟隨在田老爺子身後：「我一直沒有將他們入殮，只因爲我早就想請老爺子到這裏來看看他們。」

他掀起屍體上的白布單，地窖裏混濁的燈光立刻照亮了，一張因驚懼而扭曲的臉，一條關節已被拗擰扭曲的手臂，手肘的關節已破碎，喉結也已破碎。

「每個人都是這麼樣死的。」鄭南園說：「二十六個人都完全一樣。」

田老爺子的臉色忽然變得很沉重。

鄭南園又說：「捏碎他們關節咽喉的當然不會是同一個人，用的力量也不同，但用的手法卻是完全一樣的。」

他說：「這種手法毒辣奇特而有效，和江湖中其他各門各派的路子都不同。」

田老爺子忽然問他：「你以前從來沒有見過這樣的手法？」

「我沒有。」

田老爺子一個字一個字的說：「我見過。」

他的臉色更沉重，不讓鄭南園開口，又接著說：「現在我才明白，孫濟城爲什麼會拋下他的億萬家財，詐死逃亡了。」

鄭南園當然要問：「他爲什麼會這樣做？」

「因爲他一定也發現了這十三個人混入了他的衛士中，而且一定猜出了他們的來歷。」

田雞仔忍不住要插嘴了，忍不住問：「難道他是被這些人嚇走的？」

「哼。」

「如果他真的是大笑將軍，怎麼會被人嚇走？」

田雞仔問：「李將軍幾時怕過別人？」

田老爺子瞪起了眼，怒道：「你怎麼知道他沒有怕過別人？你是他肚子裏的蛔蟲？」

田雞仔又不敢說話了。

鄭南園居然沒有追問這十三個人的來歷和他們所用的手法，也沒有問田老爺子怎麼能確定孫濟城是他們嚇走的？

他只是很平靜的繼續說完他要說的話。

「我這次行動失敗後，就失去了那十三個人的行蹤。」鄭南園說：「連根知道了這件事，極力主張大舉搜索，要把他們逼出來。」

田老爺子冷笑：「幸好你們沒有把他們逼出來，否則這地窖就算再大三倍，只怕也裝不下那麼多死人。」

「不管怎麼樣，我的意思只不過要老爺子明白，我們昨天搜城，並不是因爲我們已經知道死的不是孫大老闆，也並非因爲我們已經發現了死的是個替身。」

鄭南園仍然很平靜：「我們昨夜搜城，只不過是爲了要找那十三個人。」

他和蕭峻不同，他說話一向很詳細，爲了要說明一件事，甚至不惜反覆說出幾次。

現在他已經說得很明白了，所以現在他也要提出他的問題：

「老爺子怎麼會知道死的不是孫濟城？而是他的替身？」

如果田老爺子真是個不講理的，當然可能拒絕回答這問題。

如果他要拒絕，誰也不敢勉強。

幸好田老爺子有時也很講道理的，別人將他的疑問解釋得清清楚楚明明白白，他也不好意思板起臉來拒絕別人。

他只問鄭南園：「你是不是也要我從頭說起？」

「最好這樣子。」

於是田老爺子也倒了杯酒，開始從頭敘說：

「我早就懷疑孫濟城不會真的這麼樣忽然暴斃，可是我本來也沒法子證明死的不是他，直到昨天晚上，我才有機會證實。」

「什麼機會？」鄭南園問。

「孫濟城是不是四月十五的下午離開大三元酒樓？」

「是。」

「當天他是不是在你這裏吃了一碗雞鮑排翅？還用核桃松子一類的乾果做酒菜，喝了好幾杯你們剛託人帶來的波斯葡萄酒？」

「是的。」

鄭南園又苦笑：「想不到老爺子對這裏的一舉一動都清楚得很。」

田老爺子不理他話中的譏諷之意，自己接著說下去。

「他死的時候大概是在黃昏前後，距離和你分手時大約只有一個時辰。」

「老爺子怎麼能確定這一點？」

「濟南府的仵作班頭葉老眼是我的朋友。」田老爺子說：「你也該知道他是這一行裏的斲輪老手，這二十多年來經他手裏驗過的屍，也不知道有多少了，他的判斷當然不會錯。」

「可是我們並沒有請官府的仵作來驗屍。」鄭南園說：「葉老先生也沒有看見過我們大老闆的屍體。」

「他見過。」

「什麼時候見過？」

「昨天黃昏之後，你們調集人手準備大舉搜城的時候。」

「那時候大老闆的遺體還在他臥房裏。」

「不錯。」

「葉老先生怎麼能到大老闆臥房裏去？」鄭南園追問。

「是我帶他去的。」

鄭南園不再問了，田老爺子無論要帶一個人到哪裏去，都不是件困難的事。

何況那時候他們已將孫府的好手全都調派出去，留守的家丁衛士中也難免沒有「花旗」門下的兄弟。

田老爺子又說：「葉老眼判斷出孫濟城暴斃的準確時刻之後，我就想到了一個問題。」

「什麼問題？」

「一個人把東西吃下肚子之後，要過多久才會變成大糞？」

這是個很絕的問題，但卻也是個切中要害的問題。

「根據葉老眼的經驗，一般食物在肚子裏一個時辰後還不會完全變成大糞。」田老爺子說：「核桃松子一類的乾果更不容易消化。」

他很快的說出了結果：「那個死屍肚子裏既沒有雞肉鮑魚排翅，也沒有核桃松子乾果，反而有一些孫濟城從來不肯吃的魚乾肉脯。」

這個結果是怎麼查出來的？

田老爺子雖然沒有把經過情形說出來，可是每個人都能想像得到。

雖然每個人都能想像得到，卻又沒有人願意認真去想。

只不過鄭南園的臉色已經沒有剛才那麼溫和平靜了，冷冷的問道：「從一開始的時候，老爺子早就已經懷疑死的不是他？」

「不錯。」

「老爺子怎麼會懷疑到這一點的？」

鄭南園眼睛裏已露出刀鋒般的光：「我們大老闆和老爺子並無深交，老爺子爲什麼會對他的生死如此關心？」

田老爺子的臉色變了。

田雞仔也發現他老爹的臉色變了，變得就好像上次他說起這件事，提到柳金娘時那種生氣的臉色一樣。

但是田老爺子還是回答了這個問題。

「我當然關心，當然會懷疑。」

他大聲說：「因爲我自己知道孫濟城就是李大笑。十個邱不倒也比不上大笑將軍的一根手指，他怎麼會被邱不倒一拳打死？」

這個非常合理的答覆，沒有人能反駁，就算明知是個藉口，也沒有人能反駁。

就算明知田老爺子還有其他原因沒有說出來，也沒有人敢問。

但是鄭南園另外還有問題要問。

「今天我也聽城裏傳說，官府和老爺子都在找一個叫『吳濤』的人，因爲據人密報，這個人很可能就是昔年名震天下的『三笑驚魂』李將軍。」

「我想你是應該聽到的。」

「老爺子的意思是不是說，吳濤就是孫濟城，孫濟城就是李將軍，李將軍就是吳濤？」

鄭南園又恢復了他的仔細謹慎，同樣的一個問題他用不同的方式反覆問了三次。

田老爺子的回答卻簡單得很。

「是的。」

「這實在是件很難讓人相信的事。」

鄭南園嘆息：「孫濟城生活雖然不算正常，卻也很有規律，而且每天都在人前露面，從不避人耳目，這些年來，從來也沒有人懷疑過他，我實在想不通老爺子怎麼會忽然發現他就是大笑將軍？」

田老爺子冷笑：「你以爲知道這秘密的人只有我一個？你想蕭堂主是爲了誰來的？」

他輕描淡寫一句話，就把他不願回答的問題轉交給蕭峻。

鄭南園果然立刻問：「蕭堂主怎麼會發現的？」

蕭峻淡淡的說：「本幫弟子遍佈天下，江湖中大大小小的事，本幫就算不能第一個知道，也絕不會是最後一個知道。」

這種回答根本不能算回答，可是也不能不算回答。

江湖中人都知道，丐幫的消息一向靈通，至於他們消息的來源，卻從來沒有人知道。

鄭南園的這個問題總算有了個雖然不能使他滿意，卻又讓他不能再追問下去的答案。

但是他還有另一個問題：「兩位又怎麼能確定吳濤就是孫大老闆？」

「孫濟城殺他的替身，一拳致命，肺腑俱傷，用的正是『穩如泰山』邱不倒的殺手，就好像也跟邱不倒一樣，也在這種拳法上苦練了三四十年。」田老爺子又說：「唯一不同的一點是他這一拳所含的內力，還帶著股陰柔之極的力量。」

田老爺子確定：「少林神拳的力量是陽剛之力，少林門下弟子絕對沒有一個人能使出這種爐火純青的陰柔之力。」

田老爺子見聞閱歷之豐富，武功知識之淵博，天下無人能及，天下各門各派的刀劍兵刃拳掌暗器，他都懂一點。

他說的話，鄭南園只有聽著。

「淮南三王中的禿鷹老王，是死在吳濤手裏的。」田老爺子說：「他殺老王用的正是淮南門的鷹爪功，路數手法都不比老王差，只不過他用的鷹爪力中，也帶著那種陰柔之力。」

鷹爪力也是陽剛之力，淮南門下弟子也沒有練過陰勁。

這一點用不著再說出來，大家也都知道。

田老爺子又說：「這兩個人的屍體我都親自檢查過，我雖然是個老頭子了，老眼還不花，我看出來的事，天下大概還沒有人能說我看錯了。」

沒有人能說，也沒有人敢說。

田老爺子最後才問鄭南園：「能用別人苦練數十年的功夫反制對方，還能再使用陽剛一類的武功時，加入陰柔之力，像這樣的人天下有幾個？」

「好像沒有幾個！」

「除了那位自稱『老子姓李』的大笑將軍外，你還能不能說出第二個人來？」

鄭南園閉上了嘴。

他說不出，連一個人都說不出。

田老爺子道：「你說不出，所以我才敢說，吳濤就是孫濟城，孫濟城就是李將軍，李將軍就是吳濤。」

這就是結論。

所以鄭南園已經沒有什麼問題可以再問了，蕭峻卻還有一個。

他問的問題通常都令人無法答覆。

「現在吳濤既然已經知道我們發現了他的秘密，而且正在找他，」蕭峻問：「他下一步，會怎麼做？」

田雞仔忽然笑了笑：「這個問題你不該問我們的，」他說：「你應該去問他自己。」

三

四月十七，午後。

晴天，陽光普照，雖然照不進這間狹窄潮濕陰暗而且臭得要命的牢房，多少總有點餘光漏進來。

元寶已經醒了，正瞪著一雙大眼睛在看。

誰也想不到他正在看什麼。

他看到的事他這一輩子都沒有看見過，也不想看見。現在雖然看到了，卻還是不太相信。

元寶正在看著幾十幾百隻蜘蛛老鼠蟑螂壁虎毒蛇蜈蚣蚊子臭蟲。

死蜘蛛、死老鼠、死蟑螂、死壁虎、死毒蛇、死蜈蚣、死蚊子、死臭蟲。

他從來未想到小小的一間石頭牢房裏，會有這麼多這種東西。

這裏確實有，而且本來都是活的，鮮蹦活跳生猛。

可是一碰到正在蒙頭大睡的吳濤，活的立刻就變成了死的。

不管是蜘蛛老鼠蟑螂壁虎也好，是毒蛇蜈蚣蚊子臭蟲也好，只要一碰到吳濤的身子，就會忽然彈起來，掉在地上，一動也不再動。

元寶不但在看，而且在數。

死一個，數一個，現在他已經數到一百八十九。

這個數目本來一點都不嚇人，可是現在他已經數得全身汗毛都豎了起來。

吳濤卻還在蒙頭大睡，睡得像死人一樣。

牢房裏也不知道還會有多少怪蟲怪物出現，牢房外不時傳來鐵鍊曳地聲、哀號痛哭聲、喝罵鞭打聲。

他聽到的聲音和看見的事同樣讓他噁心。

他已經開始受不了。

吳濤要睡到什麼時候才會醒？

元寶決心要把他叫醒，不敢叫，只有用手去推，只是一隻手剛碰到吳濤身上，立刻就反彈回來，震得半邊身子發麻。

——這個人實在是個怪人，人也許還不太可怕，可是武功太可怕。

元寶卻一點都不怕他，居然又抓起一條死老鼠，往他鼻子扔過去。

「啪」的一聲，一個人的鼻子被死老鼠打個正著。

不是吳濤的鼻子，是元寶的鼻子。

死老鼠反彈回來，正好打在他的鼻子上。

元寶生氣了，好像要叫起來了，幸好吳濤已經在伸懶腰，元寶立刻瞪著他問：

「你這是什麼意思？」

「什麼什麼意思？」

「你爲什麼要用死老鼠打我的鼻子？」

「是你想用死老鼠打我的鼻子？還是我要用死老鼠打你的鼻子？」

「我可以打你，你不能打我。」元寶居然還是說得理直氣壯。

吳濤坐起來，忍不住問：「為什麼你可以打我？我不能打你？」

「因為你是大人，我是小孩。」元寶越說越有理：「而且你在裝睡，我當然應該叫醒你，我又沒睡著，你打我幹什麼？」

吳濤好像想笑，還是沒有笑。

「你為什麼要叫醒我？為什麼不在這裏多睡一陣子？」

「我睡不著了。」

「為什麼睡不著？」吳濤問：「這地方有什麼不好？」

「什麼地方都不好。」

「你想走？」

「想。」元寶說：「很想。」

「你還想不想再來？」

「王八蛋才想再來。」元寶越說越生氣：「這裏根本不是人住的地方，連王八蛋都耽不下去。」

吳濤忽然站起來，大聲說：「好！」

「好？」元寶又問：「好是什麼意思？」

這句話剛問出來，他已經知道吳濤是什麼意思了。因為他已經看見吳濤振起了雙臂，已經聽到一連串爆竹般的聲音從吳濤身體裏響起。

然後就是「轟」的一聲大震。

這間狹窄潮濕陰暗，用石塊造的牢房，忽然像是遇到了天崩地裂，一塊塊幾百斤重的粗石，忽然崩飛，一塊塊飛了出去。

砂石塵土飛揚間，元寶覺得自己整個人就像是騰雲駕霧般飛了起來，只聽見吳濤在說：

「這地方既然連王八蛋都耽不下去，還留著它幹什麼？」

八 放不下的寶刀

一

四月十七，黃昏前。

號稱銅牆鐵壁的濟南城大牢中最堅固的「地字第一號」牢房忽然神秘崩塌，爲了建築這間牢房，特地遠從石岡山運來，每塊重達數百斤的岩石全都被某種迄今還沒有人能解釋的神秘力量摧毀震裂，其中有一塊竟被震出二十餘丈之外，打倒了衙門後院的兩間柴房和一株三百年的槐樹。

囚禁在房中的兩名死刑犯也已忽然神秘暴斃，根據大府仵作領班葉老眼的檢驗，兩個人的死時都在天亮之後，遠在牢房崩塌之前。

沒有人知道他們的死因，更沒有人知道牢房怎麼會崩毀。

雖然官府很想把這件事壓下來，可是還不到半個時辰，有關這件事的消息就已轟動濟南。

辮子姑娘也許並不是知道這件事的第一個人，至少總比大多數人都知道得早一點。

消息傳來時，田老爺子正在午睡，得到消息後，也立刻就將借宿在客房裏的丐幫刑堂堂主蕭峻和他的大少爺田雞仔找到他臥房的小廳去。他們也知道他召喚他們的原因。

這時候通宵未睡，午飯又喝了一點酒的田老爺子已完全清醒。

「你們是不是已經聽說這件事？」

「是的。」

田老爺子指著他門下弟子剛送來，擺在桌上的一塊碎石裂片。

「這就是建造那間牢房用的石頭，本來每一塊大概都有三五百斤。」

石質粗而堅實，原來的厚度大概在一尺五寸左右，長寬也差不多。

田老爺子拈起一撮碎片上的石粉，用兩根手指搓了搓。

「這是很難得的石塊，石質雖然比花岡石差一點，堅硬的程度卻差不多，就算要一個壯年鐵匠用大鐵鎚來敲，也要敲半天才能敲得碎。」

田雞仔又開始提出了他的問題：「這不是用鐵鎚敲碎的？」

「不是。」

田老爺子又道：「聽今天在牢房當值的老趙說，那間牢房是一下子就毀了的，所有的石塊都在那一瞬間被震碎震飛。」

他問田雞仔：「天底下有沒有這麼大的鐵鎚？」

「沒有。」

「天底下當然沒有，天上面倒可能有的。」田老爺子說：「如果我也是個混蛋，我也許會認爲摧毀那牢房的是鬼神之力。」

他嘆了口氣：「可惜我不是混蛋，我知道除了鬼神之力，還有一種力量也能做得到這種事。」

田雞仔當然要問：「還有一種什麼力量？」

「人力。」田老爺子說：「人的力量有時遠比你想像中大得多。」

「什麼人有這種力量？」田雞仔總是會配合他老爹的話提出問題。

「這種人當然不多，目前很可能只有一個。」

「這個人是誰？」

田老爺子又火了，瞪著他的兒子問：「你真的不知道這個人是誰？你真的是個白癡。」

田雞仔不是白癡，他早已想到這個人是誰。

「別人要抓他去坐牢，他卻先到牢房裏去了。」田雞仔苦笑：「這小子真有一套。」

「他不是小子，他是大將，是大笑將軍。」田老爺子板著臉說：「他也不是只有一套，他最少也有個七八百套。」

他指著他兒子的鼻子厲聲說：「你一定要記住這一點，否則你就死定了！」

「是。」

「你一定要記住，無論誰低估了大笑將軍都活不長的。」

「是。」田雞仔說：「老爺子說的話，我從來也沒有忘記過一次。」

蕭峻終於也開口了：「老爺子能確定這件事一定是他做的？」

「一定是他。」田老爺子說得截釘斷鐵：「除他之外絕無別人。」

他能如此肯定，因爲他有根據：

「當今天下，只有他能將至陽至剛的外力和至陰至柔的內力配合運用，也只有這種天地日月陰陽互濟的功夫，才能發出這麼大的威力。」

「他既然是因爲害怕才詐死逃亡，甚至不惜躲到那種暗無天日的死囚牢房裏去，爲什麼又突然使出這種獨門功夫，把自己行蹤暴露出來？」

這也是很中肯的問題，是田雞仔問的。

田老爺子想了想之後才回答：「因爲他的行蹤已經暴露了，他自己也知道別人已經發現死的不是他，他躲到那間牢房裏去，也許只不過因爲他需要休息，養足精神體力。」

這句話說出來，蕭峻和田雞仔臉色都有點變了，眼睛裏都發出了異樣的光。

他們都已明白田老爺子的意思。

——大笑將軍這麼做，無疑是爲了要養精蓄銳，和他的對頭們硬拚一場。

這一戰的慘烈可想而知。

田老爺子嘆了口氣，從桌子底下找出個半瓶酒，對著瓶子喝了一口，才悠悠的說：「幸好他的對頭不是我。」

「如果不是老爺子，也就不會是我了。」田雞仔好像也鬆了口氣。

「當然不是你。」田老爺子冷笑：「你還不配。」

「誰配？」田雞仔問：「是不是殺死鄭南園屬下廿六位好手的那個人？」

「那不是一個人，是一群人，一個組織。」田老爺子說：「混入邱不倒衛隊中的都是這組織中的人，所以連殺人用的手法都一樣。」

「那種手法很可怕？」

「你是不是想去找他們試試？」田老爺子又冷笑：「那麼你恐怕很快就要真的一輩子坐在你那張寶貝輪椅上了。」

蕭峻的目光又在凝視著遠方，好像又在想那件永遠沒有別人能猜得到的事，卻忽然說：「也許我也不配。」

「不配做什麼？」

「不配做大笑將軍的對手。」蕭峻淡淡的說：「可惜我一定要做。」

——這是不是因爲他和李將軍之間有什麼不能化解的深仇大恨？還是因爲其中別有隱情？

田雞仔這次居然沒有問，他一生最不願做的事，就是刺探別人的隱私。

蕭峻卻忽然說：「你爲什麼不問我？」

「問什麼？」

「問我爲什麼一定要與大笑將軍一戰？」

「我知道你本來就是爲他而來的。」

「你爲什麼不問我爲什麼要來？」

田雞仔笑了，雖然並不是真的想笑，也不是真的在笑，總是有一點笑的樣子。

「我應該問你這些事？」

蕭峻目光又到了遠方，過了很久才回答：「我還有手，也還有命，能與李將軍一戰，也算不負生平，生又何妨？死又何妨？什麼叫應該，什麼叫不應該？」

他慢慢的站起來：「現在我只希望我能比別人先找到他。」

「你能找得到？」

「也許能找得到。」蕭峻說：「因爲我已經有一點瞭解邱不倒這個人。」

「哦？」

「這個人最大的弱點就是賭。」蕭峻說：「要利用他，只有從這方面入手，所以混入他衛隊的那十三個人，一定是在賭上認得他的。」

其實這句話並沒有把他的意思完全表達出來，田老爺子卻已經在嘆息，看著他的兒子說：「如果你能有蕭堂主一半聰明，我就高興了。」

蕭峻沒有聽見這句話。

就在這一瞬間，他的人已到了廳外小院的高牆外。

田雞仔忽然問：「他真的能找到他？怎麼去找？」

「那十三個人能利用邱不倒混入孫濟城的衛隊，是因爲賭，孫濟城就是大笑將軍，是他們的對頭，如果大笑將軍要找他們，應該怎麼去找？」田老爺子反問。

「從賭上去找。」

「現在大笑將軍既然已決心一戰，當然正在找他們。」田老爺子又問：「蕭峻要找他，應該怎麼去找？」

「也應該從賭上去找。」

田老爺子嘆了口氣：「這次你總算明白了，總算還不太笨。」

田雞仔也嘆了口氣：「可是我如果真的有蕭堂主一半聰明，老爺子也許反而會不高興了。」

「為什麼？」

田雞仔把他老爹喝剩下的小半瓶酒一口喝下去：「因為我還記得老爺子曾經告訴我，太聰明的人通常都活不長的。」

二

「趙大有」是間小飯舖，可是很有名，比很多大酒樓都有名。

「趙大有」的老闆既不大，也不胖，甚至不姓趙。

又大又高又胖又姓趙的不是老闆，是伙計，「趙大有」這招牌就是從這位伙計身上來的，有很多人都認爲他是老闆，老闆是伙計。

——小飯鋪未必比不上大酒樓，伙計的身分未必比老闆差，只看你怎麼去做而已，世界上有很多事都是這樣子的。

四月十七，黃昏前後。

「趙大有」今天沒有開門，因爲趙大昨天晚上被折騰了一夜，今天需要休息。

伙計要休息，老闆就得休息，伙計如果不幹了，這家店就得關門。

所以伙計要睡覺的時候，就算廚房失了火，他也還是照睡不誤，誰也沒法子叫他起床。

可是今天他一下子就被人叫起來了，連屁都不敢放一個。

因爲今天叫他起床的，就是昨天晚上那一大一小兩個酒鬼，也就是花旗門和官府都在追緝的那兩個人。

這種人是絕不能得罪的，否則說不定也會像花旗門的王老爺一樣，死在自己被嚇得尿濕了的褲子裏。

所以他們要什麼，他就拿什麼，連半點都不敢耽誤。

趙大的架子雖然大，膽子卻不大。

這兩個人居然要了八個大菜、八個小菜碟、二十個饅頭，外加整整一罈子上好蓮花白，而且一下子就吃得乾乾淨淨，就好像吃過這一頓就沒有下一頓了。

吳濤拚命的吃，元寶也拚命的吃。

可是元寶已經有點吃不消了，他從來沒有見過任何人吃得有吳濤一半多。

「睡得好才有精神，吃得飽才有力氣。」吳濤說：「就算你只不過要去挑糞，都得先養足精神力氣，不管你要去幹什麼都一樣。」

「現在你吃飽了沒有？」元寶問吳濤。

「好像已經有了七八分。」

「你會不會去挑糞？」

「不會。」吳濤說：「我平生只有三樣事從來學不會。」

「哪三樣？」

「著棋繡花挑糞。」

元寶居然沒有笑，只瞪著一雙大眼睛看著他，又問道：「除了吃飯喝酒外，你還會幹什麼？」

「你看我還會幹什麼？」

「會殺人！」元寶說：「我看你養足精神就是爲了要去殺人。」

吳濤忽然大笑。

他平時很少笑，一笑起來就是大笑，就好像開心得要命。

可是他的笑聲中偏偏又帶著種說不出的諷刺和悲愴，而且往往會在突然間結束。

他忽然問元寶：「你信不信有時死人也會復活？」

「我不信。」

「你很快就會相信的。」

「爲什麼？」

吳濤倒了一大碗蓮花白，一飲而盡：「因爲現在就有個死人快要復活了。」

元寶又瞪著他看了半天，也倒了一大碗酒喝下去，才問他：「你就是那個快要復活了的死人？」

「是的。」吳濤居然承認：「我就是那個死人。」

「可是你還沒有死。」

「你說錯了。」吳濤道：「你應該說吳濤還沒有死。」

「你不是吳濤？」元寶忍不住問。

「有時是的，有時不是。」

「不是吳濤的時候，你是什麼人？」

「是個死人。」吳濤眼睛裏忽然有光芒閃動：「是個快要復活的死人。」

元寶忽然笑了笑：「我不懂。」他說：「千古艱難唯一死，你既然辛辛苦苦的死了，爲什麼又要復活？」

「因爲有人不讓我死。」

「什麼人不讓你死？」

「仇人。」吳濤又滿飲一大碗：「殺不盡的仇人。」

「既然是你的仇人，爲什麼不讓你死？」

「因爲我活著比死了有用。」吳濤說：「也因爲他們覺得我上次死得太快、太容易，所以還想要我慢慢的再死一次。」

他淡淡的接著說：「只可惜這一次無論誰想要我死，恐怕都不太容易了。」

元寶忽然用力一拍桌子：「好！我贊成。」

「贊成什麼？」

「贊成你這一次不要死得太容易。」元寶說：「要死，至少也要先殺幾個殺不盡的仇人再死。」

吳濤又大笑，用力拍元寶的肩：「好！我喜歡。」

「喜歡什麼？」

「喜歡你。」吳濤爲元寶斟滿了一杯：「再過幾年，你一定也是條好漢子，我敬你一杯。」

元寶不喝，先問他：「現在我難道就不能算是條好漢子？」

「你是的。」吳濤又痛飲一碗：「現在你已經是條好漢子。」

他放下酒碗，拿起雙筷子，以竹筷擊酒甕，放聲而歌：

「喝不完的杯中酒，唱不完的別離歌。放不下的寶刀，上不得的高樓。流不盡的英雄血，殺不完的仇人頭。」

悲壯蒼涼的歌聲忽然斷絕，吳濤忽然大喝一聲：「去！」

這個字說出口，他手裏的竹筷也雙雙飛去，「奪」的一聲，釘在門板上。

飯鋪並沒有營業，門還沒有開，這雙竹筷竟穿透了門板，直飛出去。

門外立刻傳來兩聲慘呼，還有人在大叫：「是他，就是他。」

「既然知道是我，爲什麼還不進來？」

沒有人進來，沒有人敢進來。

吳濤霍然站起，拉起元寶的手：「他們不進來，我們出去。」

門還是關著的。

吳濤就好像看不見門還是關的，大步走過去，只聽「砰」的一聲響，門板四散飛裂。

門外長街寂寂，行人都已遠避，因爲這家小小的飯鋪竟已被重重包圍。

有兩個人正在呻吟著被他們的同伴抬走，每個人肩上都插著根竹筷。

一根普通的竹筷到了吳濤手裏，竟能穿透門板，釘入人骨，釘入了這兩個人身上的同一部位，距離他們心臟的距離也一樣，就好像用手量著釘進去的一樣。

他們還沒有死，並不是因爲他們命大。

他們還沒有死，只不過因爲吳濤從來不想要這種人的命。

這一點元寶看得出來。

可是他不懂，一個人怎麼能隔著一層三寸厚的門板，把一雙竹筷打在不同兩個人身上的同一部位上。

——難道他隔著門板也能看得見？這是不可能的，絕不可能。

——難道他只憑這兩個人的呼吸聲就能分辨出他們身上的部位？

這也是不可能的，卻不是絕不可能。

只要有一點可能的事，就有人能做得到，也許只有一個人能做得到。

這一點是平常人看不出來也想不到的，可是除了元寶外，居然還有個人也看出來了。

包圍在飯舖外的人叢中，忽然有人在鼓掌。

「眼不能見，聽氣辨位，飛花摘葉，也有穿壁之力。」這個人說：「想不到世上真有這樣的功夫，如果我不是親眼看見，龜孫王八蛋才相信。」

這個人說的話很絕。

上半段他說得很文雅，非常非常文雅，只有前輩儒俠一派宗主之類的人才能說得出來。

下半段的話卻不夠文雅了，尤其是最後一句，簡直就像是個小流氓說出來的。

說話的這個人也很絕。

他身上穿著件又寬又大、用棉布做成的袍子，十二個鈕扣最多只扣上了五六個，下面還露出兩隻只穿著雙破麻鞋的腳。

可是他腰上繫著的，卻是條只有王公貴族花花大少和暴發戶一類人才會用的腰帶，那種上面鑲著二三十顆珍珠寶石的黃金腰帶。

他長得一點都不好看，看起來卻又偏偏不難看。

他年紀已不小，身材很高大，笑起來卻像是個孩子。

元寶覺得這個人很有趣，而且忽然發現吳濤好像也覺得這個人很有趣。

——討厭的人總是會讓人覺得很討厭，有趣的人總是會讓人覺得很有趣。

這道理雖然就像是「雞蛋不是鴨蛋」那麼簡單，有些人卻偏偏還是喜歡做些讓人討厭的事。

這個人從人叢中走出來時還在笑，帶著笑對吳濤說：

「名滿天下的武林高手我也見過不少，今日能見到閣下這樣的功夫，才算真的開了眼界。」他故意嘆了口氣：「只可惜我還是覺得有一點點遺憾。」

「哦？」

「遺憾的是，直到現在我還不知道應該怎麼樣稱呼閣下？」

這個人說：「應該是吳先生？還是孫大老闆？」

他又笑了笑：「也許我還是應該稱你一聲李將軍才對。」

吳濤反問：「我應該怎麼稱呼你？」

「我沒關係。」這個人笑道：「你就算叫我孫子王八蛋都沒關係。」

元寶忽然笑了，露出了兩個深深的酒窩：

「如果你是個王八蛋，你老子是什麼？是個王八？」

人叢中已有人在怒喝，這個人卻把他們壓制了下去，還是帶著笑說：

「你叫我王八蛋，我並不一定就是王八蛋，不叫王八蛋的人反而可能是個大王八，這完全是兩回事。」

「有理。」元寶問他：「你到底是不是個王八蛋呢？」

「我看起來像不像？」

「不像。」元寶眨著眼：「你看起來最多也只不過像個混蛋而已。」

這人大笑，笑得真的很開心，連一點生氣的樣子都沒有。

「你看起來也不太像元寶。」

他說：「就算有點像，也只不過像我小時候用麵粉泥巴搓成的那一種，而且發了霉。」

元寶也大笑，也沒有生氣的樣子。

「一個是發了霉的泥元寶，一個是不大不小的中級混蛋，原來我們兩個都一樣，都不是什麼好東西。」

「你是好東西，我不是東西。」

這個人也眨了眨眼：「我是人。」

吳濤一直盯著他，忽然問他：「你是不是姓田？」

「是。」這個人只有承認，因爲他確實姓田。

「你就是田咏花的兒子田雞仔？」

「我就是。」

「你爲什麼一直不肯說出來？」

「我還不知道你是誰，爲什麼要讓你知道我是誰？」田雞仔說。

「你知道的已經夠了。」

吳濤說：「我知道的也夠了。」

「我知道了什麼？」

「知道了我就是你們要找的人。」

「你知道了什麼？」

「知道了你就是來找我的人！」吳濤說。

他眼中精光閃動：「我也知道你的腰帶裏有一柄吹毛斷髮，可剛可柔的緬刀，懷裏還藏著十三枝田咏花昔年成名的暗器飛花旗。」

田雞仔嘆了口氣，苦笑著問：「天下還有沒有你不知道的事？」

「有一樣。」

「哪樣？」

「你是找我來的，而我就是你要找的人，你的腰畔有刀，懷裏有暗器，一伸手就可以拔出來。」吳濤冷冷的問：

「你爲什麼還不出手？」

「因爲我不配。」

這句話有些人死也不肯說的，田雞仔卻笑嘻嘻的說了出來，還說：「連我們老爺子都說我不配做你的對手，我怎麼敢出手？」

「你爲什麼要來？」

「我只不過想來看看你是個什麼樣的人而已。」田雞仔說：「只可惜你真正的對手已經到別的地方去了，否則他也一定會來的。」

「他是誰？」

「蕭峻。」

田雞仔說：「心腸如鐵石，出手如閃電，丐幫新設的刑堂堂主蕭峻。」

吳濤冷笑：「你認爲他配做我的對手？」

「他自己也說他可能也不配。」田雞仔嘆了口氣：「只可惜他非要試一試不可。」

「他爲什麼不來找我？」

「他已經去找你了，已經去了半天。」

「到哪裏去找？」

「他算準你一定會到賭場去找買動了邱不倒的那些人。」

田雞仔說：「現在說不定還在那家賭場裏等著你。」

「你爲什麼不去？」

田雞仔又嘆了口氣：「因爲我比較笨，這種事我總是算不出來的，所以只有坐在屋裏等，想不到傻人有傻福，他沒找到你，反而被我等到了。」

吳濤那幾聲人笑，一闋悲歌，聽不見的人恐怕很少。

元寶忽然問他：「我們去不去？」

「到哪裏去？」

「到哪家賭場去？」元寶說：「我還沒看過真正的賭場是什麼樣子。」

吳濤眼中又露出了精光，淡淡的說：「你很快就會看到了。」

元寶立刻開心起來，好像根本不知道有多少仇敵、多少殺機都已潛伏在那賭場裏，好像也忘記了蕭峻是個多麼可怕的人。

他只想趕快到那裏去，而且還要好好的去賭他媽的兩把。

田雞仔也開心起來。

「好，我帶你們去。」他說：「如果你沒賭本，我還可借給你。」

「你有錢？」

「當然有。」田雞仔道：「大把大把的錢。」

他居然真的掏出了一大把，只可惜都是些銅錢和散碎銀子。

「你大把錢就只有這麼一點？」元寶顯得很失望。

「這已經是我的全部財產了，你還嫌少？」

元寶苦笑搖頭：「看起來你這有錢人跟我這個小叫化也差不了太多。」

田雞仔忽然板起臉，正正經經的說：「一個人的財產絕不能多，要左手拿過來，右手花出去，才花得痛快，花光了之後無牽無掛，更痛快極了。」

「有理。」元寶贊成。

「一個人的財產如果太多，花又花不光，送掉又心疼，又怕被偷被搶，又怕被詐被騙，又怕別人來借，死了後也帶不走一文，那就不痛快了。」

「有理。」

「只要能花得痛快，就是個有錢人。」田雞仔說：「所以我是個有錢的人。」

「你絕對是。」

「所以我這個有錢人的全部財產就只有這麼多，既不怕被偷被騙，也不怕別人來借。」

田雞仔說：「所以只要你開口，我就借給你。」

有人肯借錢給你，總是件令人愉快的事。想不到元寶忽然又變得小心謹慎起來，居然問田雞仔：「你要不要抵押？」

「不要。」

「要不要利息？」

「也不要。」

這種條件之優厚已經很少有，元寶居然還要再問一句：「我可不可以不還你？」

田雞仔笑了。他問元寶的話比元寶問他的更絕：「我可不可以不要你還？」

「可以。」

元寶回答得真痛快極了，而且一下子就把田雞仔的全部財產都拿了過來。

像這樣借錢的人固然天下少有，像這樣借給別人的恐怕更少。

可是兩個人都很開心。

「如果我是孫大老闆，我們就不會這麼開心了。」

田雞仔說：「因爲我若有他那麼多錢，就絕不肯把我的全部財產借給你，你也不敢問我借的。」

元寶大笑：「幸好你不是孫大老闆，只不過是個不大不小的中級混蛋而已。」

「一點都不錯。」

可惜元寶還是錯了！

他根本用不著借賭本的，因爲他們到了那賭場後，賭的絕不會是錢。

他們要賭的是命！

九　賭人不賭命

一

四月十七，夜。

燈已燃起，剛剛燃起，一百九十六盞巧手精製的珠紗宮燈。

「如意賭坊」的湯大老闆一向是個講究排場的人，而且一向認為大多數人都喜歡往燈光最明亮的地方去，就算要送一點錢出去，也寧願在燈光比較明亮的地方送出去。

所以負責整修裝潢這家賭坊的老師傅雖然認為大廳裏最多只要點八九十盞就夠了，湯大老闆卻堅持要用一百九十六盞。

他沒有錯。

如意賭坊的進賬比城裏另外十八家賭坊加起來都多。

湯大老闆一向是個很少做錯事的人，現在也用不著再做什麼事了。

近來他唯一要做的事，就是坐在家裏把銀子收進來，如果沒有銀子的時候，金子也行。

一百九十六盞燈的光是夠亮的，在這種燈光下，連一個已經用了一下午細心化妝的三十五歲女人眼角的皺紋，都可以看得很清楚。

蕭峻卻好像什麼都沒有看見。

賭坊裏有各式各樣的人，有好看的人，也有不好看的人。

賭坊裏經常都會發生各式各樣的事，有好玩的事，也有不好玩的事。

蕭峻都看不見。

賭坊裏當然也有各式各樣的人到這裏來，都是爲了要來賭兩把，就算明知隨時都可能把老婆輸掉，也要賭一賭。

沒有人知道他是來幹什麼的，也沒有人敢問他。

他的臉色太可怕，在一百九十六盞珠紗宮燈的燈光下看來更可怕。

在這種燈光下他的臉看來就像是透明的。

二

燈剛剛燃起，田雞仔就帶著吳濤和元寶來了。

如意賭坊裏的人當然都認得田雞仔。

他絕不是那種不吃不喝不嫖不賭的正人君子。

他是湯大老闆的好朋友。

幹這一行的人要想在濟南城裏站住腳，就一定要是花旗門的朋友，否則這間有一百九十六盞宮燈的大廳，至少已經被人砸爛過一百九十六次。

所以田雞仔進來的時候真是神氣極了，不管認不認得他的人都想跟他打個招呼。

能夠和田雞仔打個招呼，絕對是件有面子的事，能夠叫他一聲「雞哥」那就更有面子了。

有面子的人，也還不太少，一大票人都圍過來招呼他：

「雞哥，今天想玩什麼？」

「今天我不想玩。」田雞仔居然搖頭說：「今天我是特地帶這兩位朋友來玩的，他們都是我的貴客。」

能夠被田雞哥當做貴客的人當然是很有面子的人，吳濤和元寶雖然不太像，大家對他們也不能不另眼相看。

蕭峻看不見。

他看不見他們，他們居然好像也看不見他。

他永遠都好像活在另外一個世界裏，看見的都是另外一個世界裏的事。

他所看見的是一張張牌九。

牌九是很好玩的，只要不輸，就很好玩。

每樣賭都很好玩，只要不輸都很好玩。

唯一遺憾的是，十個賭，九個輸。

——也許還不止九個。

「兩位喜歡賭什麼？」

「牌九。」

於是雞哥的兩位貴客立刻就被帶到一張賭得最大的牌九桌上。

「兩位喜歡押哪一門？」

「天門。」

於是本來押天門的人立刻都讓開。

莊家不是賭坊裏的人。

開賭坊的人絕不能賭，否則這家賭坊也一樣可能被輸掉。

賭坊只抽頭。

做莊家的是個大胖子，肚子大得要命，錢包也大得要命，頭也不小。

不是冤大頭，怎麼能在如意賭坊裏做莊家？

元寶一下子就把田雞仔的全部財產全都押了下去，然後抬起頭來看著莊家。

他希望莊家也在看著他，多少對他表示一點佩服的意思，佩服他的豪氣和闊氣。

莊家唯一想表示出來的意思就是一巴掌就把這個小叫化打出去，把剛才押天門連輸了兩手的那些再請回去。

可惜他不敢。

誰也不敢對雞哥的朋友如此無禮。

莊家只有擲骰子，擲出來的是三點，天門先走，莊家拿第三手。

第三手牌赫然是對梅花豹子，如果不是這個小叫化來攪局，莊家這把牌最少可以贏天門上千兩銀子，天門的牌是付爛污二。

元寶輸了，輸得精光。

檯面上只剩下天門還沒有下注，大家都在等，莊家也在等，帶著種哭也哭不出，笑也笑不出的表情等著他把賭注押下去。

他唯一能押的就是自己。

田雞仔忽然問他：「你爲什麼不把你自己押下去？難道你忘了你是個元寶？」

莊家傻了。

雞哥既然這麼說，如果這小叫化真的往賭桌上一躺，硬說自己是個元寶，那怎麼辦？

想不到這次元寶居然搖了搖頭，說：「我不能這麼做。」

「爲什麼？」

「因爲我這個元寶太値錢了，我怕他們賠不起。」

莊家鬆了口氣，大家都鬆了口氣，田雞仔卻偏偏還要問他：

「這一把你押什麼？」

「我想押一點金子。」

「金子？」這小叫化全身上下連一點金渣子都沒有，連田雞仔都忍不住問：「金子在哪裏？」

「就在附近，到處都有。」

元寶很正經的說：「只要我去拿，隨時都可以拿得到。」

「你準備什麼時候去拿？」

「現在就去。」

元寶大步往外走：「你們等一等，我馬上就回來。」

誰肯等他？

誰相信他是真的拿金子去了？誰相信他真的能把金子拿回來？

莊家滿臉帶笑：「現在天門反正是空著的，哪位先來賭幾把？」

吳濤忽然站過來。「我。」他說：「我來，你走。」

莊家笑不出了：「爲什麼要我走？」

吳濤淡淡的說：「因爲我要賭的你賠不起，也輸不起。」

莊家怔住，忽然聽見身後又有個人說：「你走，我來。」

他一回頭，就看見張死人般蒼白透明的臉，就好像那種已經在冰窖裏凍過三個月的死人一樣。

誰願惹這種人？

莊家走了，上下兩門的人也走了，卻又捨不得走的太遠。

大家都看得出這兩個人一定會賭得很精采。

田雞仔當然更不會走，因爲只有他知道，這兩個人不但一定會賭得很精采，而且精采得要命。

唯一遺憾的是，他還不知道是誰能要誰的命。

三

一百九十六盞宮燈的燈光在這一瞬間好像全都照到了兩個人的臉上。

這兩個人的臉居然還是很像死人。

吳濤坐天門，蕭峻推莊。

「你來了，我也來了。」

蕭峻說：「你要賭，我陪你。」

「很好。」

「我賠不賠得起？」

「你賠得起。」吳濤說：「我要賭的，只有你賠得起。」

「你要賭什麼？賭命？」

「賭命？你有幾條命？」

「一條。」蕭峻說：「一條已足夠。」

「不夠。」

「爲什麼不夠？不管你以前有過幾條命，現在豈非也只剩下一條？」

「就因爲我們都只有一條命，所以不夠。」吳濤說：「所以我們不能賭命。」

「爲什麼？」

「因爲只要輸一次，就永無翻本的機會了。」吳濤說：「這樣子賭既不好玩，也不過癮。」

「你要怎麼賭？」

「我一向只賭人，不賭命。」

「賭人？」蕭峻不懂：「賭人和賭命有什麼不同？」

「那是完全不同的。」吳濤說：「我們都只有一條命可以賭，但是我們可以賭的人卻多得很。」

「你要賭的人不是你自己？」

「當然不是。」

「你要賭什麼人？」

「賭他。」

吳濤伸出一根指頭，指著一個黑髮青臉穿灰衣服的人：「這次我們先賭他，誰贏了這個人就是誰的。」

穿灰衣的人臉色本來就已發青，現在更變得青如綠草。

但他卻還是站在那裏沒有動。

田雞仔忽然大笑：「這樣子賭法真絕，簡直絕透了，賭來賭去的都跟自己一點關係都沒有，輸出去的也是別人，就算輸家也沒關係。」

「有關係的。」

吳濤冷冷的問他：「如果你輸了，你有沒有把握抓那個人來賠給我？」

「沒有。」田雞仔承認：「我沒有把握。」

「那麼你輸了怎麼辦？」

田雞仔不說話，吳濤又問蕭峻：「你呢？」

蕭峻也不開口，擲骰子，分骨牌，一副牌是四點，另一副竟是蹩十。

要拿蹩十也不是太容易的，這次蕭峻居然一下就拿到了。

田雞仔忽然跳起來對那灰衣人大叫：

「快跑！快跑！人家已經把你輸給別人了，你還不快跑？」

灰衣人沒有跑，非但沒有跑，反而走了過來，走到吳濤面前，一張青得發綠的臉上居然還帶著笑，只不過笑得有點令人毛骨聳然而已。

「我是不是已經被輸給你了？」他居然很認真的問吳濤。

「是的。」

「那麼我現在就是你的人了，你就收下來吧。」

別人無緣無故莫名奇妙的拿他做賭注，他居然好像還認爲這是很正常的事，連一點心不甘情不願的樣子都沒有，居然還要人把他收下。

田雞仔看呆了。

他一輩子都沒有看見過這麼絕的事，任何人都沒有見過。

更絕的是人叢中居然另外還有十二個裝束打扮模樣都跟他差不多的灰衣人走了出來，也全都走到吳濤面前，用同樣奇怪的聲音腔調說：

「那麼你就把我收下來吧。」

「我只贏了一個人，怎麼能把你們全都收下？」

「我們就是一個人。」

十三個灰衣人同聲說：「只不過我們這個人跟別人有點不同而已。」

「有什麼不同？」

「別人就只有一條命，連你都只有一條。」

「你們呢？」吳濤問：「你們這個人有幾條命？十三條？」

「我們的命有九百九十九條。」

「九百九十九條命都是一個人的？」

「是。」

吳濤嘆了口氣：「無論誰有了這麼多條命都不會怕死了。」

十三個灰衣人同時點了點頭，忽然同時出手。

他們用的都是左手，但是他們都沒有左手。

十三個人的左手都已被砍下，裝上個寒光閃閃的奇形鋼鉗。看來又奇特、又醜陋、又惡毒、又靈活。

沒有人看見過他們伸出過左手，也沒有人看見過這種鋼鉗，現在這十三個人忽然同時出手，更顯得說不出的詭異可怖。

十三個人的出手招式都很簡單，用的好像都是同一種招式，可是每個人出手的部位都奇怪極了，配合得也好極了，十三個鋼鉗就好像是被同一個機鈕所操縱，十三個人就好像是一部複雜而精妙的機器。

寒光閃動間，十三個鋼鉗已分別向吳濤的左右足踝、左右膝蓋、左右手腕、左右臂肘、左右肩胛、天靈、後頸、咽喉揑了過去。

就在這一刹那間，吳濤全身上下的關節要害都已在他們的掌握中，所有的退路都已被封死。

如果他是個木頭人，立刻就要被揑斷，如果他是個石頭人，立刻就要被揑碎。

就算他是個鐵人，也禁不起這種鋼鉗一揑。

任何人都認爲他已經死定了，但誰也不知道他究竟死了沒有。

因爲就在這一刹那間，大廳裏的一百九十六盞宮燈忽然同時熄滅。

燈火輝煌的大廳忽然間變得一片黑暗，非但伸手不見五指，連那十三個寒光閃閃的鋼鉗也看不見了。

有些人喜歡黑暗。

有些人只有在黑暗中才能做出一些他們平時不願做、不能做也做不出的事。

有些人只有在黑暗中才能思想。

在人類的歷史上，一定有很多深奧的哲理和周密的計畫是在黑暗中孕育出來的。

但黑暗還是可怕的。

人類對黑暗永遠都有種無法解釋的畏懼。

黑暗中，如意賭坊中的人們在驚吼尖叫動亂，但是很快就平息了。

因爲賭坊大廳中的一百九十六盞宮燈，很快就點亮了三十六盞。

燈光一亮起，大家就發現那十三個灰衣人已經不見了。吳濤也不見了。

另外三十六盞宮燈燃起時，大家就聽見賭坊的管事在大聲宣佈：

「湯大老闆已準備了一百罈好酒，一百桌流水席爲各位壓驚，今天到這裏來的人，都是湯大老闆的貴賓，不收分文。」

一百九十六盞宮燈全都燃起時，大家已經看見有人抬著酒菜魚貫走入大廳，同時也看見剛才溜走的那個小叫化提了個很大很重的包袱走進來。

沒有人能在一剎那間同時打滅一百九十六盞宮燈。

誰也不知道宮燈是怎麼會滅的，誰也不知道那十三個灰衣人和吳濤怎麼會忽然不見，誰也不知道他們到哪裏去了。

可是每個人都看見元寶提著包袱走進來，「砰」的一聲，往賭桌上一擺。

只聽這「砰」的一聲響，無論誰都聽得出包袱裏的東西是非常重的，就像黃金那麼重。

這個小叫化居然真的拿金子回來賭了，這麼多金子他是從哪裏弄來的？

四

蕭峻還坐在那裏，坐的姿勢還是和燈光熄滅前完全一樣，臉上也還是和燈光熄滅前一樣完全沒有表情，就好像什麼事都沒有發生過。

一罈罈好酒，一盤盤好菜，已經開始一樣樣被送來。

田雞仔在搖頭嘆氣，喃喃的說：「這個人一定有請客狂，而且還有恐富病。」

元寶一放下包袱就聽見這句誰都聽不懂的話，立刻就忍不住問他：

「請客狂是什麼意思？」

「這意思就是一個人喜歡請客喜歡得像發了狂一樣。」

「恐富病是什麼意思？」

「就是說這個人生怕自己太富太有錢了，所以拚命請客。」

田雞仔嘆著氣說：「燈滅了本來跟他一點關係都沒有，他也要請客。」

「你說的他是誰？」

「除了這裏的湯大老闆還有誰？」

「好！」元寶伸起一根大拇指：「這位湯大老闆還真有點大老闆的樣子，我喜歡他。」

田雞仔又嘆了口氣：「你最好還是不要喜歡他的好。」

元寶當然要問：「爲什麼？」

「因爲他一定不會喜歡你。」

「你怎麼知道他一定不會喜歡我？」

田雞仔本來好像是想說另外一句話的，但是臨時忽然又改口說：「你的朋友忽然不見了，你問都不問一句，像你這種不夠朋友的人誰會喜歡你？」

「現在他雖然不見了，可是一定會回來的，現在我何必問？」元寶說得很有把握：「等他回來我再問他也不遲。」

「你錯了。」田雞仔也說得很有把握：「你那位朋友不會回來了。」

「爲什麼？」

「一個人如果死了，怎麼能回得來？」

元寶大笑，笑得彎下了腰：「你怎麼想到他會死？如果這個人也會死，天下的人早就死了一大半了。」

等他笑完了，田雞仔才問他：

「你認爲他一定不會死？一定會回來？」

「一定。」

「你這包袱裏是什麼？」

「當然是金子。」

「你要不要跟我賭？」田雞仔問元寶：「就賭你這包金子。」

「你的全部財產已經借給別人，如果你輸了，拿什麼來賠？」

「拿人來賠。」

「好。」元寶說：「我跟你賭。如果半個時辰裏他還沒回來，我就算輸。」

田雞仔也大笑：「那麼你就輸定了。」

十　第一顆星

一

四月十七，夜。

夜更深，燈光更亮，如意賭坊的大廳裏充滿了酒香肉香魚香和女人們的胭脂花粉香，各式各樣的香氣混合在一起，反而好像變得有點臭了。

世界上有很多事都是這樣子的。

元寶輕輕拍著他剛帶回來的那個大包袱。

「你聽見沒有？這位雞先生說我已經輸定了，我辛辛苦苦才把你弄來，你可千萬不能一下子就讓我把你輸了出去。」

包袱聽不見他的話，田雞仔卻聽見了。

「我不是雞先生，我是田先生。」

「雞先生也好，田先生也好，反正都差不多。」

「差不多？」田雞仔問：「怎麼會差不多？」

「反正雞也是給人吃的，田雞也是給人吃的。」元寶笑嘻嘻的說：「現在我就要去吃雞了，不要錢的雞並不是常常都能吃得到的。」

「你等一等。」

「我已經等不及了，爲什麼還要等？」

「因爲我還有兩件事要告訴你。」田雞仔說：「你一定要牢記在心。」

「好，你說，我聽。」

「田雞和雞是不同的。」田雞仔告訴元寶：「最少有三點不同。」

「哪三點？」

「田雞有四條腿，雞只有兩條，田雞會跳，而且跳得又高又遠，雞不會。」田雞仔說：「可是雞會生蛋，田雞就不會了。」

「有理。」元寶拍手：「想不到你居然是個這麼有學問的人，我佩服你。」

「所以你以後應該常常來請教我，你也會變得越來越有學問的。」

「田先生，請問你要告訴我的第二件事是什麼事呢？」

「千萬不要隨便相信別人。」田雞仔說：「如果別人胡亂從外面提了個大包袱回來，硬說包袱裏是金子，你千萬不要相信。」

元寶跳了起來，就像隻田雞一樣跳了起來，叫得卻像是被人踩到了脖子的公雞。

「你不相信我？不相信我這個包袱裏是金子？難道我像是個會說謊的人？」

「你實在很像。」田雞仔微笑道：「你實在像極了。」

元寶瞪著他，很生氣的樣子瞪著他，可是忽然間自己也笑了。

「我實在有點像，有時候我自己照照鏡子也覺得自己有點像。」元寶說：「如果有誰認爲我絕不會騙人，那個人一定有點呆。」

「我不呆，所以我要看看你這個包袱。」

「好，你看吧。」

元寶居然一口答應，而且親手把包袱送到田雞仔面前。

包袱裏沒有金子，連一點金渣子都沒有。

包袱裏是一大包破銅爛鐵。

田雞仔笑了：「這些都是金子？」

元寶沒有笑，居然一本正經的說：「當然是的，全部都是，十足十的純金，貨真價實。」

田雞仔看看他，臉上的表情就好像一個興高采烈的新郎倌走進洞房時忽然踩到一腳狗屎。

「你是不是瘋了？」他問元寶：「是不是有點毛病？」

「我沒有瘋，也沒毛病，可是我有一顆星。」元寶還是一本正經的說：「所以這包東西本來也許只不過是破銅爛鐵，可是一到了我手裏，就變成了金子了，十足十的純金。」

「你有一顆星？」田雞仔臉上表情更絕：「一顆什麼星？」

「一顆福星。」

「福星？」田雞仔好像已經不再把他當瘋子了，居然還問他：「從什麼地方來的福星？」

「從天上掉下來的。」元寶說：「天降福星，點鐵成金。」

田雞仔的臉色忽然變了，居然也變得一本正經的問：「你能不能讓我看看這顆星？」

「能。」

元寶在身上東掏西摸，居然真的掏出一顆星來，可惜只不過是個由木頭做的五角星形木板而已，正反兩面都刻著字。

誰也看不清上面刻的什麼字，只看得見田雞仔居然用兩隻手接過去看了看，又交給蕭峻看了看，蕭峻臉上的表情也變了，居然也用兩隻手將這塊木板還給了元寶。

元寶悠悠然問田雞仔：「你看這是什麼？」

「是一顆星。」田雞仔正色道：「福星。」

元寶用這顆星在他那包破銅爛鐵上點了點，又問田雞仔：

「這包東西是什麼？」

「是金子。」田雞仔說：「十足十的純金。」

元寶笑了：「那麼我現在是不是可以去吃雞了？」

一包破銅爛鐵怎麼會忽然變成金子的？田雞仔爲什麼會承認它是金子？

那顆星究竟是什麼星？爲什麼會有點鐵成金的魔力？誰也不知道。

二

大部分賭桌都已重又開檯，輸的想翻本，贏的想更贏，賭徒們在賭的時候，無論什麼事都沒法子影響到他們。

世界上也很少有什麼事能影響到元寶的胃口。

他已經開始大吃大喝起來，不吃白不吃，吃起不要錢的東西來，他從來也沒有落在別人後面過。就算別人都說他輸定了，他也照吃不誤。

田雞仔已經開始在佩服他了：「這個小鬼倒是個能提得起也能放得下的好角色，看樣子就算輸死了也不在乎。」

蕭峻的人彷彿仍在遠方，卻忽然冷冷的說：「他沒有輸，你輸了。」

輸的果然是田雞仔。

他回過頭，就看見他認爲已經死定了的吳濤施施然從外面走進來，全身上下連一塊皮都沒有破，連頭髮都沒有少掉一根。

田雞仔的頭髮卻少掉了好幾十根。

碰到他想不通的事，他就會拚命抓頭髮，一面抓頭一面問吳濤：「你是怎麼回來的？」

「好像是走回來的。」吳濤說：「用我的兩條腿走回來的。」

「別的人呢？」

「別的什麼人？」

「剛才想用鐵鉗子把你全身上下首尾關節都夾斷的那些人。」

「他們也回來了。」

「他們的人在哪裏？」田雞仔不懂：「我怎麼看不見？」

吳濤淡淡的說：「因為他們的人並沒有全部回來，每個人都只不過回來了一點而已。」

一個人怎麼能只回來一點？田雞仔更不懂，可是很快就懂了。

吳濤手裏也提著個包袱，等到包袱解開，田雞仔就懂了。

包袱裏包著的是十三個鋼鉗，就是剛才還裝在那十三個人手上的那種奇形鋼鉗。

這是他們殺人的武器，也是他們防身的武器，他們當然不會隨便拿下來送給別人，就好像誰也不會把自己的手砍下來送人一樣。

他們身上其他的部分到哪裏去了？誰都沒有再問，也不必再問。

元寶大笑，搶過來用一雙撕過肥雞的油手摟住吳濤的肩，轉問田雞仔：「你看他死了沒有？」

田雞仔苦笑：「死人好像是不會走路的。」

「現在他是不是已經回來了？」

「好像是。」

「剛才是不是你要跟我賭的？」

「是。」

「是你輸還是我輸？」

「是我。」

「輸了怎麼辦？」

田雞仔笑了笑，忽然反問元寶：

「剛才我是不是說，輸了就賠給你？」

「是。」

「那麼現在我就去想法子弄個人來賠給你好了，反正我又沒說要賠個什麼樣的人給你。」田雞仔笑嘻嘻的說：「就算我去弄個又瞎又醜又髒又臭又缺嘴的禿頭癩痢小姑娘來賠給你，要她天天陪著你，早晚陪著你，你也得收下來，想不要都不行。」

元寶傻了。

他居然也有上當的時候，倒真是件讓人想不到的事，最少他自己就從來沒有想到過。

田雞仔大笑，好像已經準備出去找這麼一位可以嚇死人的小姑娘來了。

田雞仔笑得很得意：「碰巧我正好知道附近有這麼一位姑娘，而且碰巧正想找一個像你這樣的小伙子。」

他好像真的準備出去把這位可以嚇死人的小姑娘找回來，吳濤卻忽然要他等一等：「有件事我也碰巧正好要請教請教你。」

田雞仔立刻站住：「我這人最大的好處，就是樂意幫助別人的忙。」他笑得還是很愉快：「有人有事要來請教我，我好歹都會指教指教他的。」

「那就好極了。」

「你有什麼事要來請教我？」

「這裏的宮燈一共好像有一百九十六盞。」

「你沒有數錯，一盞都沒有錯。」

「一百九十六盞宮燈，怎會在一眨眼間忽然同時熄滅？」

田雞仔歪著頭想了想。

「這當然是件很奇怪的事，但卻也不是不可能發生的。」他說：「如果有十來個打暗器好手，每個人都同時打出十來件暗器來，燈就滅了。」

他說得很有道理：「這裏本來就是個臥虎藏龍的地方，就算有一百多位這樣的暗器高手，我也不會覺得稀奇。」

吳濤也不能不承認他說的有理，但卻忽然輕飄飄的飛了起來，左手在樑上一搭，右手已摘下了一盞宮燈，大家喝采的聲音剛發出，他的人已經輕飄飄的落下，把這盞宮燈送到田雞仔面前。

「如果燈是被暗器打滅的，燈紗一定會被打破。」吳濤問田雞仔：「你看看這盞燈有沒有破？」

「沒有。」

「燈還是亮著的，六角形的宮燈上每一面燈紗都繃得很緊，只要有一點破洞，立刻就會綳得抽紗撕裂，無論誰都可以看得出來。」

吳濤又問：「如果燈沒有破，會不會是被暗器打滅的？」

田雞仔苦笑搖頭：「現在你不必再請教我了，因爲我也不知道燈是怎麼滅的。」

吳濤淡淡的說：「那麼你就應該請教請教我了。」

他忽然伸出一根手指，在宮燈頂上輕輕一彈，燈光立刻就熄滅。

大家都看傻了，連元寶都看不懂。

「這是怎麼回事？」

「這一批宮燈都是京城名匠錢二呆精製的。」吳濤說：「他的名字雖然叫二呆，其實卻是一點都不呆，而且還有雙巧手，他精製的宮燈，頂上都裝著機簧，只要機簧一動，燈罩裏就有個小鐵蓋落下，剛巧蓋在燈蕊上，燈就滅了。」

吳濤又說：「掛住這些宮燈的鉤子上，也都裝著機簧，發動機簧的樞紐都由一根銅線接到後面一個手把上，這一百九十六盞宮燈，一共大概只要十來個手把就夠了，只要有十來個人同時扳動手把，一百九十六盞宮燈就會同時熄滅。」

他淡淡的接著道：「只要有手的人，就能扳這種手把，要找這樣的人，總比找百發百中的暗器高手容易得多。」

元寶聽得出神：「幾時我一定也要去找錢二呆，弄幾個這樣的宮燈來玩玩。」

「但是要讓這裏的燈光同時熄滅，也不是件容易事。」吳濤說：「我想大概只有一個人能夠做得到。」

「誰？」

「這裏的湯大老闆。」

「不會的，絕不會。」田雞仔搖頭：「他爲什麼要做這種事？」

「能讓他做這種事的，也只有一個人。」

「誰？」

「你。」吳濤冷冷的看著田雞仔：「濟南城裏誰不知道田大少是湯大老闆的好朋友。」

「我！」田雞仔好像莫名其妙：「我爲什麼要做這種事？我又沒有瘋，我叫他把燈全弄滅對我有什麼好處？」

「有好處的。」吳濤說：「我這個人如果死了，不管對誰都有好處的。」

「燈滅不滅跟你死不死有什麼關係？」田雞仔問：「爲什麼一定要燈滅了你才會死？」

「因爲只有等到燈滅之後，蕭堂主才好出手。」吳濤說：「他的拳掌刀劍輕功暗器都極精，在燈光熄滅那一瞬間，他若以暗器打我的要害，我豈非死定了？」

他淡淡的說：「最少你認爲我是死定了。」

那時蕭峻就在他對面，他所有的退路都已被那十三柄鋼鉗封死。

那時蕭峻如果出手，打他前面胸腹間的要害，他確實很難躲得過。

像蕭峻這樣的高手，閉著眼也能打穴傷人的，何況他的目標就近在眼前，他當然早已將這個人全身上下每一處要害都看得準了，燈光熄滅，對他當然有利。

田雞仔嘆了口氣：「你說的倒也不是完全沒有道理，他若想要你的命，那時的確是個好機會。」

吳濤說：「所以你給了他這麼樣一個好機會。」

「他有沒有把握住這機會出手？」

「他沒有。」吳濤說：「也許他的年紀太輕，心還不夠狠，還做不出這種事。」

「如果他做了，現在你是不是已經死了？」

吳濤忽然仰面而笑：「我縱橫江湖二十年，要取我性命的人也不知有多少，其中最少有十九位都是蕭堂主這樣的高手，都有這麼好的機會。」

「他們都沒有把握住機會出手？」田雞仔問。

「他們的心都已夠狠，都懂得良機一失，永遠不再來，這樣的機會他們怎麼肯錯過？」

「現在他們的人呢？」

「人都已死了，十九個人都已死得乾乾淨淨。」吳濤淡淡的說：「直到臨死時，他們才明白一件事。」

「什麼事？」

「你殺人的好機會，通常也是別人殺你的好機會。」吳濤說：「你可以殺人，別人為什麼不能殺你？」

「有理。」田雞仔嘆息：「江湖中人如果全都明白這道理，死的人一定比現在少得多。」

十一 元寶的奇遇

一

四月十七，夜更深。

大多數賭徒都知道，「如意賭坊」裏最大的一張賭桌是「天字一號」。不是面積最大，而是賭得最大。

能在這一張桌上賭的人，來頭也大。

所以這張賭桌雖然比賭番攤押單雙擲骰子的桌子都小得多，在人們眼中卻是最大的一張。

世界上有很多事都是這樣子的。

這張桌子擺著的，通常都是些黃金白銀珠寶首飾錢票。田雞仔卻忽然把他的腰帶和一個很破舊的革囊拿下來擺在桌上。

「腰帶裏是一把緬刀，革囊裏是十三柄飛花旗。」田雞仔說：「誰要誰就拿去。」

沒有人懂得他的意思。

田雞仔說：「這些都是殺人的利器，可是我這一輩子從來也沒有用它來殺過人，我根本就不想要這些累贅東西。」

吳濤淡淡的說：「有些人殺人本來就不必用刀，借刀殺人豈非更方便？」

田雞仔笑了笑，他道：「我也希望你能明白一件事，最好也在你臨死之前明白。」

「什麼事？」

「這裏確實有人想要你的命，而且最少也有七八個人能要你的命。」

「你呢？」

「只有我不想。」

田雞仔說：「如果這裏只有一個人不想要你的命，這個人就是我！」

他忽然大聲說：「金老總，你說對不對？」

一個始終遠遠坐在另一角落裏，背對著他們的人，忽然嘆了口氣，慢慢的轉過身，苦笑道：「田大少，我就知道你遲早會把我拉出來的。」

這個人枯瘦矮小，穿一身很樸素的灰布衣裳，留了點很稀疏的山羊鬍子，不管在什麼地方，人們都很不容易注意到他。

「各位知不知道他是誰？」

田雞仔自己發問，自己回答：「各位也許看不出他是誰，但卻一定聽說過，北六省有位神捕，十年內破案八百三十五件，開六扇門裏空前未有的紀錄，名震黑白兩道。」

他對著山羊鬍子笑了笑。

「我說的就是他。」田雞仔莊容道：「他就是魯南魯北九府五州十八道的總捕頭『滴水不漏』金老總。」

他又問：「以金老總的身分，若是想要一家賭場把燈光全部熄滅，是不是很困難？」

沒有人願意回答這種問題，金老總自己卻微笑著說：

「不難，當然不難。」

田雞仔忽然又大聲說：「屠大俠，現在你是不是也應該露面了？」

這個人還沒露面，大家已經知道田雞仔說的是什麼人。

「大俠」這兩個字絕不是隨便可以亂叫的，江湖中的大俠並不多，「屠大俠」好像只有一個。

「嫉惡如仇」屠去惡。

燈光重亮後，賭檯雖然又開，可是田雞仔一吆喝，賭的人就沒有看熱鬧的人多了，只有一張賭桌上還擠滿了人。

現在人忽然全部散開，一條面如淡金的瘦長大漢高踞上座，正是屠去惡。

——這些人擠在桌邊並不是真的在賭，只不過爲了掩護他而已。

田雞仔一看見他又笑了，帶著笑問他：「屠大俠是什麼時候來的？」

「就是燈滅的時候。」

大俠不能說謊，用不著田雞仔再問，他自己已經先說：「我也能讓燈滅，我也能要人命。」

屠去惡厲聲道：「我只想要天下的盜匪、惡人全部都死盡、死絕。」

「好！」田雞仔拍手：「屠大俠果然不愧是大俠，我佩服。」

他忽然又大聲問：「戴總鏢頭呢？」

這句話說完，立刻就有個「方人」從一面屏風後走出來，他並不矮。

但是他的肩太寬、人太壯，看起來就像是方的，雖然不完全是那種四四方方的正方形，相差也並不太多了。

江湖中幾乎人人都知道，「天仇鏢局」的總鏢頭「鐵打金剛」戴天仇一身「金鐘罩、鐵布衫、十三太保橫練」的童子功，幾乎真的已經練到了刀砍不入，槍刺不傷的火候。

只有練過這種功夫的人才能瞭解他付出了多大的代價，練得多麼艱苦。

「我比不上屠大俠，也無力殺盡天下盜賊。」

戴天仇說：「我只想要一個人的命。」

他的聲音嘶啞，他的嗓子都嘶啞了，只聽他接道：「因爲這個人跟我有不共戴天之仇，我活著，就是爲了要他死。」

老江湖都知道他說的是怎麼回事。

二十年前，以細心膽大藝高的戴永安創設「永安」鏢局，三年間就創出了別人三十年都創不出的聲名，只要有「安」字鏢旗在，這趟鏢就沒有人能動。

可是有一次他們接到趟最大的「鏢」，還沒有出大門就被人動了。

那是批極貴重的紅貨，在鏢局的行話裏，紅貨就是珠寶，物主特別謹慎，又不招搖，所以頭一天晚上就把兩口裝滿了珠寶的大鐵箱送到鏢局裏去。

戴總鏢頭親自監督手下，當著物主的面前把兩口鐵箱送入後院一間四面都被封死的屋子裏，又派了好幾班人輪流守衛之後，這才設宴招待物主，而且拍胸脯保證：

「這趟鏢絕對萬無一失。」

就在他說這句話的時候，忽然聽見後院傳來三聲驚魂大笑。

等到戴永安趕去時，那間密封的屋子已被震倒，守衛在外面的兩位鏢師和六名趟子手已被點了穴道，兩口鐵箱子已經不見了。

這件事的結局是：鏢局歇業，戴永安憂憤而死，他的夫人投繯自盡，臨死前將他們的獨生子改名爲「天仇」，要他永遠不要忘記這段仇恨。

戴天仇從未忘記。

金老總、屠去惡、戴天仇，三個人的身分雖不同，卻同樣都有股不容任何人忽視的力量。

他們雖然爲了不同的原因而來，找的卻是同樣一個人。

田雞仔看著吳濤嘆了口氣：「你看，我是不是沒有騙你，你的對頭是不是已經來了不少？」

「剛才你說最少已經來了七八位。」吳濤問：「還有別的人呢？」

「別的人我不能說出來。」

「爲什麼？」

「因爲別的人身分和他們三位不一樣。」

田雞仔道：「他們三位一位是大俠、一位是總鏢頭、一位是總捕頭，都是有身價有地位的正人君子，我雖然把他們抖露了出來，他們心裏就算罵我是混蛋、王八蛋，也不會對我怎麼樣的。」

田雞仔又嘆了口氣：「可是別人就不同了，如果在他們還不想露面時就被我說了出來，說不定就會因此把我這條命送掉，我只有一個腦袋，實在不想在半夜裏被人砍去當夜壺。」

元寶的大眼睛一直在不停的打轉，忽然問田雞仔：

「他們來找的究竟是個什麼樣的人？」

「是位將軍。」田雞仔說：「三笑驚魂李將軍。」

「他們來找將軍幹什麼？」元寶眨了眨眼，故意低聲問：「是不是想當兵？」

「大概不是。」田雞仔忍住笑，也故意壓低聲音說：「這位將軍好像不是真的將軍。」

「不是將軍是什麼？」

「是個大盜，隱姓埋名已經有十來年的大盜。」

「這十年來都沒有人找到過他？」

「沒有。」

「十幾年都沒有人找到過他，現在忽然一下子全都找來了，這是怎麼回事？」元寶問田雞仔：「你有沒有搞錯？」

「他沒有搞錯。」屠去惡忽然對元寶說：「小朋友，你過來，我有樣東西想給你看看。」

以屠大俠的身分，爲什麼要跟一個小叫化打交道，難道是爲了他的那顆星？

元寶就走了過去，居然還問：「你那樣東西好不好看？」

屠去惡的態度居然很溫和，居然還笑了笑：

「像我這樣的老人，身上怎麼會有好看的東西，只不過是一封信而已。」

他真的拿出了一封信，牛皮紙信封的封口本來是用火漆封住的，信封上只寫著：

「專呈屠大俠去惡密啓」。

這封信無疑非常重要，而且絕對機密，本來絕不應該讓別人看的。

屠去惡絕不是輕率的人。

但是他卻真的把這封信交給了一個小叫化，而且還說：「你看過之後不妨唸出來給大家聽聽。」

元寶皺起眉：「你不該要我唸的，信上的字我還不知道是不是全都認得。」

幸好信上只有十四個字，連小孩子都不會不認得的字。

元寶笑了，立刻大聲唸了出來：「要找三笑李將軍，四月十五到濟南。」

他唸完之後又皺著眉搖頭。

「這個人的字實在寫得差勁極了，我寫的都比他好。」

「他是故意這麼樣寫的。」

屠去惡說：「他不願意讓別人認出是他的筆跡。」

「你知道他是誰？」

「不知道。」

「有沒有人知道？」

「大概不會有人知道。」

屠去惡說：「可是我相信接到這種信的絕不止我一個人。」

元寶又在搖頭：「你們連這個人是誰都不知道，爲什麼要相信他的話？」

戴天仇忽然大聲道：「因爲我要找李某人已經找了二十年，只要有一點點線索，我都絕不肯放過它。」

這句話說出來，就等於告訴別人，他也曾接到過一封這樣的信。

他狠狠的盯著吳濤：「我根本不想知道這封信是誰寫的，因爲現在我已經找到了你，你是想在這裏動手，還是到外面去？」

吳濤忽然也笑了笑。

「十三太保橫練這種功夫現在已經很少有人練了，這種功夫簡直不是人練的。」

「可是我要練。」

戴天仇厲聲道：「就算我打不過你，至少已經比你能捱，就算捱你十拳都無所謂，你呢？你捱不捱得起我一拳？」

「我爲什麼一定要捱你一拳？」吳濤看著他，嘆了口氣：「不管怎樣，一個人練功夫練成你這副樣子，實在很可憐了，我好歹總得讓你試試。」

戴天仇什麼話都不再說，怒喝一聲，飛撲而起。

他沒有撲過去。

因爲他的身子剛撲起，就忽然有兩塊骨牌打了過來，他揮拳一擊，骨牌碎裂飛出。

但是他的身子卻飛不起了。

骨牌是從「天字一號」賭桌的莊家那邊飛過來，蕭峻蒼白的臉上仍無表情，只淡淡的告訴戴天仇說：「你最好還是不要出手。」

「爲什麼？」

「因爲我不想冒險。」

「你不想冒險？」

戴天仇大吼：「是我去拚命，又不是你，你冒什麼險？」

「就因爲你要去拚命，所以我才冒險。」

戴天仇聽不懂這句話，誰都聽不懂這種話。

「我不能冒險讓你去殺了他。」蕭峻冷冷的說：「雖然我明知你絕不是他的對手，可是你如果萬一僥倖勝了他怎麼辦？」

「蕭堂主。」戴天仇臉色發紫：「你究竟是什麼意思？我不懂。」

「我的意思就是說，這個人你不能動。」

蕭峻說：「只要我還沒有死，誰都不能動他。」

這句話如果是別人說出來的，戴天仇早就去拚了，可是從天下第一大幫的刑堂堂主嘴裏說出來，誰也不敢妄動，只能問他：「爲什麼？」

「因爲這個人是我的。」

蕭峻說：「如果我不能親手殺他，我死也不瞑目。」

戴天仇嘶聲道：「蕭堂主，你能不能讓一讓我？」

元寶又插嘴了。

「我看你們最好還是抽籤吧。」

他笑嘻嘻的說：「金老總、屠大俠、戴總鏢頭、蕭堂主，你們四個人一起來抽籤，還有別人再參加也行，誰抽中誰就先出手，反正你們誰也不是他的對手，誰抽中都沒關係。」

田雞仔立刻拍手贊成。

「好主意。」

「其實我還有個更好的主意。」

「哦？」

「你去叫那位有恐富病的湯大老闆再把燈關滅，索性讓他們在黑暗中一起出手，反正別人也看不見，他們也不會臉紅的。」

田雞仔又拍手大笑：「這個主意才是真的好主意。」

燈居然真的滅了。

又像上次一樣，一百九十六盞宮燈又在一剎那間同時熄滅。

黑暗中風聲四起──衣袂帶風聲、暗器破風聲、刀刃劈風聲。

元寶只聽見吳濤對他說：「你快走。」

元寶沒有走，因爲他已經不能走了。

就在燈光熄滅的那一瞬間，他已經感覺到最少有三個人同時向他出手。

他看不見這三個人是誰，但是他知道這三個人都是一等一的高手。

他避開其中兩個人的攻勢，還回敬了一個人一招，卻被另一個人扣住了他的腕脈。

這個人的手冷得像是冰一樣。

這個人的力氣真大。

元寶只覺得半邊身子忽然間就已經發麻，另外半邊身子也用不出一點力氣來。

然後他就被這個人像拋球一樣拋了出去，飛出很遠後又被一個人接住。

接住他的人居然就是把他拋出去的同一個人，因爲這個人身上有種特別的味道。

就像是一個已經被香料炮製過，已經裝進棺材裏很久的死人那種味道一樣。

這種味道絕不是常常可以嗅得到的。

元寶的運氣真不錯，居然在片刻間就已經嗅到了兩次。

然後他就暈了過去。

二

元寶醒來時，嗅到的是另一種完全不同的味道，一種連死人嗅到都會心跳的味道。

他從來沒有嗅到過這種迷人的香氣。

然後他才發現他已經不在那間風聲四起殺機四伏的賭坊大廳裏。

他已經睡在一張床上，一張又大又軟的床，香氣就是從床上散發出來的。

他那身小叫化的衣裳很臭，臭得要命，但是這裏連一點臭氣都沒有。

因爲他的衣裳已經不見了，全身上下的衣裳都不見了。

他忽然發現自己居然是赤裸裸的睡在床上，而且全身都已經被人洗得很乾淨，就好像一個剛生出來的嬰兒一樣。

元寶嚇了一跳！

——他怎麼會到這裏來的？是誰送來的？這裏是什麼地方？

——那個有一雙死人般冰冷的手，味道像死人一樣的人是誰？

元寶完全不知道。

他雖然真的被嚇了一跳，卻跳不起來，因爲他身子還是軟的，連一點力氣都沒有。

就在他想哭又哭不出來的時候，他忽然聽見一個人在笑。

一個年紀跟他差不多，也許比他還小一點的女孩子，忽然出現在他的床頭，看著他吃吃的笑，笑起來時也有兩個和他一樣可愛的酒窩。

除了他自己之外，也許別人都會覺得這個女孩子笑起來比他更可愛得多。

元寶趕緊把自己身上的被拉住，這個女孩子笑得更開心。

「我又不會對你怎麼樣，你怕什麼？」她說：「假如你怕我看，剛才我早就看過了。」

「你看過了？」元寶又嚇一跳：「看過了什麼？」

「什麼都看過了。」這個小女孩說：「剛才我已經替你洗過一個澡。」

元寶傻住了。

他做夢也想不到會遇見這麼樣一個女孩子，而且還替他洗過澡。

這種事是怎麼會發生的？

十二　元寶的七顆星

一

四月十八日，黃昏。

元寶一點都不知道現在是什麼時候了，也不知道這裏是什麼地方，更不知道燈滅了之後如意賭坊裏是什麼情況？

每件事他都要問，但是他沒有開口，這個替他洗過澡的小姑娘已經先問他。

「我知道別人都叫你元寶，可是你究竟姓什麼？叫什麼名字？你的家在哪裏？家裏還有些什麼人……有沒有娶老婆？」

她一連串問了四五個問題，就好像準備要替元寶相親似的。

「我就叫元寶，只不過是個小叫化子而已。」元寶說：「一個臭要飯的怎麼會有家？怎麼娶得到老婆？」

「你說謊。」小女孩說：「你絕不是個小叫化，剛才我替你洗澡的時候就看出來了。」

「你怎麼看得出來？」

「你一身細皮嫩肉，一雙腳長得比女人還秀氣，怎麼會是要飯的？」小女孩吃吃的笑：「如果你認爲沒有女人肯嫁給你，你也錯了，我隨時都可以嫁給你，剛才你睡在澡盆裏的時候，我就知道我已經在喜歡你。」

這種話怎麼會從這樣一個小女孩嘴裏說出來的？元寶苦笑。

「我是不是聽錯了？剛才那些話你根本沒有說，只不過是我的耳朵有毛病？」

「你的耳朵沒有毛病，我可以保證你全身上下都沒有毛病，壯得就像是條小牛一樣。」這個小女孩還在笑：「我也看得出來你已經不是小孩子了，已經可以娶老婆了，就算娶上三五個，也不會有問題。」

她沒有臉紅，也沒有一點害羞的樣子。

她居然在床邊坐了下來，而且好像隨時都準備躺下去。

元寶也不是個常常會害羞的男孩，膽子也不小，臉皮也不薄，可是現在卻只有趕快往床裏面躲，只有趕快岔開話題，問這個臉皮比他還厚的小女孩：

「現在天是不是已經快亮了？」窗外還有餘光，確實有點像凌晨。

「天是快要亮了。」小女孩說：「最多再過六七個時辰就快要亮了。」

「六七個時辰？」元寶嚇了一跳：「難道現在天剛黑？難道我已經睡了一整天？」

「難道你一點都不知道？」小女孩又開始笑：「我替你洗澡就洗了一個多時辰才把你洗乾淨。」

她又提起這件事了，元寶趕快改變話題。

「我怎麼會到這裏來的？」他問：「是誰把我送來的？」

「是個好可怕好可怕的人，連我都怕他。」她是真的怕。

一提起這個人，她連笑都笑不出來了。

「他叫什麼名字？」

「我不能說，打死我也不能說。」

「爲什麼？」

「因爲他叫我不要說，如果我說出來，他隨時都可以把我的鼻子割下來，切碎拌飯去餵貓。」

元寶看得出她說的是真話，因爲現在她連臉色都發了白。

那個人的可怕他自己也領教過。

直到現在他一想到那隻冰冷的手和那身死人味道，還是會覺得全身發毛。

「他一出手就制住了我，把我抛了出去，又自己去把我接住，這種人誰不怕？」元寶嘆了口氣：「我只不過想不通他爲什麼要把我送到這裏來，爲什麼不把我送到陰溝裏去？」

「因爲他也喜歡你。」小女孩又笑了：「這裏最少要比陰溝香一點。」

「這裏是什麼地方？距離如意賭坊遠不遠？」元寶又問。

「不遠。」

「不遠是多遠？」

「你爲什麼要問得這麼清楚？」

「現在我連一步路都沒法走。」元寶說：「我想請你到那裏去替我打聽打聽。」

「打聽什麼？」

「昨天晚上那裏燈滅了之後，又發生了一些什麼事？」

「我只知道那裏有人殺了人，也有人被人殺了，別的事我都不知道。」這個小女孩說：「我也不想知道。」

她忽然又很開心的笑了起來：「可是這地方距離如意賭坊實在不能算很遠，因爲這裏就是如意賭坊。」

元寶怔住。

「這地方就在你去過的那間大廳的後面院子裏，就是湯大老闆住家的地方，我就是湯大老闆的乾女兒，我姓蔡，別人都叫我小蔡。」

元寶又笑了。

「小蔡？是什麼樣的小菜？是葷菜還是素菜？是炒腰花還是涼拌蘿蔔絲？」他大笑：「一聽見你這名字我就餓了，什麼樣的小菜我都吃得下去，連一匹馬都能吃得下去。」

這次小蔡居然沒有笑，瞪著眼看了他半天，忽然把一張雪白粉嫩的臉湊到元寶面前去：「好，你吃吧，我給你吃。」

元寶又笑不出了。

這次笑不出，倒不是因爲他真怕了這個什麼事都做得出的小姑娘。

這次他笑不出，只因爲他忽然想起了一件事，一件非常嚴重的事。

「剛才是你替我洗澡的？」元寶問小蔡：「替我脫衣服的是不是你？」

「當然是。」小蔡故意作出讓人受不了的樣子：「我怎麼能讓別人脫你的衣裳？」

「我的衣服呢？」

「都燒了。」小蔡說：「連衣服裏那個小孩玩的破爛東西都燒了。」

「你說什麼？」元寶叫了起來：「你怎麼能燒我的東西？」

「我爲什麼不能燒？那些破銅爛鐵每一樣都可以臭死一屋子人，難道你還要我當寶貝一樣留下來？」

元寶連話都說不出了，臉上的表情就好像剛吞下八九十個臭鴨蛋，嘴裏喃喃的說：「你害死我了，你真的害死我了。」

小蔡悠悠的嘆了口氣：「可惜我還沒有完全把你害死。」她忽然像變戲法從身上拿出個繡花包：「你看這是什麼？」

元寶果然立刻就活了，一把搶過了荷包，小蔡撇著嘴冷笑。

「看起來你倒像是個很大方的人，怎麼會把這個小荷包當成寶貝一樣？」

「你不知道這裏面裝的是什麼。」

「我怎麼會知道？我又沒見過。」小蔡說：「我又沒有偷看別人東西的習慣。」

「你是個乖女孩。」元寶又開心起來：「這種壞習慣你當然不會有的。」

「可是你如果一定要讓我看看，我也不會拒絕。」

「我不一定要讓你看。」元寶立刻說：「我也知道你不一定要看，一個小叫化身上的東西，有什麼好看？」

「如果我一定要你給我看呢？」

「我知道你不會做這種事的。」元寶說：「你不是這種人。」

「現在我才知道我是哪種人。」小蔡說：「我簡直是個笨蛋。」

她故意嘆了口氣：「就算我捨不得燒你這個荷包，也可以把它藏起來的，我爲什麼一定要還給你？我不是笨蛋是什麼？」

元寶想了想，又想了想，忽然說：「你說得對，我給你看。」

荷包裏也沒有什麼寶貝，只不過有七顆星而已。

誰也不會把這七顆星當寶貝，就連三歲的小孩都不會。

這七顆星一點都不好玩，隨便你怎麼看，都絕對看不出它有一點值得讓你當寶貝的地方，如果有人送給你，你一定不會要，如果你在無意中撿到，也一定會隨手把它丟到溝裏去。

因爲這七顆星都不是用什麼好材料做的，其中雖然有一顆好像是玉，另外六顆就不對了，只不過是些破銅塊爛鐵片舊木頭而已，還有一顆居然是用厚紙板剪成的。

但是每顆星上都有字，小蔡還沒有看清楚是什麼字，元寶已經問她：「現在你是不是看過了？」

「是。」

「你覺得好不好看？」

「不好看。」

既然不好看，元寶立刻就收了起來，露出了兩個酒窩笑道：「我早就告訴過你，小叫化的東西絕不會有什麼好看的。」

小蔡也露出了兩個深深的酒窩。

「那麼你就送我一顆星。」她笑得真甜：「只要把那顆用破木頭做的送給我就行了。」

——天降福星，點鐵成金。她知道這顆星，是不是也知道那天晚上燈滅後發生的事？

元寶想問，卻沒有問。

他的嘴好像忽然讓人用針縫了起來，連一個字都說不出，因爲他忽然發現有個人站在他的床頭看著他。

這個人是什麼時候來的？從哪裏來的？他完全不知道。

他只知道剛才屋子裏還沒有別的人，可是一眨眼間，這個人已經站在他的床頭了。

二

這個人是個女人，但卻沒有人能說得出她究竟是個什麼樣的女人。

在這個世界上，像她這樣的女人並不多。

她的額角稍微嫌寬了一點，顴骨稍微嫌高了一點，嘴也嫌大了一點，使得她看來讓人覺得很有威嚴，很不可親近。

但是她的嘴型輪廓卻很柔美，嘴角是朝上的，彷彿總是帶著種又溫柔又嫵媚的笑意，又讓人很想去親近她。

她的眼睛並不大，卻非常非常亮，充滿了成熟的智慧，讓人覺得無論什麼事都可以在她面前說出來，因爲她一定能瞭解。

她的年紀已經不算小了，她長得也不算很美。

可是元寶一看見她就看呆了，連小蔡是什麼時候跳下床的都不知道。

而且他的心在跳，比平常跳得快多了。

不管是在以前還是在以後，這世界上絕沒有第二個女人能讓元寶的心跳得這麼快。

對別的事元寶一向不在乎，不管發生了什麼事他都不在乎。

別人對他的看法想法做法，他更不在乎。

可是對這個初次剛見面的女人，他反而好像有點在乎了。

他絕不能讓這個女人把他看成個呆頭呆腦的小花癡，所以他故意嘆了口氣。

「怎麼又來了一個女人？難道這地方所有的男人都躲著不敢來見我？」

「你想要誰來見你？」這個女人的聲音低沉而柔美，就好像一位老樂師在懷念往日的情人時，在琴弦上奏出來的。

「湯大老闆。」元寶咳嗽了兩聲：「我很想見見這裏的湯大老闆。」

這個女人笑了笑，笑的時候嘴角上揚，在溫柔嫵媚歡愉中彷彿還帶著一絲淡淡的感傷，卻又不是要讓人覺得同情憐憫的那種感傷。

「你已經見到湯大老闆了。」這個女人說：「我就是湯大老闆。」

她帶著微笑問元寶：「你是不是認爲天下所有的大老闆都應該讓男人做？」

元寶立刻搖頭：「我只不過認爲你最少應該先讓我穿上衣服，好好的請我吃頓飯喝頓酒！然後再告訴我，是誰把我送到這裏來的。」

小蔡不服氣了，搶著說：「我們爲什麼要請你吃飯喝酒？你憑什麼要我們請你？」

「不憑什麼！」元寶說：「只不過你若不請我，就應該把欠我的還給我。」

「我幾時欠過你什麼？」

「你欠我一次澡。」

「欠你一次澡？」小蔡不懂：「這是什麼意思？」

「這意思就是說，你把我洗了一次，如果你不請我，就得讓我洗你一次。」元寶板著臉，很正經的說：「我又不是青菜蘿蔔，你要洗我，我就得讓你洗，我是人，不是隨隨便便就可以洗的，你可以洗我，我當然也可以洗你。」

小蔡聽得呆住了，瞪大了眼睛，吃驚的看著他。

「你說的是不是人話？你是不是在放屁？」她轉向湯大老闆：「阿娘，你看這個小鬼的臉皮厚不厚？這麼不講理的話他居然能說得出來。」

湯大老闆莞爾一笑：「他好像是有點不講理，可是你好像也跟他差不多。」

小蔡嘟起了嘴，眼珠子直轉，好像要哭出來了。

她沒有哭，因爲她忽然又想出了一個理由：「我是女人，女人天生就可以不講理的，他憑什麼不講理？」

元寶嘆了口氣，苦笑搖頭：「我服了你，能夠講出這種道理來的人，我怎麼能不服？」

他說；「我也不想要你請我了。」

湯大老闆笑了笑：「她不請你，我請。」

元寶又開心起來：「還是你有眼光，像我這樣的客人，平時連請都請不到的。」

三

精美豐富的酒菜擺滿了一桌子，每一樣都很合元寶的胃口。

他已經餓得連桌子都可以吃得下去，可是他連筷子都沒有動過。

他也沒有用手去抓來吃。他就坐在那裏硬撐著，偷偷的嚥口水。

站在他身後伺候他的小丫頭，忍不住問他：「菜已經涼了，你爲什麼不吃？」

元寶大聲道：「今天我是客人，又不是來要飯的，主人不來陪我，我怎麼吃得下去？」

他說得很堅決：「我不吃，就算餓死，我也不吃。」

雖然他全身還是連一點力氣都沒有，可是嗓子卻不壞，說話的聲音讓人很難聽不見。

所以他很快就看到湯大老闆走進來，臉上帶著一抹紅暈，好像是剛剛洗過熱水澡的樣子，烏黑的長髮隨隨便便挽了個髻，赤著腳，穿一件柔軟的絲袍，有時能蓋住腳，有時又會把腳露出來。

她的腳纖巧柔美圓潤，就好像是用一塊完美無瑕的羊脂白玉精心雕塑出來的。

元寶忽然發現自己的心又在跳。

「我來陪你。」湯大老闆說：「可是我什麼都吃不下，只能陪你喝一點酒。」

「一點酒，是多少酒？」

湯大老闆看著這個半大不小的男孩，又忍不住笑了，她一笑起來就好像變得年輕了一些。

「你真的會喝酒？」

「你爲什麼不試試看。」

「好。」湯大老闆坐下來：「你喝多少，我就喝多少。」

「真的？」

「我爲什麼要騙你？」

「什麼事你都不會騙我？」

湯大老闆嫣然笑道：「大人是不會騙小孩的，會騙小孩的大人，都不是好人，你看我像不像壞蛋？」

元寶搖頭，一本正經的說：「你不是壞蛋，我也不是小孩子了。」

他忽然改變話題問：「那個壞蛋是誰？」

「哪個壞蛋？」

「就是那個把我弄暈了送到這裏來，還把我整得全身沒一點力氣的壞蛋。」

湯大老闆先揮手叫那小丫頭出去，又爲她自己和元寶斟了一杯酒。

她一口就把這杯酒喝乾了。

她喝酒的姿態又乾脆、又優美，就好像她這個人一樣。

「二十多年以前，江湖中有個極秘密的組織，叫做『天絕地滅』，因爲創立這組織的兩個人，一個就叫高天絕，另一個就叫做郭滅。」湯大老闆說：「他們創立這個組織，只有一個目的。」

「什麼目的？」

「追捕漏網的江洋大盜，不追到絕不放手。」

「這個組織倒不壞。」元寶說：「爲什麼我從來沒聽說過？」

「九年之前，郭滅忽然失蹤，據說已死在大笑將軍的手裏，高天絕也被砍斷了一條手臂，這個組織也因此而煙消雲散。」

她嘆了口氣：「想不到最近他們又在濟南出現了，而且聲勢好像比以前更大。」

元寶當然忍不住要問：「他們是不是爲了李將軍來的？」

「當然是。」湯大老闆說：「那十三個斷腕上裝著鐵鉗子的人，就是他們的人。」

「高天絕也來了？」

湯大老闆點點頭：「你就是被他送到這裏來的，因爲他不想要你捲入這次仇殺中，你在我這裏，不但安全，而且也不會被人找到。」

元寶大聲說：「這個高天絕真是個絕人，爲什麼要管我安全不安全？我死了也不關他屁事。」

湯大老闆同意。

「他的確是個絕人。」她說：「人絕、情絕、武功更絕。就算郭滅復生，恐怕也不是他的對手了。」

「所以他送我到這裏來，你也只有收下。」元寶故意冷笑：「我相信你是絕不敢放我走的。」

「我確實不敢。」

湯大老闆連一點想否認的意思都沒有：「我還不想死。」

元寶嘆了口氣：「其實我也一樣不想死的，連小叫化都不想死，何況大老闆？」

他又喝了一杯酒，也同樣一口就喝了下去，然後才問到他最想知道的一件事。

「昨天晚上你的賭坊裏究竟是些什麼人殺了些什麼人？」

十三　無聲的葬曲

一

四月十八，夜。

元寶正在湯人老闆的華屋中享受精美的酒菜時，蕭峻也在吃飯，在一個只點著一盞昏燈的路邊小攤子上，吃一碗用蔥花豬油和兩個蛋炒成的飯。

每個人都要吃飯，不管他願不願意都要吃，因爲不吃就會死。

這個世界上有很多事都是這樣子的，不管你願不願意都要去做的。

蕭峻一向不講究吃，只要能吃的他都吃，大多數時候他都不知道吃的東西是什麼滋味，有時甚至連吃的是什麼東西都不知道。

因爲他和這個世界上的大部分人都不一樣，別人的嘴在動，腦筋就很少動了。

蕭峻卻不同。

他在吃飯的時候總是會想起很多事和很多問題，此刻他在想的就是個非常奇怪的問題。

他一直在想：「我爲什麼還沒有死？」

從昨天晚上開始，他就一直在想這個問題，因爲他本來確實應該是死定了的。

在如意賭坊的宮燈第二次忽然完全熄滅的那一瞬間，他手裏已經多了柄一尺三寸長，由名匠用精鐵仿造「魚藏」打造成的短劍。

就在那一瞬間，他的人已橫飛出一丈三尺，劍鋒已刺了出去。

吳濤的咽喉本來就應該在他劍鋒刺出去的地方，他已經將他們之間的部位和距離都算過。

他確信自己的計算絕對精確。

他的動作和這一劍刺出的速度，也決不會比任何人慢。

他這一劍當然還有後著，一劍刺出，附近兩丈方圓內都已在他這一劍的威力控制下。

他已將他畢生所有的功力智慧經驗和技巧都完全發揮。

但是他這一劍還是刺空了。

在這一劍威力所能達及的範圍之內，所有的一切都忽然變成了「空」的，空無一物，什麼都沒有——沒有光，沒有能，沒有反應，沒有效果，什麼都沒有。

在這一剎那間，蕭峻的感覺就好像忽然從百丈高樓上失足掉了下來，落入了一片令人絕望的真空沉狀中，連一點力都使不出來。

最可怕的就是這一點。

——他自己的力量彷彿也空了，就在這一刹那間，忽然被一種不可思議也無法抗拒的神秘力量完全抽空了。

在這一刹那間，連一個孩子都可以將他擊倒。

他從未有過這種感覺。

他知道自己已經遇到了一個空前未有的可怕對手，遠比任何人在惡夢中所能夢想到的，都可怕得多。

更可怕的是，他已經感覺到有人已經向他發出了致命的一擊。

他完全無法抗拒，無法閃避。

他苦練多年的功力和技巧，在無數次生死決戰中所得到的智慧和經驗，都忽然變成空的，完全失效。

在這一刹那間，他唯一能做的一件事，就是死，等死。

蕭峻沒有死。

就在那致命的一擊已攻來，逼人的殺氣已封死了他生命的躍動和呼吸時，就在他自己都認為已經必死無疑的時候，忽然有個人救了他，一隻手救了他。

這隻手就像是風，沒有人知道風是從哪裏來的，也沒有人知道這隻手是從哪裏來的。

這隻手忽然間就從一個不可思議、也無法探測的神秘玄冥處伸了過來，忽然搭住了他的肩，給了他一種任何人都無法思議想像的神秘力量。

他的身子忽然凌空飛起，避開了那致命的一擊。

他落下時，竟已不知道他的人在何處，只聽見黑暗中風聲四起。

——衣袂帶風聲、暗器破風聲、刀鋒劍刃的劈風聲中，還帶著有嘶啞淒厲悲慘、兇暴殘酷的呼喝尖叫叱喝聲。

沒有人能形容他此刻聽到的這種聲音，究竟是種什麼樣的聲音。

如果你沒有親自聽見，你根本無法想像。

如果你有幸親耳聽見過，那麼你這一生都永遠無法忘記。

蕭峻已經忍不住要嘔吐。

他沒有吐出來，因爲所有的聲音忽然又在一瞬間結束，在三聲大笑後突然結束。

天地間忽然變爲一片死寂，這個華麗眩亮生氣飛躍的大廳，忽然變成了一座墳墓。

幸好蕭峻的心還在跳。

他只能聽見自己的心跳聲，「撲通、撲通、撲通」一聲聲的跳，跳了很久，黑暗中忽然亮起了一點火光，一個火光的摺子。

火摺子在田雞仔手裏。

田雞仔還坐在原來的地方，好像連動都沒有動過，又好像已經連動都不能動。

他的身邊卻又多了一個人。

不知道是在什麼時候，田老爺子已經坐在他旁邊的一張椅子上，用一隻手輕輕的撥著三弦，沒有聲音的三弦。

三弦無聲，因爲弦已斷了。

——無聲的弦琴，垂暮的老人，三弦雖無聲，卻遠比世上任何聲音都淒涼。

因爲老人在撥的是一首葬曲。

葬曲無聲，因爲他本來就不是要人用耳聽的。

田雞仔點起了一盞燈，剛才吳濤從壁上取下的那盞宮燈。

燈光亮起，他才看到蕭峻。

蕭峻卻沒有看他，蕭峻在看的是一些已經倒在地上的人。

戴天仇、屠去惡、金老總，都已經倒在地上，呼吸都已停頓，屍體也將冰涼。

苦練多年才練成一身十三太保童子功的戴天仇的功夫已經被人破了，刀砍不入槍刺不傷的金鐘罩鐵布衫並不是破不了的。

他也在流血，從他的左耳後面不停的流出來。

這個地方是他的「罩門」，是他全身上下唯一的弱點，也是他最大的秘密。

練他這種功夫的人，絕不會將自己的罩門告訴任何人。

殺他的這個人怎麼會知道他這個秘密？

本來要用一百九十六盞宮燈才能照亮的大廳，現在只有一盞燈是亮著的。

慘淡的燈光，照著蕭峻蒼白的臉和地上八個人的屍體。

除了他們三個人之外，還有五個人也死了，蕭峻認得出其中四個，四個人都是當代武林中的一流高手，其中有大俠大豪，也有大盜。

他們本來無疑是要來取人性命的，現在卻已死在那個人的手裏。

看他們的傷勢，每一個都是被人一擊致命，看他們的臉，每個人臉上的肌肉都已因驚嚇恐懼扭曲。

他們從來都沒有想到自己會死得這麼快、這麼慘。

田雞仔忽然嘆了口氣。

「我一直在數，從燈滅的時候數到剛才我打亮火摺的時候，只不過從『一』數到『八十八』而已。」

從「一」數到「八十八」可以很快就數到，這段時候並不長。

能在這短短的片刻間，取八位當代武林一流高手的性命，這種武功實在太可怕。

殺人的人卻已經走了。

吳濤已經走了。

一擊命中，連傷八傑，大笑三聲，飄然而去，這是什麼樣的身手？什麼樣的氣概？

田雞仔看著蕭峻，又嘆了口氣。

「我還活著，只因爲老爺子來了，你呢？」

他說：「我本以爲第一個死的就是你，你怎麼還沒有死？」

這也是蕭峻自己一直都想不通的。

——他爲什麼沒有死？是誰救了他？爲什麼要救他？

二

酒已經喝了不少，湯大老闆的雙頰上已起了一抹胭脂般淡淡的紅暈，眼睛卻更亮了。

她輕輕的嘆息著，告訴元寶：「所以我們已經準備從今天起停業半個月，把那間大廳裏的裝潢全部換過後再開始。」

她說：「賭錢的人大多數都很迷信，一下子就死了七八個人的地方，還有誰敢上門？」

「死的人一共有八個，除了戴天仇、屠去惡和金老總之外，還有五個是誰？」

「我也不太清楚。」

湯大老闆道：「我只不過聽說其中有一位是武當劍派的名宿鍾先生，還有一位是邱不倒的師叔，也是少林外家中輩份最高的一個。」

她又嘆了口氣：「能在片刻間殺死這麼樣八位高手，這個人的武功之高，出手之狠，實在是太可怕了。」

元寶忽然用力一拍桌子。

「我不相信。」

他大聲說：「打死我我也不相信。」

「什麼事你不相信？」

「我絕不相信他們全都是死在吳濤一個人手裏的。」

元寶說：「他絕不是個這麼樣心狠手辣的人。」

「除了他還有誰？」湯大老闆說：「除了他誰有那麼可怕的功夫？」

「如果我能看到那八個人的屍首，說不定我就可以看出來了。」

「你能看出什麼？」

「看看殺人的那個人用的是什麼手法？是不是吳濤殺人用的手法？」

元寶說：「反正那時候什麼都看不見，無論誰殺了人都可以把責任推到吳濤身上，讓他來揹黑鍋。」

「你說得也有道理。」湯大老闆說：「只可惜你已經看不見他們了。」

「爲什麼？」

「因爲田老爺子當時就收了他們的屍。」

湯大老闆道：「現在他們的人已入殮，棺材也上了釘，誰也看不見了。」

元寶的一雙大眼睛忽然瞇了起來，忽然變得好像很有心機的樣子。

「田老爺子爲什麼要這麼急著替他們收屍？是不是怕別人從他們致命的傷口上，看出他們並不是完全死在吳濤手裏的？是不是故意要讓那八個人的親戚朋友門人子弟去找吳濤報仇？」

湯大老闆笑了，用一雙春水般的笑眼看著元寶，又敬了他一杯酒。

「你的年紀雖然不大，心眼兒倒真不少，這種事你怎麼想得出來的？」

她說：「以田老爺子的身分，怎麼會做出這種事？」

「他爲什麼做不出？」

元寶說：「那八個人之中，說不定就有兩三個是他的對頭，他正好乘這個機會殺了他們。」

他想了想，又道：「我是被高天絕送來的，那時候他當然也在那裏，殺人的說不定就是他，以他的武功，要殺死七八個人也不難，田老頭說不定就是他的好朋友，說不定還有點怕他，爲了他，田老頭也會做出這種事來的。」

湯大老闆又盯著他看了半天，忽然問他：

「你是不是只有十七八歲？」

「大概差不多吧。」

「我看你最多也只有十七八歲，可是有時候我又覺得你已經是個七八十歲的老頭子了。」

「爲什麼？」

「因爲只有老頭子才會有你這麼大的疑心病。」

元寶也盯著她看了半天，忽然壓低聲音，悄悄的對她說：

「你要不要我告訴你一個秘密？」

「什麼秘密？」

「其實我的確已經有七十七了。」元寶一本正經的說：「只不過我一向保養得很好，所以看起來比較年輕得多。」

湯大老闆又笑了，笑得彎下了腰：「既然是這樣子的，那麼我這個老太婆更要好好的敬你這個老頭子幾杯了。」

三

死人已入殮，棺材已上釘，「森記」木材行後面的大木棚裏又多了八口棺材。

田老爺子從早上就坐守在這裏，一直坐到天黑，沒有吃過一粒米一滴水一滴酒，也沒有開過口。

田雞仔從來都沒有看過他的老爹有過這麼重的心事。

直到有人掌燈來，夜色已經很深了，田老爺子才問田雞仔：「你有沒有看出他們是怎麼死的？」

「我看出了一點。」田雞仔說：「他們好像都是被人一擊斃命，而且好像是被人用一種很奇怪的手法，一下子就把他們血管和經脈硬生生的夾斷了，就好像我們用手指夾斷一根木炭一樣。」

「你看不看得出這個人用的是什麼手法？」

「我看不出。」田雞仔說：「我看過很多人是因爲血管經脈被人割斷而死，可是這個人用的手法卻完全不同。」

「你當然看不出。」田老爺子嘆了口氣：「因爲普天之下，只有一個人能用這種手法傷人。」

「是不是李將軍？」

「不是。」

「不是他是誰？」

「是個比他更可怕的人。」

田老爺子說：「比他的心更狠，比他更無情，做出來的事，也比他更絕。」

「誰有這麼絕？」

「高天絕。」

四

偏僻的小路，簡陋的小飯攤，昏暗的油燈，一個臉已被油煙燻黑了的老人，帶著三分同情問剛吃完一碗蛋炒飯的蕭峻。

「你要不要喝碗清湯？不要錢的。」

蕭峻搖搖頭，慢慢的站起來，一張既沒有血色、也沒有表情的蒼白的臉上，忽然露出種恐懼之極、驚訝之極的表情。

如果你沒有看見，你絕對想不到一個人的臉上會突然發生這麼大的變化。

賣飯的老人親眼看見了。

他想不通這個話說得特別少，飯吃得特別慢的獨臂客人，怎麼會忽然變成這樣子。

但是他很快就明白了，因為他一轉頭，就也跟蕭峻一樣看見了一個無論誰看見都會嚇一跳的人。

這個生意清淡的小攤子附近本來連個鬼影子都看不見，可是現在卻有了一個人。

一個穿著一身黑的人。黑斗篷、黑頭巾、黑靴子、黑眼睛。

不是普通的那種黑。

是一種比漆還亮，比墨更濃，比黎明前的天色更令人不愉快的那種黑。

他的黑斗篷長長的垂在地上，就像是傳說中的吸血妖魔穿的那種黑斗篷一樣。

他的臉卻是白的。

不是普通的那種白，也不是蕭峻臉色那樣死人般的蒼白。

他的臉色比死人更可怕。

他的臉色是一種淡淡的銀白色，就像是戴著個用地獄之火煉成的白銀面具，白得發亮。

不是普通的那種亮。

是一種灰灰閃閃暗暗沉沉的亮，就像是死人臨死前，迴光返照時的眼色一樣。雖然很亮，卻又讓人覺得說不出的傷心、痛苦、恐懼、絕望。

誰也不知道這個人是什麼時候來的？從什麼地方來的？

也許只有蕭峻知道。

他好像認得這個人，他看見這個人就好像一個孩子忽然看見一個經常在噩夢中見到的妖魔鬼魂一樣，他的咽喉也好像被這個妖魔用一雙看不見的魔手扼住，過了很久才能開口。

「是你？」

「是我。」

這個人彷彿笑了笑：「想不到你居然還記得我。」

蕭峻當然記得。雖然他只見過這個人一面，卻已永生無法忘記。

雖然無論任何人只要見過這個人一面後都永遠無法忘記，可是無論任何人對這個人的印象都不會像蕭峻如此鮮明痛苦深刻。

那已經是十幾年前的事了。

蕭峻比任何人都記得更清楚，那是在十三年零三天的一個月圓之夜。

那天晚上的月明如鏡，夜涼如刀。

一柄他從未見過的刀，他只不過看見了刀光一閃。

可是就在那刀光一閃間，他的左臂已經被這個人砍了下來。

蕭峻一直都不知道這個人是誰，更不知道這個人爲什麼要一刀砍下他的臂。

在那天晚上之前，他從未看過這個人，以後也沒有見過，想不到現在又忽然出現在他眼前。

十四 白銀面具

一

四月十八，深夜。

今夜也有月，月仍圓，銀色的面具在月下閃閃發光，看來和十三年前的這個月圓之夜完全沒有什麼不同。

面具是不會老的，也不會變的。

可是人已變了。

蕭峻已經從丐幫中一個小弟子，變成了執掌生殺大權的刑堂香主，已經從一個血氣方剛的少年，變成一個深沉而冷酷的人。

如果他的臂沒有斷，他絕不會變成這樣子。

他連這個人的臉都沒有見過，這個人卻改變了他的一生。

這種改變是他的幸運還是不幸？

他自己也不知道。

隱藏在這個白銀面具和黑斗篷下的人，究竟是個什麼樣的人？為什麼要砍下他的臂？蕭峻也不知道。

這十三年來，每當月圓之夜，他都會在惡夢中遇到這個人，每當他驚醒時，他都會流著冷汗問自己：「為什麼？為什麼？為什麼？……」

唯一能解答這問題的人，現在又像是噩夢般出現在他面前了。

就在這一瞬間，他的衣裳已經被冷汗濕透，濕淋淋的黏在身上，連舌頭都像是已經被黏住，連一個字都說不出。

銀面人在他剛才吃飯的那個位子對面坐了下來，淡淡的說：「你當然不會忘記我的。」他說：「十三年前，在月下砍斷你一條臂的人就是我。」

他的聲音並不像他的人那麼詭秘可怖，如果你沒有看見他的人，只聽見他的聲音，甚至會認為他是個很溫和的人。

這是蕭峻第一次聽到他的聲音。

他的聲音溫柔而低沉，他對蕭峻說話的時候，就像是一個溫柔的母親，在自己孩子的睡床前低低的唱著催眠的歌曲。

但是他卻隨時可能把蕭峻另一條臂也砍下來。

「十三年前，你從未見過我，我也從未見過你，可是我卻砍下你一條臂，讓你殘廢終生。」銀面人說：「這十三年來，我再也沒有去找你，你當然也沒法子找到我。可是過了漫長的十三年之後，我居然又來找你了，你知不知道，是爲了什麼？」

蕭峻搖頭。

銀面人又問他：「你想不想知道？」

蕭峻點頭。

銀面人慢慢轉過身：「如果你想知道，你就跟我走，你不走，我也不會勉強你。」

誰也不知道他是從什麼地方來的，誰也不知道他要到哪裏去。

蕭峻居然真的跟他走了，就好像中了魔一樣跟他走了。

就算這個人要把他帶到地獄去，說不定他也會跟著去的。

這個人的聲音對他竟似有一種奇特的吸引力。

這是他第一次聽見這個人的聲音，卻又好像已經聽過無數次。

爲什麼會這樣子呢？蕭峻自己也無法解釋。

二

夜間有霧，霧色淒迷。黑色的斗篷被晚風吹動，這個人在迷霧中看來就像是黑夜的幽靈。

他走在前面，走得並不快，蕭峻就跟在他身後，距離他並不遠。

蕭峻還有劍。

一柄特地爲殺人而鑄造的劍，在戰國時就被殺人的刺客們所偏愛的那種短劍。

如果蕭峻拔劍，也許一劍就可以從這個人的背後刺入他的心臟。

蕭峻沒有拔劍。

雖然他從未在背後傷人，這個人卻應該是例外。

他也應該知道良機一失，永不再來，像這樣的機會是絕不會再有第二次的。

多年來他一直都在等待著這麼樣一個機會，現在機會已經來了，他爲什麼還不出手？

淒迷的夜霧中忽然出現了幾點朦朧的燈火，燈火在水波中盪漾，水波在燈光下盪漾。

波光如鏡。

「四面荷花三面柳，一城山色半城湖」，靜靜的大明湖忽然間就已出現在蕭峻眼前。

燈火在一條船上，船在水波間，距離湖岸還有八九丈。

一湖美麗的水波，一條美麗的船。

銀面人站在岸邊的一株垂柳下，柳絲在微風中輕拂，他忽然回頭問蕭峻：

「你上不上得了那條船？」

蕭峻忽然拔劍，在柳樹幹上削下了三片柳木，劍光又一閃，木片飛出，飛落在水波上。

第一片離岸三丈，第二片五丈，第三片七丈。

劍光消失時，蕭峻的人已經在第一片柳木上。

柳木沉下，人躍起，以左腳的腳尖輕點第二片，右腳再輕輕一點第三片。

柳木沉下又浮起，蕭峻已在船上。

這是他苦練多年的成績，他自信他的輕功在江湖中絕對可以排名在前十位之內。

可是他的腳剛踏上船板，銀面人已經在船上，慢慢的走進了門前懸掛著珠簾的船艙。

珠簾在風中搖曳，一串串珠玉拍擊，發出風鈴般輕悅的聲音。

柳木還在水面上漂浮，蕭峻的心卻已沉了下去。

他這一生中，真正痛恨的只有兩個人，他活著，就是爲了要找這兩個人復仇。

現在他都已找到了。

但是現在他已發現，要對付這兩個人，他還是沒有機會，也沒有希望。

兩個灰衣人正在艙門外看著他，兩個人的臉都像是用青石雕成的，既沒有血色也沒有表情。

他們以右手掀起珠簾，卻將左手隱藏在衣袖裏，好像都不願被別人看見這隻手。

因爲這隻手就是他們的秘密武器，而且是種致命的武器，是殺人用的，不是給人看的。

蕭峻見過這樣的人。

他們都有一柄奪命的鋼鉗，他們都有九百九十九條命。

他們的命無疑都屬於這個神秘可怕的銀面人。

並不算太大的船艙，卻佈置得精雅而華麗，銀面人已坐下，懶洋洋的坐在一張寬大而柔軟的椅子上。

另一個灰衣人正在爲他烹茶，一個形狀古拙的紫泥小爐上，銅壺裏的水已經快開了。

「這是趵突泉的水，是天下有數的幾處名泉之一，歷千年而不竭。」

銀面人說：「用此處的泉水烹茶，色、香、氣、味，都不比金山的天下第一泉差。」

他的聲音更平和，他說的是件非常風雅的事。

如果不是因爲他臉上還戴著那可怕的白銀面具，任何人都會認爲他要蕭峻到這裏來，只不過爲了要請他喝一盅好茶而已。

「我從不喝酒，只喝茶，我對茶有偏好。」

銀面人又說：「喝茶的人永遠都要比喝酒的人清醒得多。」

蕭峻站在窗口遙望遠處千佛山黑沉沉的影子，忽然問銀面人：

「他們的手呢？」

「誰的手？」

「就是這些人。」蕭峻說：「這些有九百九十九條命的人。」

他又問：「他們究竟是一個人有九百九十九條命？還是九百九十九個人只有一條命？」

銀面人淡淡的說：「你是關心他們的命？還是關心他們的手？」

他彷彿笑了笑：「不管他們多少個人、多少條命，其實都完全一樣。」

「一樣？怎麼會一樣？」

「因為他們的人是我的，命也是我的。」

銀面人說：「我隨時都可以要他們去為我做任何事，也隨時可以要他們去死。」

他的聲音還是那麼溫柔平和：「他們的手也跟你一樣，都是被我砍斷的，每個人的手都是被我砍斷的。」

一個人居然能用如此溫柔的聲音，說出如此可怕的事，實在令人不可思議。

「可是他們不像你。」銀面人又說：「我雖然砍斷了他們的手，他們並不恨我。」

「哦？」

「因為我又給了他們一隻手，遠比他們原來的那隻手更有用。」

他忽然吩咐那個正在烹茶的灰衣人：「你為什麼不讓蕭堂主看看我給你的那隻手？」

灰衣人立刻站起來，捲起了左面的衣袖，只捲起了一點，剛好露出了一柄鋼鉗。

鋼鉗的構造彷彿極精密複雜，可是蕭峻能看到的並不多。

「這不是手。」蕭峻說：「這是個鉗子。」

「這是一隻手。」銀面人說：「只要是別人能用手做的事，這隻手都能做。壺的水已沸，茶碗已擺在桌上，你為什麼不替蕭堂主倒碗茶喝？」

灰衣人用他的鋼鉗一夾，就輕輕巧巧的把銅壺夾起，為蕭峻倒了碗茶。

茶水裏有一根茶梗浮起，他又用鋼鉗一夾，就輕輕巧巧的夾了起來。

他用這隻「手」做的事，動作之輕巧靈敏，絕不是任何人所能想像得到的。

「別人用手不能做、也做不到的事，這隻手都能做。」銀面人又吩咐：「蕭堂主也許還不信，你爲什麼不做給他看看？」

鋼鉗「格」的一響，銅壺的柄立刻被夾斷，就好像用剪刀剪布絮一樣容易。

爐火仍未滅，灰衣人將鋼鉗伸下去，就拑起了一塊熾熱的木炭。

銀面人問蕭峻：「別人能不能用手做這些事？」

蕭峻閉著嘴。

銀面人的聲音裏充滿驕傲之意：「這隻手不但可以做這些事，還可以一下子夾碎別人的關節，握住別人的刀鋒，撬開房門，扭斷鐵鍊，如果吊在屋樑上，也可以比任何人都吊得久些，因爲這隻手的腕子絕不會脫，也不會斷。」

蕭峻不能不承認，這些事確實不是常人雙手能做得到的。

「如果有人想用小擒拿法抓住這隻手的脈門，那麼他就犯了個致命的錯誤，因爲這隻手根本沒有血脈，更沒有穴道。」銀面人說：「如果你也有這麼樣一隻手，你用它握劍，也絕對沒有人能將你的劍奪走。」

他問蕭峻：「你想不想有這麼樣一隻手？」

蕭峻仍然閉著嘴，可是他也不能不承認，他的心確實有點動了。

銀面人無疑已看出了這一點。

「你雖然不知道我是誰，可是我對你這個人卻已知道得非常清楚。」

「哦？」

「你是個孤兒，還不到六歲，你的娘就已去世了。」銀面人說：「你一直都沒有見過你的父親，連一面都沒有見過。」

蕭峻的心忽然一陣刺痛，就好像忽然被人用一根針刺了進去。

這是他一直隱藏在心底的秘密，想不到現在竟忽然被一個陌生人說了出來。

銀面人又說：「你從小就被現在已去世了的丐幫幫主大悲先生收養，可是連他都沒有把你的身世告訴過你，而且對你很不好。」

蕭峻的臉色忽然變了，蒼白的臉上忽然泛起了一陣猩紅。

「你怎麼會知道這些事的？」

「我知道，我當然知道。」銀面人的聲音忽然變得很奇怪：「我還知道你最恨的一個人並不是我，而是李笑。」

「李笑？」

「三笑驚魂李將軍，李笑。」

沒有人知道大笑將軍的真正名字，連蕭峻都是第一次聽到。

「我知道你最恨的一個人就是他。」銀面人說：「因爲大悲先生雖然從未提起你的身世過，可是只要一聽見別人說起大笑將軍，就會勃然大怒。」

「大悲先生對這位大笑將軍無疑是深惡痛絕的，你也一樣。」銀面人說：「因爲我知道大悲先生一定告訴過你，你的父母都是死在這個人手裏的，死得都很慘。」

「你怎麼知道？」

「我知道，我當然知道。」銀面人聲音更奇怪：「有很多別人不知道的事我都知道，可是我也有做錯事的時候。」

他長長嘆息，嘆息聲中竟似真的充滿悔恨！

「我實在不該砍斷你一條手臂的。」銀面人又說：「我那麼做，只因爲我把你當做了另外一個人。」

他不讓蕭峻開口，他接著說：「現在我已經知道我錯了，所以我不但要補償你，還給你一隻手，而且還要再給你一次機會。」

「什麼機會？」

「復仇的機會。」銀面人說：「我可以讓你親手去殺死李笑。」

他說得極有把握，極肯定：「而且我還可以保證你一定能殺了他。」

蕭峻又閉上了嘴，但卻已無法保持他慣有的鎭定與冷靜。

他站起，又坐下，坐下又站起，然後就開始不停的在這間鋪滿波斯地毯的艙房裏走來走去。

他不願接受這個銀面人的恩惠，可是他也不願放過這次機會。

他永遠忘不了他的養父提起李笑這個人時，口氣中那種悲憤仇恨和怨毒。

對一個江湖人來說，這種不共戴天的仇恨，只有用血才洗得清。

——不是仇人的血，就是他自己的血。

蕭峻終於停下來，面對銀面人。

「你爲什麼要給我這個機會？」

「因爲李笑也是我的仇人。」銀面人說：「我也有個親人是死在他手裏的。」

他的聲音忽然變了，也變得像大悲先生提起李笑時一樣，充滿了悲憤仇恨和怨毒。

「你既然這麼痛恨他，爲什麼不自己去殺了他？」蕭峻說。

「我只想要他死，不管他死在誰手裏都一樣。」銀面人說：「就算他被野狗咬死也無妨。」

白銀面具在燈下發光，蕭峻看不見他的臉，卻又發現在他和李笑之間的怨毒遠比任何人想像中都深得多。

「我給你這個機會，只因爲你的機會比我好。」銀面人說。

「爲什麼？」

「因爲他根本沒有把你放在眼裏，根本就不會提防你，所以你才有機會，否則就算是楚香帥復出，恐怕也傷不了他的毫髮。」

「你呢？」

「我也不行。」銀面人嘆息：「五十招之內，他就可以將我斬殺於刀下，就算他不用他的刀，空手也可以把我的頭顱扭斷。」

他絕不是個謙虛的人，他能說出這種話來，當然不假。

「所以你出手一擊就要殺了他。」銀面人說：「否則你也必死無疑。」

他說得非常認真：「這一點你一定要記住，一有機會你就要出手，一出手就要刺他的要害，一擊必定致命的要害。」

——可是我能有幾分機會？

蕭峻很想問，卻沒有問，就算只有一分機會，他也應該去試一試。

「你的機會很好。」銀面人道：「他對你的輕視和疏忽，都是你的好機會，何況他絕對想不到你已經多了一隻手。」

「我多了一隻手？」

「我答應你，我要還給你一隻手。」銀面人說：「所以你也應該答應我，用這隻手去殺了他。」

他給蕭峻的當然不是一隻真的手，他給蕭峻的也是一柄鋼鉗。

鋼鉗裝在兩節可以轉折活動的鐵臂上，鐵臂的構造精密而複雜。

「可是它用起來卻很方便。」銀面人將鐵臂裝在蕭峻的斷臂上：「因爲你這裏的肌肉還沒有死，還可以把你的真氣內力運用到這裏來，發動這條鐵臂上的機簧，運用你那柄殺人的短劍。」

他又向蕭峻保證：「以你的聰明和內力，再加上一點技巧，一個時辰，就可以運用自如了。」

兩節鐵臂是用六根鋼骨接成的，鋼骨並不粗，藏在衣袖中時，這條袖子看起來還是空蕩蕩的什麼都沒有。

「只要你注意一點，李笑絕不會發現的。」銀面人的聲音裏充滿興奮：「所以等到你這隻手忽然從袖子刺出來時，就是他的死期到了。」

蕭峻不願用這種方法殺人，但是他要去殺的這個人卻是他不能不去殺的，這次機會很可能就是他唯一的一次機會。

他好像已經完全沒有選擇的餘地，只不過有件事他還是一定要知道。

「你是誰？」蕭峻問這個銀面人：「現在你是不是已經應該告訴我，你究竟是誰？」

「其實你大概早就聽說過我的名字。」銀面人說：「我就是高天絕。」

三

元寶的頭已經有點暈了，舌頭已經有點大了，一雙本來就不算小的眼睛看起來雖然比平常大，眼珠子轉動起來卻已經不太靈光。

幸好他根本不想轉動他的眼珠子，因為他本來就只想看一個人。

在他的眼中看來，這個世界上已經沒有任何人任何事比這個更好看。

湯大老闆從十三四歲的時候就開始被人盯著看，到了卅四歲的時候還是時常被人盯著看，被各式各樣的人盯著看。她早就被人看得很習慣，可是現在她居然好像被這個小鬼看得有點不好意思了。

「你看什麼？」

「看你。」

「我已經是個老太婆了，你看我幹什麼？」

元寶故意嘆了口氣：「我已經是個老頭了，不看老太婆看誰？」

湯大老闆本來不想笑的，卻偏偏忍不住笑了出來。她忽然發現這小鬼實在很可愛。

這實在是件很危險的事。

一個卅四歲的女人，一個一直都很寂寞的卅四歲的女人，如果忽然覺得一個男人很可愛，不管這個男人是個什麼樣的男人，不管有多大年紀，都是件非常危險的事，不但危險，而且可怕。

如果她也像高天絕一樣，有個白銀面具，她一定會立刻戴在臉上。

因爲她已經發現這個可愛的小鬼有點危險了，她實在不想讓他知道她已經覺得他很可愛。

可惜她沒有，不但沒有白銀面具，什麼樣的面具都沒有。

所以元寶忽然又問她一句更危險、更可怕的話，這句話無論誰聽見都會嚇一跳的。

湯大老闆當然也嚇了一跳。

十五 明湖暗夜

一

四月十九，黎明前。

風靜水平月落星沉，燈光卻更亮了，在黎明前最黑暗的這段時候，只有燈光是最亮的。

因爲它在燃燒著自己，它不惜燃燒自己來照亮別人。

人也一樣。

一個人如果不惜燃燒自己，無論在多黑暗的環境裏，都一樣能發出光來的。

高天絕，這個人居然就是高天絕。

「天絕地滅，趕盡殺絕。」

這個只有在傳說中出現過的神秘人物，此刻居然就坐在他對面。

蕭峻是個孤兒，出世的時候高天絕就已經是江湖中最可怕的人物之一。

他們之間本來絕不應該有任何關係，但是現在他們的命運卻又像已經被某一種神秘的原因連繫到一起。

高天絕忽然問蕭峻：「你是不是想揭下我的面具來，看看我是個什麼樣的人？」

「本來我確實是想這麼做的。」

「現在呢？」

「現在我已經不想了。」蕭峻說：「因爲我已經發現了一件事。」

「什麼事？」

「我雖然看不見你的臉，你也看不見我的。」蕭峻說：「剛才你在路上，一直都走得很慢，就因爲你什麼都看不見。」

別人就算要戴面具，也會在面具上留兩個洞，把眼睛露出來。

這個白銀面具上卻只有一個洞，並且不是在眼睛的部位，而是在嘴的部位。

所以他可以喝茶，卻看不見。

只有瞎子才會戴這種面具，名震天下的高天絕，怎麼會變成了一個瞎子？

蕭峻沒有問。

他相信這個問題一定會觸及高天絕心裏一件非常痛苦的往事。

「就因爲我看不見你，所以你也不想看我了。」

高天絕又問蕭峻：「你是不是認爲這樣才公平？」

「是。」

「那麼我不妨再告訴你，還有件事也很公平。」高天絕說。

蕭峻也沒有再問是什麼事。

他已經注意到高天絕的左手一直都藏在那件黑色斗篷裏，一直都沒有伸出來過。

現在高天絕卻忽然把它伸了出來。

他伸出來的也不是一隻手，他伸出來的也是個銀光閃閃的鉗子。

「我砍斷了你一隻手，我這隻手也被人砍斷了。」

高天絕的聲音裏帶著種無論誰聽見都會覺得痛苦的譏誚之意：「這是不是也很公平？」

蕭峻沒有回答，卻反問高天絕：「砍斷你這隻手的人，是不是長得很像我？所以你才會砍斷我的手？」

高天絕忽然笑了，大笑。

「笑」本來絕對是件非常愉快的事，不但自己愉快，也可以讓別人愉快。

但是他屬下的灰衣人臉上卻忽然露出種恐懼之極的表情。

——這是不是因爲他們都知道這種笑聲帶來的，並不是歡愉，而是災禍與不幸？

蕭峻的手心也有了冷汗。

他忽然也覺得說不出的恐懼，不是因爲他從未聽過如此可怕的笑聲，而是因爲他聽過。

他確實聽過。

就在這一瞬間，他忽然想起了很多事，好像很真實，又好像只不過是個噩夢。

究竟是真是夢，他自己也分不清。

就在這時候，高天絕的笑聲突然停止，灰衣人臉上的表情突然僵硬，蕭峻也突然自往事中驚醒。

船艙中一點變化都沒有，船艙四周的大明湖也還是那麼平穩安靜。

但是在他們的感覺中，天地間的每一件事都好像突然改變了，每個人心裏都突然感覺到一種無法形容的巨大壓力。

船艙裏沒有風，高天絕沒有動，可是他身上的黑色斗篷卻忽然像是浪濤般開始波動。茶碗上的蓋子突然彈起三尺，「啵」的一聲響，突然在空中碎裂。

接著又是「砰」的一聲響，本來開著的窗子突然關了起來，上面糊著的窗紙也突然碎裂，一條條一片片漫空飛舞，就像是無數隻被幽靈自地獄中召來的蝴蝶。

角落裏木案上七弦琴的琴弦忽然「琤琤琤琤」的響起，門上珠簾也開始響動如彈琴。然後又是「嗆」的一聲響，七弦俱斷，八音驟絕，簾上的珠玉就像是眼淚般一連串落下，門外的兩個灰衣人已蹤影不見。

外面的甲板上沒有人，誰也不知道這些可怕的變化是怎麼發生的。

只有高天絕知道。

「他來了。」高天絕忽然深深吸了口氣，一個字一個字的說：「他已經來了。」

二

湯大老闆瞪大了眼睛，張大了嘴，吃驚的看著元寶。

她的眼睛本來就不小，現在好像比平時又大了兩倍，她的嘴本來雖然不大，現在卻好像一口就可以吞下兩個雞蛋。

湯大老闆今年已有三十四歲了，什麼樣的場面都見過不少，可是現在看起來，卻像是個被人嚇呆了的小女孩，而且最多只有七八歲。

元寶剛才說的那句話，真是把她嚇了一大跳。

「剛才你是不是說了一句什麼話？」她立刻又搖頭說：「你沒有說，我只不過自己以爲自己聽見了而已，其實你什麼都沒有說。」

「其實我是說了。」元寶板著臉：「我清清楚楚說了一句話，每個字都說得很清楚。」

「可是我真的沒聽見。」

「你聽見了。」

「我沒聽見。」

「你明明聽見了。」

「我明明沒有聽見。」湯大老闆道。

元寶盯著她，忽然用一個快淹死的人在叫救命時那種聲音把剛才那句話又說了一遍。

「我要你嫁給我。」

湯大老闆又嚇了一跳，簡直被這個小鬼嚇得連魂都沒有了。

「我的老天！」她的聲音好像是在呻吟：「我的老天！」

「這次你聽見沒有？」元寶問：「還要不要我再說一遍？」

「我求求你，你幫幫忙。」湯大老闆已經連一點大老闆的樣子都沒有了：「如果你再說一遍，我只有去跳河。」

「為什麼要跳河？」

「剛才你說的那句話，連五條街之外的聾子都一定聽得很清楚。」

「那有什麼不好？」元寶瞪著眼：「我說的話從來都不怕被別人聽見。」

「你不怕？我怕。」

「怕什麼？」元寶用力拍了拍胸膛：「有我在這裏，你有什麼好可怕的？」

湯大老闆又呻吟了一聲，看起來好像馬上就要暈倒到桌子下面去。

「你知不知道我已經有多大年紀？」

她說：「我大概已經可以做你的祖母了。」

元寶居然立刻點頭，「對對對，你大概已經可以做我的祖母了，我的祖母今年也不過只有一百零一歲而已。」

他故意問她：「你呢？」

「我雖然沒有那麼老，也有三十多了，最少也可以做你的娘了。」

「做我的娘？哈哈哈！哈哈哈！」

「哈哈哈是什麼意思？」

「哈哈哈的意思就是說我已經快被你氣死了。」元寶說：「連我的四姐今年都已經有三十多，你居然要做我的娘，你說你是不是在氣我？」

「我不是。」

「那麼我就告訴你，連我的大姐都可以做你的娘了。」

元寶一本正經的說：「你到我家去，唯一能做的，就是做我的老婆，而且非做我的老婆不可。」

湯大老闆馬上用兩隻手掩住耳朵。

「我沒有聽見。」她說：「你什麼都沒有說，我什麼都沒有聽見。」

「好，那麼我就再說一遍給你聽。」

他居然真的乂用比剛才更大一倍的聲音說：「我要你……」

這句話這次他只說出了一半，因爲湯大老闆已經撲過去，用剛才掩住她自己耳朵的那雙手掩住了他的嘴。

她的手溫暖而柔軟。

她的人也軟了。

因爲她一撲過去，元寶就乘機抱住了她，她想推，卻推不開。

「你這個小鬼，你真不是東西。」

「我本來就不是東西，我是個人。」元寶說：「是個大男人。」

「你是個狗屁大男人，我最少也比你大十幾歲。」

「我的三姐夫和五姐夫都比我的姐姐大十幾歲。」元寶說得振振有辭：「三十多的男人可以娶十幾歲的女人，三十歲幾的女人爲什麼不能嫁給十幾歲的男人？」

「你喝醉了。」

「我沒有。」

「你明明喝醉了。」

「我沒有，我沒有……」

三

「他」是誰？是誰來了？

水平如鏡的大明湖上，忽然裂開了一條白色的浪花。

一條輕舟就像把快刀割裂一塊柔滑的絲緞般，割開了平靜的大明湖，箭一般急駛而來。

一個高大的青衫人，背負著雙手，站在船頭，長衫迎風飄舞。

星已沉，月已落，現在正是天地間最黑暗的時候，誰也看不清他的容貌，但是每個看見他的人都已感覺到他那種懾人的威嚴和氣度。

輕舟上沒有別的人，沒有人張帆，沒有人撐篙，沒有人操槳，也沒有人掌舵。

可是船已經來了，來得比任何人所能想像到的都要快得多。

高天絕壓低聲音問蕭峻：「你知道來的是誰？」

「李笑？」

「對，就是他。」

李笑，三笑驚魂李將軍李笑。

蕭峻當然知道李笑就是吳濤，但是現在這個人的身上卻已連一點吳濤的影子都沒有了。

他已經完全變成了另外一個人，因爲他再也用不著掩飾自己的身分。

他的肚子已經不見了，身上所有多餘的脂肪和肥肉都已奇蹟般消失。

他的尖額已變得寬闊而開朗，他的灰臉上已發出了白玉般的瑩光。

——他真的就是那個被人扒走錢包自己還不知道的平凡庸俗的生意人？

蕭峻不信。

他本來一直不相信世上真有如此神奇的易容術，也不信一個人會有如此驚人的改變。

但是現在他已經不能不信。

這個人就是他要殺的人，但是他卻在這一瞬間，忽然對這個人生出種說不出的畏懼和仰慕，就像是一個熱情的少年忽然看到自己心目中的偶像英雄。

蕭峻自己也不知道自己怎麼會有這種感覺，但是他已經發覺了一件事。

——他的心裏好像永遠都有兩個人在交戰，用兩把快刀在交戰，你一刀砍過來，我一刀砍過去，每一刀都砍在他心上。

所以他心裏永遠都充滿了矛盾和痛苦。

「只要一有機會，你就要立刻出手，一出手就要取他的要害。」

蕭峻並沒有忘記高天絕再三囑咐他的話。

但是等到機會來臨時，他是不是會出手？連他自己也沒有把握。

輕舟在湖上飄盪，人已到了高天絕的船上。

就在剛才那一瞬間，他的輕舟彷彿還距離這條大船很遠。

現在他的人已經在船艙裏，蕭峻終於看清了他的容貌和面目。

他的臉輪廓分明，就像是用一塊美玉雕成的，額角寬闊、鼻樑挺直，嘴角卻帶著種說不出的譏誚之意。

他的眼睛明亮而有威，卻又偏偏充滿了憂鬱和哀傷。

他的身子筆挺，就像是一桿標槍。

他的英挺，他的氣勢，他的風度，找遍天下也很難找出第二個人來。

像這麼樣一個人，爲什麼會顯得如此憂鬱？難道他心裏也和蕭峻一樣矛盾痛苦？

高天絕沒有看見這個人，他根本什麼都看不見，奇怪的是，他看見的卻又彷彿比任何人都多。

更奇絕的是，別人都看不見高天絕的臉，這個人卻彷彿能看得見。

他們面對著面，互相凝視，就好像彼此都能看得到對方。

高天絕的白銀面具在燈下閃動著銀光。

面具本來是沒有情感也沒有表情的，可是現在卻好像有了表情，一種除了他們兩個人之外，誰都無法明瞭和解釋的表情，連那閃動的銀光都好像變成了燃燒的火燄。

李將軍臉上本來是有表情的，也是種別人無法明瞭的表情，可是忽然間又變得完全沒有表情了，就好像忽然戴上個冷冰冰的面具。

「果然是你。」李將軍終於開口：「我就知道你遲早一定會找到我的。」

「是你來找我的。」高天絕淡淡的說：「我並沒有去找你。」

「既然我們已經相見，是誰來找誰都已經沒什麼分別了。」

「有分別。」

「哦？」

「我既沒有找你，也沒有看見你。」高天絕說：「我已經說過，我這一生中永遠不要再見你。」

「所以你才戴上這麼樣的一個面具？」

「是的。」

「如果我一定要看看你呢？」

高天絕冷笑：「你一定看不到的。」

李笑冷冷的看著他，身子忽然憑空飛了出去。

李將軍一直都沒有注意到蕭峻，連看都沒有看他一眼，就好像根本不知道船艙裏還有這麼樣一個人存在。

蕭峻卻一直在注意著他們，注意著他們臉上表情的變化，注意聽他們說的話。

他一直在等機會。

雖然他自己也不知道機會到來時是否會出手，卻還是在等。

他沒有機會。

李笑雖然一直都靜靜的站在那裏，既沒有動作，也沒有戒備，就像是個木頭人。

但是這個木頭人卻無疑是個雕塑得絕對完美無瑕的木頭人，每一刀都刻在絕對正確的部位上，每一根線條都刻得絕對正確無疵，全身上下連一點點缺點都沒有。

所以這個人雖然既無動作也無戒備，但是全身上下都無懈可擊。

動就是不動，不動就是動，以動制靜，以不變應萬變。

這已是「禪」的境界。

蕭峻就算想出手，也找不到出手的機會，但他卻發現了一件很奇怪的事。

他們兩個人之間，以前無疑是認得的，而且很可能是很好的朋友，可是這兩個人之間卻又好像有種誰都沒法子化解的仇恨。

究竟是敵是友？誰也分不清。

就在這時候，不動的李將軍忽然動了。

沒有人能形容這一動。

李將軍的動作彷彿很慢，卻又快得令人連看都看不清，他的動作彷彿很笨拙，卻又如飛鳳般柔滑優美。

高天絕一心想將他置於死地，他不想。

他只想揭下那個又醜陋又美麗又神秘又可怕的白銀面具。

高天絕絕不讓他達到目的。

高天絕也動了。

兩個絕對靜止的人，忽然全都動了，動如風，動如風中的波浪、柳絮、白雲，動如波上、柳中、雲間的風。

蕭峻的心沉了下去。

他一直都認為自己絕對可以算是江湖中的頂尖高手，別人的想法也跟他一樣。

現在他才知道這種想法很可笑。

他的武功和這兩個人比起來，根本連比較都沒法子比較。

他從未想到這個世界上有任何人能夠練成他們這樣的武功。

現在他已經親眼看見。

他怎麼能出手？怎麼有機會出手？

人影閃動，燈光熄滅。

可是最黑暗的時候已經過去，淡淡的晨曦已經照亮了大明湖。

追逐飛躍的兩條人影忽然分開，李將軍忽然已到了蕭峻面前，閃電般出手，握住了他的右臂，他唯一的一條臂。

蕭峻根本沒有反抗的餘地，只聽見李將軍低沉的聲音說：

「這地方你留不得，快跟我走。」

這句話還沒有說完，蕭峻的身子已經離地而起，跟著李將軍飛掠而出。

他不能反抗。

可是在他們飛出船艙的那一瞬間，他忽然看到了一個機會。

在這一瞬間，淡淡的晨光正照在李將軍的背上。

他背後一片空白，這是他生平第一次將空門暴露在別人眼前，無疑也是最後一次。

他想不到蕭峻會出手，也想不到蕭峻已經多了一條手臂。

蕭峻連想都沒有想。

他看見李將軍背上的晨曦時，已經將那柄用鋼鉗夾住的短劍刺了出去，從李將軍左肩下的軟脅直刺心臟。

這個動作就好像一個人觸及炭火時立刻就會把手縮回去一樣，完全沒有經過他的思想。

——這個人是他的仇人，這次機會是他唯一的機會，他一定要把握這次機會出手。

這種想法已經在他心裏生了根，所以他連想都沒有再想就已出手。

他終於抓住了這次機會，因爲他的經驗已夠多，反應也夠快了。

這是他從無數次艱辛苦戰中得來的經驗，從無數次痛苦經驗中訓練出來的。

他應該對自己這一擊覺得很滿意。

可是在他有生之年中，每當他想起這件事時，他的心就會覺得一陣刺痛。

他刺出的這一劍，刺的雖然是李將軍，卻好像刺在他自己心上一樣。

劍光一閃而沒。

李將軍的身子突然因痛苦而抽縮，突然從劍尖上彈起，在空中痛苦扭曲掙扎。

在這一瞬間，他的臉已轉過來面對蕭峻，晨光正照在他的臉上。

他的臉上並沒有那種面臨死亡的恐懼，也沒有那種被人暗算的憤怒，卻充滿了痛苦悔恨和悲傷。

蕭峻看見了他的臉。

他臉上的這種表情，蕭峻這一生中永遠都無法忘記。

鮮血滴落在甲板上時，李將軍的人已落入湖水裏。

水花四濺，人沉沒。

湖水上散開了一圈圈漣漪，每一圈漣漪中都有李將軍的血。

漣漪還未消失，蕭峻已經聽見了高天絕的笑聲。

他應該笑的。

李將軍終於死了，死於他一手安排的計畫中，他對自己也應該覺得很滿意。

可是他的笑聲中並沒有一點歡愉得意的意味，他的笑聲中也充滿了痛苦和悲傷。

這又是爲了什麼？

他這種淒厲的笑聲，蕭峻這一生中也永遠都無法忘記。

十六　湯大老闆的奇遇

一

四月十九，黎明時。

熹微的晨光剛剛從窗外照進來，剛好讓湯大老闆能夠看清元寶的臉。

元寶已經醉了，就在他說「我沒有醉」的時候就已睡著，睡得就像是個孩子。

他本來就是個孩子，又聰明、又頑皮、又可愛、又討厭的男孩子，就好像她小時候認得的那個男孩子一樣。

她叫他「小哥」，他叫她「弟弟」，而且真的把她當作一個小男孩小弟弟，一天到晚帶她去爬山爬樹，罵人打架騎牛趕狗偷雞摸魚。

所有大人不准小孩去做的事，沒有一樣他沒有帶她去做過，所有男孩子所玩的把戲，沒有一樣她不會的。

連她自己都好像忘記了自己是個女孩子。

有一年夏天，他又帶她到山後面樹林中的小河裏去玩水。

那天天氣真熱，她穿著套薄薄的夏布衫褲，河水清涼，兩個人在水裏又喊又叫又吵又鬧，她的衣裳都玩得濕透了。

那套衣裳本來就很緊，夏日午後的斜陽暖洋洋的照在她身上。

她忽然發現他又不叫又不鬧了，忽然變得像是個呆子一樣，用一雙大眼睛死盯著她。

那時候他才發現她並不是一個男孩子，而且已經長大了。

她被他看得心慌。

她也看到了他身體的變化，好怕人的變化，她想跑，可是兩條腿卻忽然變得好軟好軟好軟。

那天他們回家的時候天已經黑了，家裏面已經吃過晚飯。

自從那天之後，他雖然還是叫她弟弟，可是再也不帶她跟別的男孩子去玩。

從那天之後，她就變成他一個人的，直到他要去闖江湖的時候，他還是不許她去跟別的男孩玩，要她等他回來。

可是他從來都沒有回來過。

那年她才十七，今年已卅四了。

在這十七年中，她從未有過第二個男人，也從未有第二個男人能讓她心動。

她從未想到經過漫長的十七年之後，她居然又遇到一個這樣的大男孩，這麼聰明，這麼頑皮，這麼可愛，這麼討厭。

她居然又心動了。

剛才元寶抱住她的時候，她身子忽然又有一股熟悉的熱意升起，就像是十七年前那個夏日的黃昏一樣。

如果元寶沒有醉沒有睡，會發生什麼事？

她連想都不敢想。

——這個小鬼，爲什麼要做這種事？爲什麼要這樣子害人？

雖然只不過是四月，天氣卻好像已經開始熱了起來，熱得讓人難受。

她一直在出汗，一直到現在還沒有停。

她絕不能等這個小鬼醒過來，不能讓這個小鬼再來逗她纏她害她。

一個像她這種年紀的女人，已經不能再做這種糊塗事了。

她悄悄的拾起散落在床下的一雙金縷鞋，悄悄的推開門，又悄悄的走回來，悄悄的爲元寶蓋上一床薄被，才悄悄的走出去。

朦朦朧朧的院子裏空氣冷而潮濕，乳白色的晨霧將散未散，一個人坐在對面長廊下的石階上，手托著腮幫子，用一雙大眼睛瞪著她。

「小蔡。」湯大老闆吃了一驚：「你坐在這裏幹什麼，怎麼到現在還沒有睡？」

小蔡不理她，一雙大眼睛卻瞬也不瞬地盯著她倒提在手裏的金縷鞋。

她忽然明白她心裏在想什麼了。

——這個小女孩已經漸漸長大，已經漸漸開始學會胡思亂想，越不該想的事，越喜歡去想，而且總是會往最壞的地方去想。

她知道這個小鬼一定又想到哪些地方去了，可惜她偏偏沒法子辯白。

——一個女人在一個男人屋子裏耽了一夜，到天亮時才蓬頭散髮的提著自己的鞋子走出來，還帶著三分酒意。

她能讓別人怎麼想？她能說什麼？

「快回房去睡吧！」

她只有避開她目光，盡量用最平靜的聲音說：「你早就該睡了。」

「是的，我早該回房去睡了，可是你呢？」小蔡盯著她：「你為什麼一夜都沒回去？」

湯大老闆又說不出話來。

小蔡冷笑：「我勸你還是趕快穿上鞋子的好，赤著腳走路，會著涼的。」

說完這句話，她就站起來，頭也不回地走了，就好像再也不願多看她一眼。

春寒料峭。

湯大老闆癡癡的站在冰冷的石地上，從腳底一直冷到心底。

她沒有錯，一點都沒有錯，可是她知道她已經傷了這個小女孩的心。

晨光初露，曉霧未散。

她從心底嘆了口氣，正準備回房去，忽然發現院子裏又有個人在看著她，就坐在小蔡剛才坐過的那級石階上，手托著腮幫子看著她。

唯一不同的是，這個人不是個小女孩，而是個小老頭。

一個古裏古怪的小老頭子。

二

湯大老闆不認得這個小老頭，她從來也沒有見過這麼古怪的老頭子，而且從來都沒有想到自己會看見這麼樣一個人。

這個小老頭看起來不但特別老，而且特別小，有些地方看起來比任何人都老得多，有些地方看起來又比任何人都小得多。

他的頭髮已經快掉光了，只剩下幾根稀稀落落的白髮貼在頭頂上，就好像是用膠水貼上去的一樣，無論多大的風都吹不動。

他的牙齒也快掉光了，前後左右上下兩排牙齒都快掉光了，只剩下一顆門牙，可是這顆門牙卻絕不像別的老頭那麼黃那麼髒。

他唯一剩下的這顆門牙居然還是又白又亮，白得發亮，亮得發光。

他實在已經很老很老了，可是他臉上的皮膚卻還是像嬰兒一樣，又白又嫩，白裏透紅，嫩得像豆腐。

他身上穿著的居然是套紅衣裳，鑲著金邊繡著金花的紅衣裳，只有暴發戶家裏出來的花花大少要去逛窯子時才會穿的那種紅衣裳。

這麼樣一個老頭子，你說絕不絕？

湯大老闆差一點就要笑出來了。

她沒有笑出來，因爲這個院子裏的前後左右附近本來是絕對沒有這麼樣一個人的。

可是現在明明有這麼樣一個人坐在那裏看著她，帶著很欣賞的眼光看著她，就好像那些二三四五十歲的男人看她時的表情一樣。

幸好湯大老闆一向很沉得住氣，雖然沒穿鞋子也一樣很沉得住氣，所以居然還向他點了點頭笑了笑。

「你好。」

「我很好。」小老頭說：「非常非常好，好得不得了。」

「你貴姓？到這裏來有什麼貴幹？」

「我既不姓貴，到這裏來也沒有什麼貴幹。」小老頭說：「我到這裏來，只爲了要做一件絕不是『貴幹』的事。」

「什麼事？」

「你猜。」小老頭像孩子般眨著眼：「你猜出來我就跟你磕三千六百個頭。」

湯大老闆搖頭：「磕那麼多頭會很累的。」她說：「我不想要你磕頭，我也猜不出你到這裏來要做什麼事。」

「你當然猜不出。」小老頭大笑：「你一輩子也猜不出來的。」

「那麼你自己爲什麼不說出來？」

「我說出來你也不會相信。」

「你說說看。」

「好，我說。」小老頭道：「我到這裏來，只不過因爲我老婆要脫光你的衣服，仔細看看你。」

湯大老闆笑了。

她本來應該很生氣的，可是她笑了，因爲她從來也沒有聽過這麼荒謬可笑的事。

她根本沒有想到自己會聽到這種事。

小老頭嘆了口氣：「我就知道你不會相信的，我早就知道你絕不會相信。」

就在他嘆氣的時候，他的身子已飛躍而起，就像是個小孩子忽然被大人拋了起來，在半空中不停的打滾。

湯大老闆絕不是好欺負的人。

一個女人能夠被大家心服口服的稱爲大老闆，當然不是好欺負的。

她練過武，練的武功很雜，有些是她拜師學來的，有些是男人們爲了親近她，爲了拍她的馬屁，爲了要她佩服，像獻寶一樣獻出來給她的。

飛花拳、雙萍掌、螳螂功、飛鳳指、大小擒拿、五禽七變、三十六路長拳、七十二路譚腿、連環鎖子腳……

她會的武功最少也有三四十種，在這個小老頭面前，竟連一種都使不出來。

半空中還是有一個人在打滾，打滾的卻已不是小老頭，而是湯大老闆。

她自己也不知道自己怎麼會忽然被拋起來在半空中打滾的。

她真的不知道。

她只知道這個小老頭子身子一落下地，她就被拋了起來。

然後她就開始打滾，不停的在半空中打滾，滾得天昏地暗。

然後她就什麼都不知道了。

三

這時候元寶已經醒了。

他本來睡得就像塊石頭一樣，就算被人打兩巴掌踢一腳，再踢到陰溝裏去也不會醒。

但是他卻忽然醒了過來，醒來的時候太陽正照在他對面的窗戶上。

元寶呻吟了一聲，趕緊用被子蒙住了頭，如果慢一點，他眼睛就好像要被這要命的陽光刺瞎了，他的腦袋也好像要裂成兩半。

一個第一次喝醉酒的人，醒來時忽然看見滿屋子陽光，大概都會有這種感覺。

可是還沒有過多久，元寶居然又慢慢的把腦袋從被子裏伸了出來。

因爲他的眼睛還沒有被蓋住的時候，他好像看見屋子裏有一個人。

一個絕不是湯大老闆的人。

他沒有看錯。

這個人穿一身漆黑的斗篷，戴一個閃亮的白銀面具，雖然滿屋子都是陽光，可是這個人看起來卻還是好像黑夜中的鬼魅。

元寶笑了。

他一向不怕可怕的人，越可怕的人，他越不怕。

「你臉上戴的這個鬼臉真好玩，」元寶說：「你能不能借給我戴兩天，讓我也好去嚇嚇別人。」

「我並不想嚇你。」這個人的口氣卻很和緩：「我知道你的膽子從小就很大。」

「你知道我是誰？」

「我知道。」

元寶又笑了：「幸好我也知道你是誰，否則我就吃虧了。」

「我是誰？」

「你就是高天絕。」元寶說：「就是把我弄得四肢無力，全身發軟，再把我送到這裏來的人。」

「是的。」高天絕並不否認：「我就是。」

「你既然知道我是誰，還敢這麼樣對我？」元寶的口氣忽然變得很兇狠：「你難道不怕我家裏的人找你報仇？」

「他們不會找我的。」

「爲什麼？」

「因爲他們知道我對你是一番好意。」高天絕說：「我想你自己也應該明白。」

「可惜我一點都不明白。」

「我們這些人都是永遠見不得天日的人，而且早就應該死了。」高天絕說：「我們這些人身上都帶著永遠無法化解的兇戾和仇恨。」

他的聲音雖和緩，卻又充滿一種令人毛骨聳然的怨毒之意：「無論誰遇到我們都不是件好事，因爲我們所攜來的，只有兇殺、災禍、血腥。」

「你們？」元寶問：「你們是些什麼人？」

「也許我們根本就不能算是人，只不過是幾個陰魂不散的厲鬼而已。」高天絕說：「所以我實在不願讓你也被捲入我們的恩怨是非中。」

「你的意思就是說，你不願意讓我來管你們的閒事？」

「是的。」高天絕說：「因爲你的身分不同，所以我才送你到這裏來。」

「否則你恐怕早就把我的腦袋割下來了？」

「我不會割你的腦袋。」高天絕淡淡的說：「要殺人，並不一定要割他的腦袋，殺人的法子有很多種，這是最笨的一種。」

「你殺人通常都用什麼法子？」

「用的是最痛苦的一種。」

「最痛苦的一種？」元寶問：「是讓別人痛苦？還是自己痛苦？」

高天絕忽然沉默。

「這種法子不好。」元寶又說：「因爲你要殺的人已經死了，也就沒什麼痛苦了，痛苦的一定是你自己，只有活著的人才會痛苦。」

高天絕沒有開口，也沒有動，可是他身上的斗篷卻像是狂風中的海浪般洶湧波動起來。

元寶又說：「有一天我很開心，就好像天上忽然掉下個肉包子來落在我嘴裏一樣，簡直開心得要命。」他說：「所以那天跟我在一起的人，也全都很開心，開心得不得了。」

他嘆了口氣：「痛苦也是這樣子的，你讓別人痛苦，自己心裏一定也很不好受。」

這句話還沒說完，已經有一隻冷冰冰的手扼住了他的咽喉。

四

這時候湯大老闆也已醒了。

她醒來時沒有見到陽光，她的頭並不痛，可是她也和元寶一樣，只希望自己永遠不要醒過來，只希望趕快死掉算了。

十七 恭喜你

一

四月十九。

湯大老闆已經醒了，已經睜開眼睛，眼前卻還是一片黑暗，什麼都看不見，就跟她眼睛閉著的時候完全一樣。

她已經暈迷了多久？現在是什麼時候？這裏是什麼地方？那個古怪的老頭子爲什麼要把她帶到這裏來？

她完全不知道。

她只知道自己身上最少有四處重要的穴道已經被人用一種特別的獨門手法點住，雖然沒有傷到她的筋脈氣血，卻使得她連一根小指頭都動不了。

如果那個老頭子年輕一點，她也許馬上就能猜出他對她有什麼目的，馬上就會想到那件事上去。

但是那個老傢伙實在太老，已經老得可以讓她自己安慰自己。

——他絕不會做那種事的，他對我這樣的女人絕不會有興趣，因爲他一定受不了的，老頭子就算要找女人，他只會去找那些不懂事的小姑娘。

她一直在這麼樣安慰自己，卻又一直對自己這種想法覺得噁心。

幸好她還能聽得見。

她醒過來沒多久，就聽見兩個人說話的聲音，第一個人是個女人，嗓子又尖又細，聲音又高，好像把別人都當作聾子。

第二個人說起話來慢吞吞的，陰陽怪氣，正是那個活見鬼的怪老頭。

「你有沒有把那個女人弄回來？」

「當然弄回來了。」小老頭說：「這種差事要我去辦，還不是馬到成功，手到擒來。」

「我就知道你最喜歡辦這種事。」女人的聲音更高：「你這個老混球，老色鬼。」

「誰喜歡辦這種事？這是你叫我去的，如果換了別人，就算跪下來求我，我也不會去。」

「放你娘的屁，你得了便宜還想賣乖？」

「誰得了便宜？」

「你，我就知道你一定動過她了。」

然後就是「啪」的一聲響，小老頭顯然挨了個大耳光，大聲叫了起來。

「冤枉呀冤枉！」

「你還敢叫冤？你敢說你沒有動過她？」

「王八蛋才動過她。」

「你本來就是個王八蛋，老王八蛋。」

「我是王八蛋，你是什麼？」

「你快滾，滾得遠遠的，越遠越好，我不叫你回來，你就不許回來。」

「遵命。」

老頭子嘆著氣，喃喃自語：「活到七八十歲了，還像小姑娘一樣吃醋，你說要不要命？」

老頭子的聲音忽然已去遠了，好像生怕再挨一個耳光。

湯大老闆總算鬆了口氣。現在她已聽出這個聲音又尖又細的女人和那老頭子一定是夫妻。

現在男的已經走了，只剩下一個女的，而且已經有七八十歲。一個這麼老的老太婆還能對她怎麼樣？這種情況總比剛才她想像中的那些情況好得多了。

就在她開始覺得自己已經可以放心的時候，燈光忽然亮了起來。

燈光極亮，黑暗中忽然亮起如此強烈的燈光，無論誰的眼睛都受不了。

湯大老闆的眼睛閉上又睜開，睜開又閉上，再睜開時還是看不見別的，只能看見幾盞燈，遠比她的賭坊大廳中那些宮燈更亮。

所有的燈都吊在她的頭頂上，用罩子罩住，所有燈光都照在她身上，別的地方還是一片黑暗。

她瞇起眼睛，用睫毛擋住一點燈光，斜著眼睛看過去，總算隱隱約約的看到了一條人影。

這個人的確是個女人，看來彷彿很瘦、很高。

其實湯大老闆並沒有真的看見這個人，只不過看見她身上穿著的一條裙子而已。

一條色彩極鮮艷的百褶長裙，本來絕不是一個七八十歲的老太婆應該穿在身上的。

只看見這條裙子，湯大老闆已經覺得她一定遠比自己以前見過的任何人都高得多，因爲這條裙子也遠比任何人穿的裙子都長得多，而且非常窄。

湯大老闆十三歲的時候穿的裙子已經比這條裙子寬了。

要有什麼樣身材的女人才能穿得上這麼樣一條裙子？她簡直是無法想像。

這個女人無疑也在看著她，而且可以把她全身上下從頭到腳都看得很清楚，看了半天之後，才用那種又尖又細的聲音問她：「你姓什麼？叫什麼？今年有多大年紀？那間如意賭坊是不是你一個人開的？」

湯大老闆拒絕回答。這個女人根本沒有權力盤問她，她也沒有必要回答。

她居然還反問：「你姓什麼？叫什麼？今年有多大年紀？你爲什麼不先告訴我？」

「我可以告訴你。」這個女人說：「我姓雷，別人都叫我雷大小姐。」

「那麼我也可以告訴你，我姓湯，別人都叫我湯大老闆。」

「你今年幾歲？」

「你有沒有告訴我，你今年幾歲？」

「沒有。」

「那麼我爲什麼要告訴你？」

「你可以不告訴我，絕對可以。」雷大小姐淡淡的說：「我喜歡你這種脾氣，死也不肯吃虧的脾氣，因爲我的脾氣也一樣。」

「那就好極了。」

「只可惜你跟我還是有點不同的。」

「哪一點？」

雷大小姐不再回答，卻慢慢的伸出一隻手來，「啪」的，給了湯大老闆一耳光。

她的手伸出來時動作彷彿很慢，可是湯大老闆還沒有看清楚她這隻手是什麼樣子，臉上已經挨了一巴掌，手已縮了回去。

這個耳光打得眞快。

「我可以打你，你卻沒法子打我，這就是我們不同的地方。」雷大小姐說：「現在你是不是已經明白了？」

湯大老闆閉上了嘴。

「我不但可以打你耳光，還可以做很多別的事。」雷大小姐又說：「只要你能想像到的事，每一樣我都能做得出。」

她尖聲細氣的說：「連你想像不到的事，我也能做得出。」

湯大老闆的心在往下沉。她知道這位雷大小姐說的話並不是說來嚇唬人的，女人對女人做出來的事，有時遠比男人更可怕，她已經想到很多可怕的事。

雷大小姐嘆了口氣，「我相信現在你一定已經完全明白我的意思了。」她問：「現在你能不能告訴我，你叫什麼名字？」

「湯蘭芳。」

「今年幾歲？」

「三十四。」

「只有三十四？那還好，還是個小女孩，還可以配得過去。」

三十四歲的女人在她看來還是個小姑娘，這位雷大小姐有多大年紀了？

湯大老闆實在很想看看她的臉，看看她長得是什麼樣子。

「你年紀不大，長得也不錯，脾氣雖然不太好，也不能算太壞。」雷大小姐聲音變得很溫柔：「老實說，我已經對你很滿意了，只不過我還是要仔細看看你。」

「仔細看看我？」湯蘭芳叫了起來：「你爲什麼要仔細看看我？」

她忽然叫起來，因爲她忽然又想到了一件比什麼事都可怕的事。

她忽然想起了那個小老頭說的話。

——我說出來你也不會相信的，我到這裏來，只不過因爲我老婆要脫光你的衣服，仔細看看你。

那時候她覺得很好笑，而且真的笑了出來，因爲她從未聽過這麼荒謬可笑的事。

現在她笑不出了。

那時候，她確實不相信那個小老頭說的是真話，現在她相信了。

雷大小姐的手又伸了出來，這次伸出手並沒有打她的耳光，卻在解她的衣鈕。

湯大老闆每一件衣裳都是名師精工縫製，不但質料高貴，剪裁合身，而且還有一點特色——她衣服的鈕釦做得特別精巧，就算她動也不動，別人也很難把她的衣裳解開。

這並不是說時常都有男人準備解開她的衣服，就算有人心裏很想這麼做，也沒有人敢真的動手。

這只不過是她的習慣而已。

她總認爲一個女人衣服上的鈕釦，就好像一個戰地上的前哨一樣，能夠防守得嚴密些就應該防守得嚴密些。可是現在，這個戰地的前哨一下子就被瓦解了，一下子就被雷大小姐的手指瓦解了。

湯大老闆從未見過任何人的手指有她的手指這麼靈巧。

二

高天絕的手冰冷，冷如刀鋒，冷得就像是他斷臂上裝著的鋼鉗一樣。

無論誰被這麼樣一隻手扼住咽喉，就算不被嚇死，也會嚇得半死。

元寶臉上卻連一點害怕的樣子都沒有，反而用一種很關心、很同情的眼光看著高天絕，而且還嘆了口氣，搖著頭說：「你實在是個很可憐的人，我實在很同情你。」

他居然還在可憐別人，就好像根本不知道這個可憐的人隨時都可以把他的喉結像門縫裏的核桃一樣捏碎。

「你同情我？」高天絕忍不住問：「爲什麼要同情我？」

「因爲你恐怕已經活不長了。」

他自己的性命被人捏在手裏，反而說別人活不長了，而且說得很認真。

高天絕縱橫江湖二三十年，還沒有見過這樣的人。

「活不長的是我還是你？」他問元寶。

「當然是你。」

「我怎麼會活不長？」

「因爲你病了。」元寶說：「而且病得很重。」

「哦？」

「如果我是你，早就回到家去，喝上一大碗滾燙的熱湯，蓋上兩三床棉被，蒙起頭來大睡三天。」元寶一本正經的說：「如果你聽我的話，照我的方法去做，也許還有救。」

高天絕好像已經聽得呆了，元寶眼珠子轉了轉，忽然握住了他的手。

「你自己摸摸看，你的手有多冷？簡直比死人的手還冷。」他又嘆了口氣：「所以我勸你還是乖乖的聽我的話，趕快回去吧。」

高天絕的手冰冷光滑，他的手又軟又暖。

他用兩隻手握住高天絕的一隻手，柔聲道：「像你這樣的人，真的應該好好照顧自己才對，如果連你都不照顧自己，還有誰照顧你？如果你死了，恐怕連一個為你掉眼淚的人都沒有。」

他沒有笑。這些話好像真的是從他心裏說出來的，他希望高天絕能夠被他感動。他常常想去感動別人，因為他自己也常常會被別人感動。

像他這麼樣容易被感動的人，大概很難再找出第二個了。

高天絕卻連一點反應都沒有，可是也沒有把他的手從元寶手裏抽出來。

這已經是種很奇怪的反應了。如果有別人在他面前說這種話，那個人的舌頭已經被割掉，如果有別人敢碰一碰他的手，那個人全身都不會再有一根完整的骨頭。

元寶等了半天，也看不出他有一點被感動的樣子，忍不住又試探著問：「我說的話你聽見了沒有？」

「我聽見了。」這次高天絕居然回答：「每個字都聽得很清楚。」

「你是不是已經準備回去了？」

「不是。」

「你準備怎麼樣？」

「準備殺了你。」高天絕冷冷的說：「先割下你的舌頭，砍斷你的手，再殺了你去餵狗。」

「爲什麼？」元寶好像很驚訝：「我對你這麼好，你爲什麼要殺我？」

「因爲我知道你說的沒有一句真話。」高天絕冷笑：「你只不過想用這些話來打動我，讓我放你走。」

元寶居然連一點否認的意思都沒有，只不過嘆了口氣，苦笑道：「這麼樣看起來，要騙你還真不容易。」

「你承認？」

「既然騙不過你，不承認也不行了。」元寶說：「你殺了我吧。」

「我本來就要殺了你。」

「你準備用什麼法子殺我？」元寶問：「能不能用這隻手把我捏死？」

他的手還握著高天絕的手，忽然在這隻冰冷的手上親了親，用他溫暖柔軟的嘴唇，在這隻冰冷無情的手上親了親。然後他就閉上了眼睛，好像已經在等死了。

「聽說天牢裏的死囚在處決前也可以有最後一個要求。」元寶說：「這就是我最後一個要求，你一定要答應我。」

說完了這句話，他就閉上眼睛，準備等死了。

三

湯大老闆沒有哭，沒有吵鬧，沒有喊叫，也沒有掙扎。因爲她知道這是沒有用的。

她恨不得趕快死掉算了，如果死不了，能暈過去也好，可惜她非但死不了，而且清醒無比，所以她只有躺在那裏讓別人看她，赤裸裸的躺在燈光下，讓這個一點也不像大小姐的雷大小姐把她從頭到腳看了個夠。

她的腰肢纖細，胸膛堅挺，她的腿修長渾圓結實，全身上下連一個疤都沒有，也沒有一塊鬆弛的皮膚和一點多餘的肌肉，和她十七歲時完全沒有什麼不同。

一個三十四歲的女人要保持這種身材並不容易，這是她多年不斷鍛鍊的結果，也是她一直引以爲傲的事。

在春天的晚上，蘭湯浴罷對鏡穿衣時；在夜半無人，春夢初醒的時候，她都會迷迷糊糊的想起一些不該想的荒唐事，幻想著有一個人在默默的欣賞著她這完美無瑕的胴體，就好像十七年前那個春天的晚上，她初次獻出她自己的時候一樣。

她真的這麼想過，她相信還有很多別的女人也會這麼樣想的。

她們這樣也不敢吃，那樣也不敢吃，看見肥肉就好像看見活鬼一樣，拚命想保持自己的苗條身材，豈非就是爲了要別人欣賞？

可是現在她卻只想把正在欣賞她的這個人的眼珠子挖出來。

最讓她受不了的是，這位雷大小姐不但眼睛在看，嘴裏還在不停的喃喃自語。

「不錯，保養得真不錯，肉一點都沒有鬆，看起來也不像有什麼毛病，而且一定很會生孩子，將來一定多子多孫。」

湯大老闆終於沒法子再忍受了，終於忍不住大叫了起來。

「我們無冤無仇，你爲什麼要這樣子對我？」她大叫：「你究竟是什麼人？究竟想幹什麼？你能不能告訴我？」

這種荒謬的事，有誰能解釋？有誰能想得通？

雷大小姐非但沒有解釋，反而又說了句更莫名其妙的話。

她忽然用一種很愉快的聲音對湯蘭芳說：「恭喜你。」

十八 滿頭白髮插紅花

一

四月十九，午時前。

元寶在等死，可是等了半天還沒有死。

高天絕的手還被他緊緊握住，冰冷的手掌彷彿已漸漸有了暖意，就像是一座亙古以來就飄浮在極北苦寒之海上的冰山已漸漸開始溶化。

連冰山都有溶化的時候，何況一個有血有肉的人？

元寶笑了。

「我就知道你捨不得殺我的。」他說：「像我這麼可愛的人，你怎麼忍心下得了手？」

高天絕還是沒有反應。

他的人彷彿已經不在這裏，已經跌入了一個又深又沉又甜蜜又黑暗的陷阱中，一個用往日的舊夢編織成的陷阱。

元寶輕撫他的手，輕輕嘆息。

「像這麼好看的一隻手，本來可以做很多很多讓別人和你自己都很愉快的事，你爲什麼偏偏要用它做殺人的兇器？」他忽然問高天絕：「你爲什麼不能像別的女人一樣，做一些女人應該做的事？」

高天絕的手立刻又變得冰冷而僵硬，全身都變得冷而僵硬。

「你知道我是個女人？」

「我當然知道。」元寶說：「我早就知道了。」

高天絕忽然反手扣住了他的脈門，厲聲道：「你知道我是個女人，還敢這麼樣對我？」

她的人忽然又變成了一個隨時可以殺人的人，她的手忽然又變成了一件隨時可以殺人的兇器。

可是元寶一點都不害怕。

「就因爲我知道你是個女人，所以才會這麼樣對你。」元寶說：「因爲我一直都很同情你。」

「你同情我？」高天絕的聲音已因憤怒而嘶啞：「你敢同情我？」

「我爲什麼不能同情你？」元寶說：「你既沒有親人，也沒有朋友，這些年來，你過的日子比誰都痛苦寂寞。」

他嘆了口氣：「老實說，我不但同情你，而且喜歡你。」

高天絕就像是忽然被砍了一刀，冰冷的指尖幾乎已深入元寶的肌肉裏。

「你說什麼？」她厲聲問：「你在說什麼？」

「我在說我很喜歡你。」元寶好像也有點生氣了：「難道我不能喜歡你？難道你認爲自己是個不配讓別人喜歡的人？」

他越說越生氣：「難道你以爲我是用美男計在勾引你？如果你真的這麼想，你就趕快殺了我吧，這次你不殺我，你就是王八蛋。」

誰敢在高天絕面前這麼樣說話？連元寶自己都知道絕沒有人敢。

所以他又閉上眼睛準備等死。

二

「恭喜我，你在恭喜我？」

湯大老闆終於忍不住大叫起來，嗓子都叫得快裂開了。

雷大小姐卻還是用一種很愉快的聲音說：「我是在恭喜你。」她居然還要重複一遍：「恭喜恭喜，大吉大喜。」

湯蘭芳已經快要被氣得暈過去了。

「我好好的耽在自己家裏，忽然被一個莫名其妙的混蛋老頭子弄到這裏來，又被你這個莫名其妙的混蛋老太婆脫光衣裳，整得我半死不活，你居然還要恭喜我？」她呻吟著問：

「你們究竟有什麼毛病？」

雷大小姐卻不生氣：「我們沒有毛病，你也沒有。」她說：「我保證你全身上下連一點毛病都沒有。」

「我本來就沒有毛病。」

「就因爲你沒有毛病，我才要恭喜你。」雷大小姐說：「就因爲我們要看看你究竟有沒有毛病，所以才把你帶到這裏來。」

「這個世界上也不知道有多少人，你們爲什麼不去看看別人有沒有毛病呢？卻爲什麼偏偏要挑上我？」

「因爲你不是別人。」雷大小姐的回答更妙：「就因爲你不是別人，我們才會挑上你。」

「我有沒有毛病，跟你們有什麼關係？」

「當然有一點。」

「哪一點？」

「因爲我們的九少爺看上了你，要娶你做老婆。」雷大小姐說：「所以我們當然要仔細看看你，有毛病的人怎麼能嫁到龍家去？」

湯蘭芳終於明白了，卻還是忍不住要問個清楚：「你們的九少爺就是那個活寶？」

「不是活寶，是元寶。」雷大小姐在笑：「人見人愛的大元寶。」

大老闆的臉紅了，紅得發燙。

「你們怎麼知道他要娶我？」她鼓起勇氣，試探著問：「你們怎麼會知道的？」

「我們怎麼會不知道？」雷大小姐笑得更愉快，她說：「昨夜裏你們在屋子裏的一舉一動我們都知道。」

湯蘭芳的臉更紅，更燙。

昨天晚上他們在屋子裏說的那些話，做的那些事，怎麼能讓別人知道？

「我們並不是喜歡管別人的閒事，我們已經有幾十年沒有管過別人的閒事了。」雷大小姐說：「只不過九少爺的事，我們卻一定要管，非管不可。」

「爲什麼？」

「因爲我們都欠他老子的情。」

湯大老闆又開始有點生氣了：「他在外面調皮搗蛋，惹事生非，你們爲什麼不管？」

「那些事我們就不能管。」雷大小姐說：「那些事連他的老太爺都管不住他，我們就算想管，也一樣管不了的。」

她說得很乾脆：「只要沒有人欺負他，無論他幹什麼，我們都不管。」

「如果他去欺負別人呢？」

「他是個好孩子，人又好，心又軟，他怎麼會去欺負別人？」雷大小姐的聲音充滿慈愛：「就算他偶然要去欺負別人一下子，也沒什麼關係。」

她說得更絕：「如果他欺負得了，我們就裝作不知道，讓他去欺負，如果他欺負不了，我們就會去幫他的忙。」

湯大老闆聽傻了。

她實在想不通一個人怎麼能說得出這麼不講理的話來。

「現在我已經知道你完全沒有毛病，已經夠資格嫁給他了，我當然要恭喜你。」雷大小姐問：「現在你是不是已經明白了？」

「不明白。」

「你還不明白？」雷大小姐很驚訝：「難道你是個呆子？」

「我不是呆子。」湯蘭芳說：「只不過我已經是個老太婆了。」

「你一點都不老。」

「我至少比他大十歲。」

「那有什麼關係？」雷大小姐說得很開通，也很認真：「夫妻和朋友一樣，兩個人在一起，只要兩個人都覺得開心，年紀相差一點有什麼關係？」

湯蘭芳又怔住。

這一類的話也是她以前從來沒有聽說過的，這一類的事她以前連想都不敢想。

現在她已經不能不去想了，她的心忽然開始跳了起來，跳得好快。

她又聽見那個老頭子在外面問：「我是不是可以進去了？」

「你敢！」雷大小姐厲聲道：「你敢進來，我就挖掉你的眼珠子。」

老頭子好像在外面嘆氣，雷大小姐又在暗裏嘀嘀咕咕的罵：「老色狼，老色狼。」一面罵，一面替湯蘭芳穿上衣裳，然後才大聲說：

「你滾進來吧！」

現在湯蘭芳才總算看清楚這夫妻兩個人了。

丈夫詭秘古怪，枯瘦矮小。

妻子更詭秘、更古怪，更瘦、瘦如竹竿，卻至少要比她丈夫高一倍。

她的年紀也已經不是「大小姐」的年紀了，她的年紀最少也已經可以做任何一位大小姐的祖母。

可是她穿的衣裙卻還是大小姐們穿的衣裙，甚至比所有的大小姐們穿得更花俏。

她乾癟的臉上還抹著脂粉，如霜的鬢髮上還插著一朵大紅花。

湯蘭芳從來也沒有看見過這麼可笑的人，但是她沒有笑出來。

她笑不出。

老頭子反而在笑嘻嘻的看著她。

「你知不知道我老婆剛才爲什麼會對你說那些話？」他問湯蘭芳：「爲什麼會說夫妻的年紀差一點沒關係？」

他自己搶著回答了這個問題，好像生怕他的老婆不讓他說出來：「因爲她的年紀也比我大十幾歲。」

湯蘭芳覺得很奇怪。

她奇怪，並不是因爲他說出的這件事，而是因爲他說出了這件事居然沒有吃耳光。

雷大小姐非但連一點動手的意思都沒有，反而用一種很溫柔的眼色看著她的丈夫。

「他屬羊，一直以爲我的生肖也屬羊，整整比他大十二歲。」

她說：「其實我是屬虎的，要比他大十七歲。」

「你以爲我不知道？」老頭子大笑：「你以爲你能騙得過我？」

「你知道？」

「我當然知道。」老頭子得意洋洋：「你還沒嫁給我的時候，我就已經知道了。」

「那你爲什麼還是要求我嫁給你？」

「因爲我喜歡你。」老頭子看著他的妻子，眼中也充滿柔情蜜意：「就算你比我大十七歲，我還是一樣會要你嫁給我的。」

「真的？」

「我幾時騙過你？」老頭子眨了眨眼：「有時候我就算騙你，也只不過因爲不願意惹你生氣。」

雷大小姐吃吃的笑了，真的像是個大小姐一樣的笑了起來。

「這次你不許騙我。」她忽然又板起臉問：「你娶了我之後，有沒有後悔過？」

「我爲什麼要後悔？」

「因爲我不但年紀比你大，而且又兇悍又潑辣又會吃醋。」

「你兇，是爲了要我好，你吃醋，也是爲了你喜歡我，生怕我去找比你年輕的女人。」

老頭子說：「如果你不喜歡我，就算我一下子去找八百個女人，就算我跪下來求你吃醋，你也不會吃醋的。」

他忽然握住了他妻子的手，就像是個年輕人拉住他初戀情人的手一樣：「我問你，這麼多年來，我們的日子是不是過得很開心？」

雷大小姐默默的點頭：「自從嫁給你之後，每天我都過得很開心，如果老天能夠讓我再重活一次，我還是會嫁給你的。」

她忽然回過頭問湯蘭芳：「你是不是覺得我們有點肉麻當有趣？」

湯蘭芳沒有回答，也不必回答，她相信他們應該看得出她心裏對他們的感覺，如果現在有人說他們是肉麻當有趣，不管那個人是誰，她都會給他一耳光。

其實她本來也覺得這對夫妻很可笑，可是現在她只想掉眼淚。

她的眼淚真的掉了下來。

就好像一個久困於暗室中的人，忽然看見了青天白日藍山綠樹紅花和大地陽光一樣，她的眼淚忽然間就掉了下來。

「你哭了？」

「我沒有哭。」

「你明明在掉眼淚。」

「掉眼淚並不一定是哭。」湯蘭芳說：「哭的時候也不一定會掉眼淚。」

「那麼你爲什麼要掉眼淚？」雷大小姐說：「像我這麼樣一個老太婆，還打扮得像個小姑娘一樣，你應該覺得很好笑的，爲什麼反而要掉眼淚？」

「我不知道。」湯蘭芳說：「我真的不知道。」

其實她是知道的，只不過說不出來而已。老頭子替她說了出來。

「如果你自己覺得自己還年輕，誰敢說你老？」他告訴他的妻子：「如果你自己不覺得自己老，不管你打扮成什麼樣子，也沒有人會覺得你可笑的。」

他又補充：「一個人是不是老了，並不在他的年紀，而在他的心，所以有些人十八歲的時候就已經老了，有些人活到八十歲還年輕得很。」

雷大小姐笑了，輕輕的擰了擰湯蘭芳的臉：「如果連我都不能算老，你怎麼敢說你已經老了？來！快跟我回去。」

「回去？」湯蘭芳問：「回到哪裏去？」

「當然是回到你那個活寶身邊去！」

她拉起湯蘭芳就要走，湯蘭芳的臉又急紅了：「等一等。」

「還等什麼？」

「有件事你們還沒有問過我。」

「什麼事？」

「就算他真的願意娶我，可是我願不願嫁給他呢？」湯蘭芳紅著臉道：「不管怎麼樣，你們總應該先問問我才對。」

她鼓足了勇氣才說出這句話，可惜這個問題在雷大小姐看來根本就不是問題。

「你當然願意嫁給他的。」雷大小姐說：「像他那樣的人才，想嫁給他的女人也不知道有多少，如果要她們排起隊來，從這裏一直可以排到開封府去。」

「真的有那麼多女人想嫁給他？」

「當然是真的。」

「那麼你就讓她們嫁給他好了。」

「我爲什麼要讓別人嫁給他？」

「因爲我不是別人。」湯蘭芳板著臉說：「別人願意，我不願意。」

雷大小姐又笑了：「我知道，我知道，女人都是這樣子的，嘴裏雖然說不願意，心裏卻早已一千一萬個願意了。」

她好像已經認定了這件事是毫無疑問，絕對不會更改的，隨便湯蘭芳再說什麼，她都不聽。

湯蘭芳只好跟著她走。

遇見了這種人，你還有什麼法子？

春光明媚，百花盛開，有些花開得早一點，有些花開得遲一點，可是遲早總會開的。

遲開的花朵，有時遠比早開的更艷麗。

有些人的生命也一樣，就像是一朵遲開的花朵一樣，當她自己都認爲自己這一生已經不會開花結果時，上天卻偏偏要給她一個意外的驚喜，讓她生命的花朵盛開，開得更美。

所以一個人只要活著，就有希望。

三

湯蘭芳的心一直在跳，跳得很快，距離她的家越近，跳得越快。

見到元寶之後會發生什麼事？元寶會怎麼樣對她？她應該怎麼樣對元寶？她還是連想都不敢想。

那個小鬼只不過在喝醉了之後隨便說了一句話而已，也許連他自己都不知道自己曾經對多少女孩子說過同樣的話了，也許他根本已經忘記自己曾經說過那句話。

可是這夫妻兩個人卻把它當真事一樣來辦，就好像元寶真的三媒六證正式來向她求過親一樣，就好像馬上就要把他們送進洞房。一想到這裏，她的心跳得很快。

她是很喜歡元寶，真的很喜歡，卻還沒有喜歡到馬上要嫁給他的那種程度。

她根本從來也沒有想到要嫁人。

可是元寶如果板起臉來不承認自己曾經說過那句話，她說不定又會氣得一頭撞死。

——一個三十四歲的女人，怎麼會忽然變得像是個小姑娘一樣？

她真想狠狠的打自己兩個大耳光。

——元寶呢？現在是不是已經醒來發現她不在房裏，會不會擔心著急？

老頭子一直在看著她偷偷的笑，好像已經看透了她的心事，忽然說：「你放心，他不會走的，就算有人用掃把趕他，他也不會走的，因爲我知道他真的喜歡你，一定會等你回去。」

湯蘭芳不理他。

老頭子卻偏偏要逗她，故意問：「你知不知道我說的『他』是誰？」

湯蘭芳也就故意說：「不知道。」

「真的不知道？」

「嗯。」

「那麼我只好告訴你了。」老頭子擠眉弄眼的說：「他就是你那個活寶，也是你未來的老公。」

湯蘭芳的臉又紅了，老頭子拍手大笑，連嘴裏最後一顆牙齒都好像快要被笑掉了。

雷大小姐也很愉快，連她白髮上的那朵紅花好像都在偷笑，湯蘭芳雖然想生氣也沒法子生氣。

生命是如此美好，他們有什麼理由要傷心？有什麼理由要生氣？

所以他們很愉快。因爲他們都不知道元寶現在遇到了什麼樣的事？

就算他們知道，恐怕也不會相信。

現在元寶遇到的事，連元寶自己也不相信。

十九　一隻手和一隻腳

一

四月十九，午後。

春日午後的斜陽從窗外照進來，照著屋角的一盆山茶花，昨夜的殘餚仍在，枕上仍留著湯蘭芳遺落的髮絲和餘香。

屋子裏還是那麼幽靜，和她離開的時候完全沒有什麼兩樣，唯一不同的是，屋裏已經沒有人了。

「元寶呢？」

他一定很後悔昨天晚上說過的那些話，所以悄悄的走了。

湯蘭芳勉強控制著自己，絕不讓自己臉上露出一點傷心和失望，只淡淡的說：「他走了，走了也好。」她說：「本來就應該走的人，本來就是誰也留不住的。」

她根本沒有去看雷大小姐夫妻臉上的表情，慢慢的走到床前，從枕上拈起了一根頭髮。

——這是她的頭髮？還是他的？

她癡癡的站在床頭，癡癡的看著這根頭髮，也不知道過了多久，忽然覺得腳底有一陣寒意升起刺入骨髓，忽然覺得連站都站不住了。

她忽然看到了一隻鞋子，元寶的鞋子。

鞋子絕不是什麼可怕的東西，可是她看到了這隻鞋子，臉上卻忽然露出種說不出來的驚惶和恐懼，等她轉過身時，才發現雷大小姐夫妻臉上表情居然也同她完全一樣。

「他沒有走。」湯蘭芳說：「他一定不是自己走的。」

「哦？」

「誰也不會只穿一隻鞋子走出去。」湯蘭芳用力抓住床頭的紗帳，不讓自己倒下去：「而且他根本沒有力氣，根本走不出這個院子。」

「哦？」

「沒有我的吩咐，誰也不會走進這個院子，同時院子外面日夜都有人，絕不會讓他走的。」

「可是你剛才卻一心認爲他是自己溜了。」雷大小姐說：「剛才你爲什麼沒有想到這些事？」

「我不知道。」湯蘭芳終於坐下：「我真的不知道。」

其實她是知道的，只不過說不出來而已，老頭子又替她說了出來：

「因爲你已經在喜歡他了，卻不知道他是不是真的喜歡你，你自己已經在自己心裏打了一個結，看到他不在這裏，你的心已經慌了，別的事你怎麼會想得到？」

「你呢？」雷大小姐問：「你的心慌不慌？」

「老實說，我的心也慌得要命。」老頭子苦笑：「如果他出了什麼事，我只有跳海去。」

「他會出什麼事？」雷大小姐故作鎭定：「我就不信有人敢動他。」

她走過來，輕撫湯蘭芳的頭髮：「你放心，我敢保證天下絕對沒有一個人敢動他一根汗毛，就連高天絕也絕對沒有這麼大的膽子。」

老頭子嘆了口氣，搖著頭道：「本來我也這麼想。」

「現在呢？」

「現在我才想起高天絕是個女人。」

「是個女人又怎麼樣？」

「也沒有怎麼樣。」老頭子嘆息著道：「只不過一個女人如果遇到元寶那麼可愛的小伙子，有時是什麼事都做得出的，不管她有多大年紀，不管她是誰都一樣。」

雷大小姐叫了起來：「難道你認爲像高天絕那樣的老太婆也會打元寶的主意？」

「老頭子總喜歡打小姑娘的主意，老太婆爲什麼不能打小伙子的主意？」老頭子說：「何況高天絕也不能算太老，而且……」

他沒有說完這句話，因爲他忽然看到了一樣很奇怪的東西。

一種比元寶的鞋子更奇怪的東西。

在這種時候，這種地方，無論誰看見這樣東西都會大吃一驚的！

現在雷大小姐和湯蘭芳也看見這樣東西了。

二

漆黑的斗篷、漆黑的頭巾，白銀面具在午後的太陽下閃閃發光。

大明湖的水波也在太陽下閃閃發光。

高天絕默默的站在湖岸邊，看起來彷彿有點變了，變得有點疲倦，而且顯得很有心事。

——她的改變是否是爲了那個該死的小鬼元寶？

元寶不在她身邊，她是一個人回來的。

——元寶呢？元寶到哪裏去了？是不是已經死在她手裏？

那麼可愛的一個年輕人，死了多可惜，她怎麼忍心下得了手？

一葉輕舟盪來，泊在柳蔭下。一個灰衣人垂首肅立在船頭，根本不敢仰視高天絕的臉。

過了很久很久，高天絕才慢慢的走上輕舟，腳步彷彿比平時沉重些。

她的心情無疑也很沉重。

殺人絕不是件令人愉快的事，尤其是在殺了一個自己並不想殺的人之後，無論誰的心情都會比平時沉重得多。

三

每個人都有腳，一隻腳並不是什麼奇怪可怕的東西。

何況這隻腳並沒有被人砍下來，血淋淋的裝在一個麻袋裏。

這隻腳是從床底下露出來的，床底下本來就是個時常都會有腳露出來的地方。

可是湯蘭芳和雷大小姐夫妻看見這隻腳的時候，卻都吃了一驚。

因爲這隻腳並不是元寶的腳。

這隻腳是一隻女人的腳，一隻非常好看的女人的腳，纖秀晶瑩完美，就像是一位名匠用一塊無瑕的美玉精心雕刻出來的。

在這間屋子裏，在這張床下面，怎麼會有一隻女人的腳露出來？

老頭子的眼睛已經看得發直了。

越懂得欣賞女人的男人，越欣賞女人的腳，像他這樣年紀的男人，通常都已經很懂得欣賞女人了，對女人通常也只能欣賞欣賞而已。

可惜他連欣賞都不能欣賞。因爲他身邊還有個比誰都會吃醋的老婆。

雷大小姐又給了他一巴掌。

「你還不快把你那雙賊眼閉起來！是不是想要我把它挖出來？」

「我不想。」

老頭子趕快溜了，遠遠的站在門口，卻還是忍不住嘆了口氣：

「一個男人如果連女人的腳都不能看，做人還有什麼意思？」

這次雷大小姐假裝沒聽見，卻問湯蘭芳：

「你剛才不是說，沒有你的吩咐，誰也不敢到這裏來？」

湯蘭芳點點頭，又搖搖頭：「除了我之外，還有一個人可以進來。」

「誰？」

「小蔡。」

「小蔡是什麼人？」

「是一個女孩子。」湯蘭芳想了想之後才說：「是我收養的女兒。」

「這隻腳會不會是她的腳？」

「不會。」

「爲什麼？」

「她的腳跟我一樣，第二個趾頭比大拇趾要長一點。」

雷大小姐用一種很特別的眼光看了她一眼，又看了看地上的腳：「那麼這個人是誰呢？」

老頭子可忍不住了！

「你想知道她是誰，爲什麼不把她從床底下拖出來看看？」老頭子說：「如果你不敢碰她，我來。」

雷大小姐瞪著他：「如果你敢碰她，只要碰一下子，我就把這隻腳砍下來用醬油紅燒，煮得爛爛的給你吃。」

老頭子叫了起來：「你怎麼能叫我吃別人的腳？你自己也知道，除了你的腳之外，什麼人的腳我都不吃的。」

雷大小姐也忍不住要笑，可是一碰到那隻腳，她立刻就笑不出了。

這隻腳冰冰冷冷，連一點暖意都沒有，就像是一隻死人的腳一樣。

雷大小姐的手剛伸出來，立刻又縮了回去，回頭招呼她的老公：

「還是你來拖。」

「你爲什麼忽然變得不吃醋了？」老頭子又吃了一驚。

「誰說我變得不吃醋了？活人的醋我還是照吃不誤，而且非吃不可。」雷大小姐嘆了口氣：「可是如果連死人的醋都要吃，那就真的未免太過份了！」

床底下這個人究竟是誰？是不是已經死了？

看到老頭子把這個人從床下拖出來的時候，湯蘭芳幾乎連心跳都已停止。

四

陽光漸漸淡了，湖水上遠山的影子也漸漸淡了。

高天絕慢慢的走入船艙，一個年紀比較大的灰衣人，垂手肅立在珠簾外，向她報告：

「我們已經換了六班人下水去，還沒有撈起他的屍身來。」

「哼！」

「可是他的人一定還在水裏面。」灰衣人說得極有把握：「從昨天晚上開始，湖岸四面都有人在輪班看守，就算他還沒有死，想跳上岸去也辦不到。」

高天絕冷笑。

灰衣人又道：「那位蕭堂主一直都耽在下艙，什麼東西都不吃，什麼話都不說，就好像中了邪一樣，坐在那裏連動都沒有動過。」

蕭峻真的連動都沒有動過。

他的呼吸並沒有停頓，他的心還在跳，可是他這個人卻好像已經死了，和李將軍同時死在那致命的一劍下。

那一劍刺入李將軍的心臟時，彷彿也同時刺穿了他的心。

高天絕默默的走進來，默默的站在他對面，他還是連一點反應都沒有。

他的眼睛好像也被那一劍刺瞎了。

殺人雖然絕不是件令人愉快的事，也不應該令他如此痛苦。

他本來就想殺這個人的，他活著，就爲了要將這個人刺殺於他的劍下。

現在他的願望已達成，爲什麼反而顯得比以前更痛苦悲傷？

高天絕又在冷笑。

「你已經死了。」她說：「就算你還能再活八十歲，也只不過是個死活人而已。」

蕭峻沒有反應。

「這是你自己要死的。」高天絕說：「你本來明明可以好好的活下去，可是你自己偏偏要死。」

蕭峻沒有反應。

「如果有人知道你自己把自己弄死，也一定有很多人都會覺得很開心。」高天絕說：「我實在應該把那些人都找來，看看名滿天下的丐幫刑堂堂主已經變成了什麼樣子。」

蕭峻還是沒有反應。

「你知不知道現在我想幹什麼？」高天絕好像在生氣了：「我真想給你一個耳刮子。」

蕭峻忽然有了反應，因爲他忽然看到了一樣奇怪的東西。

他的瞳孔忽然收縮，就好像忽然看到了一窟厲鬼一條毒龍。

他既沒有看見厲鬼，也沒有看見毒龍。

他看見的只不過是一隻手。

每個人都有手，一隻手絕不能算是什麼奇怪可怕的東西。

何況這隻手並沒有被人砍下來，血淋淋的裝在一個麻袋裏。

可是他看見這隻手的時候，卻比看見了毒龍和厲鬼更吃驚。

這是爲了什麼？

五

床底下的人已經被抬到床上了。

她果然是個女人，是個很難看得到的女人，走遍天下都很難看得到，這個世上也確實沒有幾個人看到過她。

因爲她實在太美，美得不可思議，美得令人無法想像。

她的手、她的腳、她的皮膚、她的胴體，甚至連她身上穿著的內衣，都是精美絕倫的，甚至已經美得讓人連碰都不敢去碰她。

這種美已經讓人覺得可怕。

可是最可怕的，並不是她的美，而是她的醜。

她美得不可思議，醜得也不可思議，她美得令人無法想像，醜得也同樣令人無法想像。

她美的地方美得可怕，醜的地方醜得更可怕。

她的手美如雕刻，她的臂晶瑩如玉，連最挑剔的人也找不出一點缺陷來。

可是她只有一隻手，一條臂。

她的頭髮漆黑柔美而有光澤，她的臉形更美，每一根線條、每一處輪廓都美。

可是她臉上卻有個血紅的「十」字。

一個用尖刀劃出來的「十」字，一柄充滿了怨毒和仇恨的尖刀，一刀劃下去時，不但血肉翻起，連骨骼都幾乎碎裂。

現在刀創雖然早已收口，刀疤卻仍是血紅的。

雷大小姐忽然覺得胃在收縮，毛孔也在收縮。

如果這個刀疤是在別人臉上，她最多也只不過會覺得有點難受而已，可是在這張完美無瑕的臉上，那種感覺就完全不同了。

她甚至覺得有種無法形容的戰慄和恐懼，甚至希望自己永遠沒有看見這個人。

可惜她已經看見了她，而且已經知道她是誰了。

「高天絕。」

「難怪她臉上總是戴著白銀面具了。如果我是她，我也絕不讓別人看見我的臉。」

「她也不願看見別人。」湯蘭芳黯然道：「最少有些人是她不願意看見的。」

「哦！」

「我看過她的面具。」湯蘭芳說：「那個面具上連一條空隙都沒有留下來。」

雷大小姐長長嘆息：「我明白她的心情，如果我是她，我也會變成這樣子的。」

現在高天絕臉上已經沒有面具了，但是她的眼睛裏卻還是空空洞洞的，好像什麼都看不見。

別人說的話，她也聽不見。

「有件事我卻不明白，」雷大小姐說：「十幾年前，高天絕和郭滅夫妻已經可以算是天下少有的高手，甚至有人說如果他們夫妻聯手，已經可以算天下無敵。」

「連我都這麼樣說。」老頭子道：「他們夫妻聯手，絕對天下無敵。」

「我們夫妻行不行？」

「不行！」

老頭子說得截釘斷鐵，他的老婆卻不服氣了——「你怎麼知道我們不行？銀電夫人和無聲霹靂的名頭幾時比他們差過？」

這夫妻兩人赫然竟是昔年縱橫江湖的雷電伉儷，連湯蘭芳都吃了一驚。

但是這位當年在江湖中以脾氣暴躁不肯服輸出名的無聲霹靂卻說：「我們的名頭不比他

們差，是因爲我們沒有跟他們交過手。」

這次雷大小姐居然沒有跟她老公抬槓，反而嘆了口氣：

「也許你說得對，所以我才不明白。」

「什麼事你不明白？」

「他們夫妻的本事既然都那麼大，現在怎麼會變成這樣子？」

——現在郭滅已死，高天絕也變成殘廢，如果他們真的天下無敵，有誰能勝得了他們？

「這件事我也想不通，」老頭子也在嘆息：「這件事本來就是江湖中的兩大疑案之一。」

另一件疑案就是大笑將軍和他盜來的那一批沒有人能計算得出價值的珠寶的下落，這十多年來，江湖中也不知有多少人在追查找尋。

老頭子目光閃動，忽然又說：「如果你一定要我猜是誰勝了他們，我想來想去也只有兩個人。」

「哪兩個人？」

「就是他們自己。」

「他們自己？」雷大小姐叫了起來：「你的意思是不是說郭滅是死在自己手裏的，高天絕的手和臉也是被自己弄壞的？」

「是。」

「你有沒有瘋？」

「沒有。」

「你一定是瘋了。」雷大小姐說：「只有瘋子才會這麼想。」

一直不聞不動的高天絕忽然冷冷的說：「他沒有瘋。」

這句話說出來，每個人都吃了一驚，在這種情況下，誰也想不到高天絕會開口說話的。

「他沒有瘋？」雷大小姐又叫了起來：「你也說他沒有瘋？」

「他本來就沒有瘋。」高天絕的聲音還是很平靜：「因爲他說的本來就沒有錯。」

「你們變成現在這樣子，難道真的是你們自己害了自己？」

「是的。」高天絕淡淡的說：「天絕地滅，天下無敵，除了我們自己外，還有誰能傷我們毫髮？」

雷大小姐怔住，湯蘭芳也怔住。

誰也想不到一個人爲什麼要自己殘害自己，可是誰都想得到那其中一定有個極大的秘密。

這個秘密是任何人都不能問、不該問，而且絕對問不出的。

雷大小姐卻想到了另外一個問題。

「那麼這一次呢？」她問高天絕：「這一次難道也是你自己點住你自己穴道，把你自己藏到床底下去的？」

高天絕拒絕回答這個問題，雷大小姐又問：「還有元寶呢？元寶到哪裏去了？」

高天絕平靜的聲音忽然變得極冷酷：「不管他到哪裏去了，你們都已見不到他，永遠都見不到他了！」

六

看見一隻手並不奇怪，每個人每天都不知道要看見多少隻手。

奇怪的是，這隻手本來是絕不可能從這個地方伸出來的。蕭峻就算看見一隻手忽然從船艙的底板下伸出來都不會這麼奇怪。

因爲這是一隻左手，是從高天絕身上穿的那件漆黑的斗篷裏伸出來的。高天絕根本沒有左手。

這個高天絕既然有左手，就絕不是真的高天絕。

蕭峻閃電般扣住了這個人的腕子，沉聲問：「你是誰？」

二十　第二顆星

一

四月十九，日落前。

本來照在那盆山茶花的斜陽，忽然間就已變成了一片朦朧的光影，剛才看起來是那麼鮮艷的一盆山茶花，也好像忽然間就變得黯淡而憔悴。

因爲它本身並沒有光，剛才那一瞬間的光彩，只不過因爲窗外的斜陽恰巧照在它的花瓣上。

有的人也一樣。

在這些人的一生中，雖然也曾有過輝煌的歲月，但是在不知不覺間，就會忽然變得蒼老衰弱，雖然活著，也只不過在等死而已。

幸好這個世界上還有些人不是這樣子的。

因爲他們的本身就有光芒，本身就有力量，從來也用不著倚靠任何人，只要他們還活著，就沒有任何人敢輕視他們，甚至等他們死了之後也一樣。

高天絕就是這種人，無論在任何情況下，都沒有人敢懷疑她的力量。

如果她說「雷電」夫妻和湯蘭芳永遠再也看不到元寶，那麼他們很可能就只有等到死後才能相見了。

「你是個女人，我也是，女人說的話，本來都不太靠得住的！」雷大小姐盯著高天絕：「但是我相信你。」

「哦？」

「你既然敢這麼說，那麼我相信你不但已經殺了元寶，而且已經準備對我們出手。」雷大小姐道：「我們既然已經看到了你這張臉，你當然不會讓我們活下去。」

她嘆了口氣：「如果我是你，我大概也會這麼樣做的。」

高天絕忽然問：「你爲什麼不問我，是不是有把握能同時對付你們三個人？」

「我不必問。」

「爲什麼？」

「因爲你殺了元寶，我們也絕不讓你活下去。」雷大小姐的聲音忽然也變得很平靜：「我們反正是要拚一次命的，又何必再問這些廢話？」

「不錯，」高天絕說：「你的確不必再問。」

「剛才我看出你是被人點住了穴道，可是現在我也看出你已經把氣血活動開了。」

「不錯。」

「這一點我跟我的老頭子都做不到，」雷大小姐說：「你的功夫實在比我們高得多。」

她又嘆了口氣：「這些年來，我們雖然沒有再管江湖中的閒事，可是我們自己做的閒事太多了。我們老夫妻兩個一年到頭一天到晚做的都是些不相干的閒事，正經事一樣也沒做過。」

「哦！」

「我跟他整天都忙著種花除草，下棋聊天，吃醋鬥嘴，遊山玩水，抓兔子釣魚，哪裏還有功夫去做正經事？」雷大小姐嘆息著道：「這些事雖然比正經事好玩多了，可是這些年來，我們的功夫連一點長進都沒有，當然比不上你。」

她雖然在嘆息，但是神色卻是愉快的，完全沒有後悔的意思。

高天絕雖然沒有嘆息，但是眼色中反而充滿了悔恨和悲傷。

「現在我們雖然是以三對一，可是那個姓湯的小姑娘根本就不能算一個人。」雷大小姐說：「我們動手的時候，她根本連一點用都沒有，所以你只要對付我們夫妻兩個就行了。」

老頭子忽然插口：「其實我們兩個人也不能算是兩個人。」

「爲什麼？」

「因爲我們兩個人就是一個人。」老頭子說：「我們跟她交手的時候，你一定會拚命維護我，我也一定會拚命維護你，如果我受了一點傷，你的心一定會亂，如果你受了傷，我的心也一定會亂，這樣子一來，她的機會就來了。」

老頭子也嘆了口氣：「所以我剛才就說，我們夫妻永遠也比不上他們夫妻的。」他在嘆氣的說著，神情也是愉快的，也沒有一點後悔的意思。
「你的意思是不是說，我們這一戰已經輸定了？」雷大小姐問。
「大概是的。」
「那麼我們豈非已經死定了？」
「每個人都免不了一死，死有什麼了不起？何況我們已經活過，活得比誰都開心。」老頭子說：「只不過我還有件事一定要在我還沒有死的時候告訴你。」
「什麼事？」
「有一年我們在終南山煉丹，你的小師妹來看我們，跟我們在一起耽了好幾個月，」老頭子問他的老婆：「你還記得不記得？」
「我記得。」
「有一次你到後山採藥去，一去就去了好幾天，我跟你的小師妹曾經做過一件對不起你的事。」老頭子說：「雖然我們都很後悔，可是等到我們做過了之後，後悔也來不及了。」
雷大小姐盯著他，乾癟僵硬的臉上忽然露出了微笑，就像百合花那麼可愛的微笑。
「你以為我不知道這件事？」她說：「你以為你能嚇得了我？」
「你知道？」老頭子嚇了一跳：「你什麼時候知道的？」
「我早就知道了。」
「你為什麼不說出來？為什麼不發脾氣？為什麼沒有跟我翻臉？」
「因為我們是夫妻。」雷大小姐柔聲道：「夫妻就是夫妻，是跟兄弟姐妹、朋友、情人都不一樣的，如果我因爲你做錯過一件事，就跟你翻臉，那麼錯的就不是你，而是我了。」

高天絕一直在靜靜的聽著，直到這時候才插口。

「我也是有丈夫的，他姓郭，叫郭滅，是個非常聰明，非常英俊的男人，我這一生中見過的男人，沒有一個能比得上他一根手指，」她說：「我們年輕的時候也是恩愛夫妻。」

「這些事我們都知道。」

「現在他已經死了。」高天絕問：「你們知不知道他是怎麼死的？」

「不知道，」雷大小姐搶著說：「但是我們一直都很想知道。」

「那麼現在我就告訴你，他是被我害死的，」高天絕說：「被我用一種最殘忍的方法害死的。」她說話的聲音還是很平靜，平靜得可怕，平靜得讓人受不了。

「你們知不知道我爲什麼要害死他？」高天絕又說：「你們當然不會知道。」

「你是爲了什麼？」

「爲了一個小孩子。」

「小孩子？」雷大小姐忍不住問：「爲了一個小孩子，你就害死了你的丈夫？」

「是的。」

「那是誰的孩子？」

「我丈夫和我姊姊的孩子。」高天絕說：「我嫡親的姊姊。」

屋子裏忽然沒有聲音了，連呼吸的聲音在這一瞬間都已停頓。

每個人都知道，她心裏必定有極深的怨恨，才會變成這麼樣一個人，可是誰也想不到，她恨的竟是她嫡親的姊姊和丈夫。

高天絕忽然問雷大小姐：「如果你是我，你會不會這麼樣？」

雷大小姐怔住，過了很久才喃喃的說：「我不知道，我的確不知道！」

高天絕嘆了口氣。

「不管怎麼樣，我們總是不同的，你們是白頭偕老的恩愛夫妻，因為你可以忍耐，我卻是個惡毒而善妒的女人，所以才變成現在這樣子。」她忽然笑了笑：「所以你們剛才說的那些話都是沒有用的。」

「什麼話沒有用？」

「你們故意說那些話給我聽，故意來刺激我，讓我傷心，你們才有機會殺了我。」

這也是戰術的一種，不攻人，先攻心，高手相爭，如果有一方的心已先亂了，就會不戰已敗。

「可惜你們這種戰術對我並沒有用。」高天絕淡淡的說：「因為我不但心已死了，而且本來就準備要死的，死期就是今天。」

雷大小姐又吃了一驚：「本來你今天就準備要死的？」

「不但準備要死，而且決心要死，所以你們不管說什麼對我都沒有用。」高天絕說：「但是你們卻不想死，所以你們反而死定了。」

她又嘆了口氣，接道：「世界上有很多事都是這樣子的，不想死的人，往往比想死的人還要死得快些。」

湯蘭芳忽然也嘆了口氣。

「最不想死的人就是我，」她說：「可是我也知道，第一個要死的人就是我。」

「是的。」高天絕淡淡的說：「第一個要死的人就是你！」

二

元寶解開了頭上的漆黑絲巾，揭下了臉上的白銀面具，笑嘻嘻的看著蕭峻。

「蕭堂主，好久不見了，你好！」

「是你！」蕭峻聳然動容：「怎麼會是你？」

「怎麼會不是我？」元寶笑嘻嘻的說：「從我生下來那一天開始，我就是我，既不是張三李四，也不是王二麻子。」

他笑得開心極了：「只不過如果有人一定要把我當作高天絕，我也沒法子。」

蕭峻吃驚的看著他，看著他的一身打扮：「這些東西是誰的？」

「當然是高天絕的。」元寶把白銀面具頂在頭上：「除了她之外，還有誰會有這些寶貝？」

「她為什麼要把這些東西給你？」

「誰說這是她給我的？」元寶道：「這些都是她的寶貝；你就算殺了她，她也不會給別人。」

「可是現在這些東西已經到了你手裏。」

「我只不過借用一下而已。」

「她肯借給你？」

「她不肯。」

「既然她不肯，你怎麼能借得到？」

元寶嘆了口氣：「老實說，我根本就沒有借到。」

蕭峻本來絕不是個喜歡追根問柢的人，可是這次卻忍不住要問。

「這也不是你借來的？」

「不是。」

「那麼這是怎麼來的？」

「是我自己去拿的，」元寶說：「就因為她不肯借，所以我只好自己去拿了。」

「你怎麼拿？」

「我只有一雙手，當然只有用這雙手拿。」元寶說：「先拿頭巾和面具，再拿斗篷和靴子。」

「從什麼地方拿？」

元寶看著他，顯得好像很驚訝的樣子：「這麼簡單的問題你都要問我？」

「我已經問過了。」

元寶搖頭嘆氣說：「既然如此我也只好告訴你了。」他一樣樣的說：「這塊頭巾，是我從她頭上解下來的，這個面具，是我從她臉上拿下來的，這件斗篷，是我從她身上脫下來的。」

他故意歇口氣，才慢吞吞的接著道：「這雙靴子得來就比較要難一點了，因為靴子太緊，我費了半天勁，才從她腳上脫下來。」

蕭峻怔住，怔了半天，才說：「這些東西會是你從她身上拿下來的？」

「每一樣都是。」

「她的人呢？」蕭峻又問：「她的人在哪裏？」

元寶好像要跳起來了。

「這句話真是你說出來的？這種狗屁不通的問題你也問得出來？」元寶說：「她的人當然就在那裏，頭就在這塊頭巾裏，臉就在這個面具裏，身子就在這個斗篷裏，腳就在這雙靴子裏，這麼簡單的事，難道你真的想不出來？」

「她的人是不是已經死在那裏了？」

「沒有，」元寶說：「像她那種人怎麼會死！」

「她還活在那裏，可是你要她的東西，她就讓你拿？」

「她不讓我拿也不行。」

「為什麼？」

「因爲我是元寶。」他指著自己的鼻子：「又大、又圓，又亮、又活潑，又可愛、又漂亮的一個大元寶。」

蕭峻沒有說話，他已經沒有話說了。

他也不相信這件事，從頭到尾都不信，這個小鬼如果沒有瘋，就是臉皮又變得比以前更厚十倍，才敢吹這種牛，編出這種鬼話來。

對付這種人最好的法子就是根本不理他。

可惜這個世界上偏偏就有種死皮賴臉的人，你想不理他都不行。

「你問了我半天，現在也應該輪到我來問你幾件事了。」元寶問：「你的臉色這麼難看，是不是因爲你殺了人？」

蕭峻不理他。

「殺人的確不是好事，如果我殺了人，我也會後悔難受的。」元寶說：「可是你不同，因爲你殺的那個人，本來就是你專程要來殺他的，你難受什麼？」

蕭峻不能不理他了。

「你怎麼知道我殺了人？」他再問元寶：「你知道我殺的是誰？」

「我當然知道。」

蕭峻蒼白的臉上忽然露出了殺氣，一種只有在要殺人的時候才會現出的殺氣。

元寶卻好像完全沒有發覺到，反而很高興的說：「你殺的是三笑驚魂李將軍。」

元寶說：「他本來就是個人人都想殺的人，無論誰殺了他，一夜之間就可以名動天下，最近這幾天到這裏來殺他的人比米倉裏的老鼠還多，只有你一個人得手了，你本來應該開心得要命才對，可是你的樣子看起來卻好像難受得要死。」

元寶搖頭嘆氣：「我實在不明白你這個人是怎樣回事？」

蕭峻盯著他，過了很久，才一個字一個字的問：「你真的不明白？」

「本來我實在是真的不明白。」元寶說：「就算你打破我的頭，我也想不通。」

「現在呢？」

「現在？」元寶眼珠子轉了轉：「現在天好像已經快黑了，已經到了吃晚飯的時候，如果來一大鍋冬菇火腿豬腳燉老母雞，再加上一大碗香粳米煮的飯，我保證絕對用不著你幫忙，我一個人就能吃得下去。」

蕭峻的臉色鐵青。

「現在呢？」他將這問題再問了一遍，聲音已變得好像是繃緊的弓弦：「現在你是不是已經知道了？」

「是的。」元寶終於承認，嘆著氣說：「現在我想不知道也不行了。」

蕭峻霍然長身而起，提氣作勢，右手的五指如鉤，就好像準備要去抓一條毒蛇。

這是丐幫弟子的獨門手法，非但毒蛇逃不過這一抓，人也很難逃得過。

這一抓如果抓蛇，抓的就是七寸，如果抓人，抓的就是要害，必死無救的要害。

船艙裏沒有毒蛇，只有人。

這麼樣一個活潑可愛的大元寶，在他眼中看來，竟好像已經變得像毒蛇一樣可惡可怕。

元寶卻連眼睛都沒有眨一眨。

「你爲什麼不問我究竟知道了些什麼事？是怎麼知道的？」

這句話說得果然很有效，本來已經準備出手的蕭峻，這一抓果然沒有抓出來。

因爲這個問題的答案確實是他想知道的。

元寶微笑：「這樣子就對了，你就算想殺人滅口，最少也得等到問清楚之後才出手。」

蕭峻果然不能不問：「你究竟知道了些什麼？」

「老實說，我知道的事可真不少。」元寶悠然道：「你不想讓別人知道的事，我全都知道了。」

「你說。」

「高天絕設計要你殺一個人，等你殺了那個人之後，她才告訴你，那個人是絕對不能殺的。」元寶說：「就算天下的人都能殺他，你也不能殺，因爲你是他的兒子。」

蕭峻手握緊，握住的卻不是別人的要害，也不是蛇的七寸。

他的手握住的是他自己，他自己的生命、血肉和靈魂。

「除了高天絕之外，誰也想不到你會是三笑驚魂李將軍的兒子，你自己更想不到。」元寶說：「因爲你一直認爲你母親是死在他手裏的。」

元寶嘆了口氣：「高天絕卻告訴你，就算你母親是死在他的手裏的，你也不能不承認你是他的兒子，高天絕恨他入骨，所以特地設計了這個圈套，讓你去殺他，要讓他死也不能瞑目，要讓你後悔痛苦終生。」

蕭峻沒有反應，因爲他整個人都已麻木崩潰。

「我做夢也想不到這個世界上居然有人用這麼惡毒的法子來殺人。」元寶說：「如果不是高天絕自己告訴我的，我根本就不相信。」

「是她自己告訴你的？」蕭峻彷彿忽然自睡夢中被人用一根尖針刺醒：「她爲什麼要把這種事告訴你？」

「也許是因爲她自己覺得很得意，所以忍不住要告訴別人。也許是因爲她要借我的嘴去告訴別人，她已經用這種法子報復了她的仇人，讓天下江湖中人永遠都忘不了她。」

這兩種推測都有可能。

元寶卻又嘆了口氣：「可是她究竟是爲了什麼才會把這種事告訴我，也許就只有天知道了。」

蕭峻看著他，神情雖然顯得那麼空虛、麻木、疲倦，眼中卻又閃出了殺機。

「這些事你都不該知道的。」他也在嘆息：「我實在希望你不要知道。」

「我明白你的意思。」

「你明白？」

「我既然是個這麼可愛的人，連你本來都沒法子不喜歡我了。」元寶說：「可是我知道了這些事之後，你就不能不殺我滅口了。」

他又說：「就算你自己也不想活下去，也要先殺了我，免得我洩漏你們的秘密，因爲這些事的確是不能讓別人知道的。」

蕭峻並不否認。

他已經在控制自己，控制他的精神氣力，盡力使自己的精神集中，氣力集中，集中於某一點、某一部分。

能夠發生致命之一擊的那一部分。

元寶卻好像完全沒有感覺到。

有很多別人連影子都沒有發現的事，他早就已經發現了，可是有很多任何人都已經感覺到的事，他反而好像連一點影子都不知道。

現在任何人都可以看得出蕭峻又動了殺機，要把他像毒蛇一樣捏死，他反而顯得很高興的樣子，笑嘻嘻的告訴蕭峻：「這些事實在是我不應該知道的，可惜現在我不想知道也不行了，」元寶說：「幸好我還知道另外一些事。」

「什麼事？」

「一些我應該知道的事。」元寶說：「一些不但能讓自己覺得很高興，也能讓別人覺得很開心的事，無論誰知道這一類的事，都一定會長命百歲，太太平平的活一輩子。」

他笑得真的好像高興極了：「這一類的事當然也只有我這麼聰明的人才會知道。」

有些人好像隨時都不會忘記讚美自己幾句，替自己吹吹牛，往自己臉上貼貼金，免得別人看輕他，忽視他的存在。

蕭峻卻知道元寶並不是這種人。

他只不過喜歡用這種方式說話而已，因爲他希望自己能讓別人愉快，希望別人也能像他一樣，對任何事都能看開一點，想開一點。

消沉、緊張、悲傷、憤怒、急躁，不但於事無補，而且往往會使人造成不可原諒的疏忽和錯誤。

一個人一定要保持開朗清明的心境，才能做出最正確的決定和判斷。

所以蕭峻現在已經不再將元寶當成一個只會吹牛的頑皮小孩子，所以他又問：「這一類的事是些什麼事？」

「譬如說，有些人一心認定自己殺了人，而且殺的是個他絕不應該殺的人，所以心裏難受得要命，因爲他不知道那個人其實並沒有死。」元寶說：「可是我知道。」

「你知道？」蕭峻聳然動容：「你是說誰還沒有死？」

「當然是李將軍。」

「你真的知道他還沒有死？」

元寶嘆了口氣，苦笑搖頭。

「你以爲你自己是什麼人？是楚香帥？是小李探花？」

「我不是。」

「你當然不是，」元寶說：「你連比都不能跟他們比。」

蕭峻承認。

他雖然一向是個非常驕傲的人，可是對這兩位前輩名俠也和別人同樣佩服尊敬。

「你既然自己也承認自己沒法子跟他們相比，那麼你爲什麼不想想，縱橫天下的三笑驚魂李將軍，老到會死在你這麼樣一個人手裏？」

蕭峻默然。

他自己也知道自己本來絕不是李將軍的對手，更希望這件事沒有發生。

可是在那一片清冷慘淡的月光下，他確實看見自己的劍鋒刺入了李將軍的心臟。

那一劍刺入血肉時的感覺、那一瞬間李將軍臉上的表情，都是他永遠忘不了的。

「你爲什麼不說話了？」元寶又問：「難道你還是認定自己已經殺了他？」

蕭峻又沉默了很久，才慢慢的說：「我還留在這裏，就因爲我也希望他還沒有死，希望看到他再次出現。」

他的神色慘黯：「就算他死了，我也希望能看到他的屍體。」

「但是他的屍體一直都沒有被撈起來。」元寶說：「他們換了好幾批人，輪流下去打撈，卻連他的影子都沒有看見。」

「是的。」

「你知不知道他們爲什麼找不到李將軍的屍體？」元寶說：「你應該知道的。」

「可是我不知道。」

「你真的不知道？」元寶好像很驚奇：「這麼簡單的問題你都不知道？」

他又在搖頭嘆氣：「他們找不到他的屍體，只因爲他根本沒死！」

元寶好像在教訓一個小孩子：「一個人如果還沒有死，是絕不會有屍體的，這麼簡單的道理如果你還不明白，那麼你就真的是個呆子了。」

「就算他本來還沒有死，現在一定也淹死了。」

「爲什麼？」

「因爲這裏四岸都有人在日夜看守，而且都是久經訓練的人，」蕭峻說：「高天絕至少花了十年功夫才訓練出這批人來。」

「我相信。」

「這些人的武功雖然還不能和真正的一流高手相比，但是他們的目力、耳力、耐力，對一件事觀察和判斷的能力，都絕對是第一流的。」

「我相信。」

「所以如果你認爲李將軍已經上了岸，也是絕不可能的。」蕭峻說：「因爲他們就算不能阻止他，至少總能看得到他。」

「誰說李將軍已經上了岸？」元寶說：「他要上岸，當然避不過那些人的耳目。」

「那麼他一定已經淹死在湖水裏。」蕭峻黯然道：「從他落水時到現在，已將近有一天一夜了，誰也沒法子在水裏耽這麼久，何況他當時就算沒有死，傷得也不輕。」

元寶盯著他看了很久，才冷冷的問：「你是不是真的認定他已經死了？」

蕭峻沒有回答這問題，因爲他自己也不知道自己心裏怎麼想。

他一向不是個多話的人，就算是在應該說話的時候，他說的話也不多。

現在他本來應該因悲痛而說不出話來，可是他說得反而特別多。

因爲他心裏還懷有希望。

元寶能把他說的每一句話都完全駁倒。

——如果你看到一個人忽然做出極反常的事來，那麼他心裏一定有極大的悲哀、極深的痛苦，如果你能瞭解這一點，能夠原諒他，你的心胸才會寬大，才能算是男子漢。

元寶又盯著蕭峻看了半天，忽然說：「我知道你不敢跟我打賭的。」

他說：「我知道你一定不敢。」

「你要賭什麼？」

「我賭他還沒有死。」元寶說：「你敢不敢跟我賭？」

他斜眼看看蕭峻，故意作出一副老千賭徒要激別人上鉤的樣子：「我勸你還是不要賭的好，因爲這一次我是絕不會輸的。」

蕭峻蒼白的臉上忽然激起了一陣暈紅，就像是鮮血被沖淡了的那種顏色一樣。

他知道元寶並不是真的要跟他賭，更不是真的要贏他。

因爲他也希望輸的是自己。

也許元寶只不過要用這種法子來安慰他，激起他的生機，不讓他再消沉下去，不讓他有想死的念頭而已。

不管元寶這麼做是不是對的，他心裏都同樣感激。

「我跟你賭，」蕭峻說：「不管你要賭什麼，我都跟你賭。」

元寶笑了，笑得真的就好像老千看見肥羊已上鉤時一樣。

「你不後悔？」

「不後悔。」

「如果我能找到李將軍，而且讓你親眼看到他還好好的活在那裏，」元寶問蕭峻：「那時候你怎麼辦？」

「隨你要我怎麼樣都行。」

這句話本來是蕭峻絕不會說出來的，以他的身分地位性格，無論在任何情況下都不會說出來的。

可是現在他說了出來。

因爲他如果輸給了元寶，他真的會這麼做，無論元寶要他怎麼樣，他都願意。

而且他真的希望輸家是自己。

只可惜他怎麼想也想不出元寶怎麼會贏，更想不到元寶怎麼能找得到李將軍？

李將軍本來絕對是一個已經死定了的人，就算他還有千萬分之一的生機，就算他還沒有死，元寶也不會知道他在什麼地方的。

元寶根本沒有一點理由知道。

蕭峻臉上的暈紅已消失，因爲他心裏雖然希望輸家是自己，卻還是認爲元寶已輸定了。

元寶彷彿已看出他心裏在想什麼：「你爲什麼不問我，萬一我輸了怎麼辦？」

「我讓你自己說。」

元寶故意歪著頭想了想，忽然問蕭峻：「你知不知道高天絕爲什麼會忽然變得那麼聽話？爲什麼肯乖乖的讓我把她這些寶貝從她身上拿走？」

這件事和他們打賭的事連一點關係都沒有，但卻也是蕭峻一直都想不通，一直都很想知道的，所以他忍不住問：「爲什麼？」

「因爲那時候她已經被我制住了。」元寶說：「我一下子就點住了她六七個穴道。」

「哦？」

「你不相信，我就知道你一定不會相信的，」元寶笑得又愉快又得意：「像高天絕那麼有本事的人，怎麼會被我點住穴道？」

他笑嘻嘻的說：「你心裏一定在想，這小子不是瘋了，就一定是臉皮奇厚無比，所以才會吹得出這種牛，編得出這種鬼話來。」

蕭峻不能否認，他心裏確實這麼樣想過。

「可是你爲什麼不想想，如果我沒有點住她的穴道，這些東西怎麼會在我手裏？」

誰也不能不承認這句話說得很有道理，所以蕭峻也不能不問元寶：「你是怎麼樣點住她穴道的？」

「其實那也沒什麼。」元寶故意輕描淡寫的說：「我只不過給她看了樣東西而已。」

「你只不過給她看了樣東西，你出手點她穴道時她就不能閃避反抗了？」蕭峻又驚訝，又懷疑：「你給她看的是什麼？」

「當然是一樣很特別的東西。」元寶說：「非常特別。」

二十年前，高天絕就已縱橫天下，勇猛無敵。

這二十年間，她也不知道曾經做過多少令人拍案驚奇聞名喪膽的事，可是她也曾獨自在暗夜裏偷偷的流過眼淚。

經過二十年的挫折磨練後，她不但已變得更孤僻冷傲無情，武功也更高了。

如果說這個世界上真的有樣東西能夠讓她一看見後就驚惶失措，就被一個十幾歲的大孩子點住了穴道，這樣東西當然非常特別。

這是無論什麼人都能想像得到的。

江湖中一定有很多人願意用自己的全部身家性命去把它換來。

元寶卻淡淡的說：「如果我輸了，我就把這樣東西輸給你。」

不知道是在什麼時候，他已經把這樣東西握在手裏了，只可惜他的人雖然不太大，手卻不太小，而且握得很緊，誰也看不出他手裏握住的是什麼。

蕭峻雖然並不想把這樣東西贏過來，可是好奇之心卻是人人都有的。

所以他又忍不住要問：「這樣東西究竟是什麼？」

「其實也沒什麼。」元寶故意輕描淡寫的說：「只不過是一顆星而已。」

「一顆星？」蕭峻問：「一顆什麼樣的星？」

「一顆小星，」元寶好像覺得很抱歉、很遺憾，所以又嘆了口氣：「一顆很小很小的小星。」於是元寶又把他的第二顆星拿出來了。

廿一　小星星　亮晶晶

一

小星星，亮晶晶，天上星多月不亮，地上人多心不平。

秋夜，繁星，一個小男孩，兩個小女孩，三個孩子只有一條心，也只有一顆星。

一顆很小很小的小星。後來孩子們長大了，一條心變成了三條心，可是他們還是只有一顆星。

還是只有那一顆很小很小的小星。

長大了的孩子後來又老了，有的甚至已經死了，有的人雖然沒有死，心卻已死了。

他們的那顆星卻還是那麼小那麼小，還是一點都沒有變。因爲這顆星沒有感情、沒有生命，既不懂怎麼去愛，也不懂怎麼去恨，所以既不會變，也不會老。

因爲這顆星只不過是用一個從海灘上撿來的貝殼做成的。

可是當一個已經老了、變了的人，一個心雖已死，人卻還沒有死的人，忽然看到這顆永遠不變的小星時，他的心裏是什麼感覺？

除了他們自己外，還有誰知道？

二

四月十九，黃昏前後。

天上的星光還沒有升起，元寶手掌上卻已現出一顆星。

一顆用一種很美麗、很珍貴的貝殼做成的星，背面還雕著很美麗的花紋和兩行字，顯然是一雙很靈巧的手細心雕成的。

海洋中有一些珍奇的貝殼就像是珠寶一樣，光彩和色澤永遠都不會消失。

這個貝殼看起來雖然還是和當初被那雙靈巧美麗的手，從沙灘上拾起時並沒有什麼兩樣，但畢竟只不過是個貝殼而已，並沒有什麼特別的地方。

所以蕭峻又忍不住要問：「你給高天絕看的就是這顆星？」

「是。」

「看到了這顆星，你出手點她穴道時她就被你點住了？」

「是。」

「難道她一看這顆星就忽然變得完全沒有反抗之力？」

「也不是這樣子的。」元寶說：「只不過一看到這顆星之後，她的手就抖了起來，全身都抖了起來，只可惜我看不見她的臉，所以也不知道當時她臉上是什麼表情。」

「當時她臉上是不是還戴著這個面具？」

「是。」

「那麼她怎麼能看得見？」

元寶笑了：「你實在是個很細心的人，最少你自己一定認爲你自己很細心，連一點點小事都不肯放過。」元寶又嘆了口氣：「只可惜你其實並不是這麼樣一個人。」

「哦？」

「你真的以爲高天絕戴上這個面具後，就什麼都看不見了？」元寶說：「那麼我怎麼戴著這個面具走到這裏來？而且還看得見你的神情？」他告訴蕭峻：「如果你真的像你自己想像中那麼細心，你就會發現這個面具上雖然沒有眼線，卻有兩個比針眼大一點的小洞，用兩片磨得很薄的水晶片嵌在上面，在面具的銀光閃動間，恐怕也只有我這樣絕頂聰明的天才兒童才能發現了！」

蕭峻只好閉著嘴。

「能夠不讓別人看見自己的人是天才，如果不讓自己看到別人，那就是笨蛋了。」元寶直嘆氣：「你想想看，高天絕怎麼會是這種笨蛋？」

丐幫號稱天下第一大幫，不但化子最多，品質也最雜。

現在他們新設刑堂，決心整頓，刑堂堂主不但日理萬機，而且一定要有明察秋毫的智慧，毋枉毋縱的判斷力。可是在這個好像只會吹牛傻笑故作可愛狀的小兒面前，這位一向自負的蕭堂主居然時常都會被他問得說不出話來。

可是元寶卻偏偏還要問他：「你看不看得出這顆星有什麼特別的地方？爲什麼能讓高天絕變成那樣子？」

「我看不出。」

「我也看不出，」元寶說：「因爲你不是高天絕，我也不是。」

他很正經的說：「這顆星在我們眼中看來，只不過是個孩子們用貝殼做成的玩物而已，可是對某些人來說，卻好像有種神奇的魔力。」

「某些人？」蕭峻問：「某些人是哪些人？」

「現在我還不能告訴你。」

「爲什麼？」

「因爲現在連我自己也不知道。」元寶說：「現在我只知道這顆星用來對付高天絕是絕對有用的，比世上最可怕的武器都有用。」

這已經夠了，就憑這一點，這顆星已經可以算是價值連城的寶物。

對某些人來說，這顆星甚至比那顆可以「點鐵成金」的星更珍貴。

「所以現在我只問你，你接不接受我這個賭注？」元寶說。

「我接受。」

元寶藏起了這顆星，戴起面具，用黑巾包住頭：「那麼現在你跟我走吧。」

「到哪裏去？」

「當然是去找李將軍。」

「你能找得到他？」

「當然能找得到，而且非找到不可。」元寶說：「否則我這顆星豈非要輸給你？」

「他在哪裏？」

「當然是在這條船上。」

蕭峻又沒有話說了。

就算他已經完全相信元寶說的話，相信李將軍還沒有死，相信高天絕一看見那顆星就被元寶點住了穴道，就算他什麼都相信，他也不能相信李將軍還在這條船上。

三

船上已燃起了燈火，底艙下也有燈，卻連一個人影都看不見。

因爲這位不是高天絕的高天絕下到底艙時，曾經囑咐過：「所有的人都上去，誰也不許下來。」

這句話雖然是元寶說的，但是和高天絕親口說的同樣有效，因爲他頭上的黑巾、臉上的面具、身上的斗篷、腳上的靴子，每一樣都象徵著一種神秘的力量，一種不可抗拒的權威。

這種權威和力量從來也沒有人懷疑過，從來也沒有人能想像到有人能把這些東西從高天絕身上「拿」走。

底艙的面積遠比任何一個沒有到這裏來過的人想像中都大得多，最下面還有一層空艙。

空艙裏什麼都沒有，可是沒有這層空艙，這條船恐怕就浮不起來了，空艙裏如果堆滿東西，這條船恐怕也會沉。就因爲那裏面什麼都沒有，所以它才重要，遠比任何一間艙房都重要。

世界上有很多事都是這樣子的。

四

底艙下大概有十來間艙房，有的住人，有的堆放貨物糧食。

元寶帶著蕭峻一間間艙房去找，雖然連個人影子都沒有找到，但他卻還是充滿信心。

「我知道你一定不相信李將軍會在這條船上。」元寶說。

蕭峻承認。

元寶卻又問了他一個很絕的問題：「你爲什麼不相信？」

蕭峻想了想之後才能回答：「因爲這是絕不可能的事，誰都不會相信的。」

「你的意思是不是說，他絕不可能躲到這條船上來？」

「是的。」

「我明白你的意思了，」元寶微笑：「現在你的想法，就好像前兩天你們都想不到我們會躲在濟南府的大牢裏一樣。」

蕭峻也明白他的意思了。

像李將軍那樣的人如果要躲起來，當然要找一個任何人都想不到的地方。

「你的意思我也明白。」蕭峻說：「可是你有沒有想過，他怎麼能上得了這條船？」

元寶故意板起了臉，一本正經的說：「這實在是不可能的事。」元寶說：「船上到處都是人，每個人的眼睛都很亮，連半個瞎子也沒有，李將軍既不會隱身法，又不會孫悟空的七十二變，變成個蒼蠅飛進來。」他又故意嘆了口氣：「看來你的想法才是對的，他的確上不了這條船。」

「所以他絕不會在這條船上。」

元寶嘆著氣，喃喃的說：「幸好你不是，幸好你不是。」

「幸好我不是什麼？」

「幸好你不是李將軍，李將軍也不是你。」元寶說：「否則現在他已經死了，我也輸了。」

「難道你還是認定了他在這條船上？」

元寶不回答，卻將底艙下的甲板上一個釘著鐵環的暗板拉了上來，悠然道：「你最好還是自己下去看看吧。」

下面就是空艙，沒有人，沒有貨物，沒有燈光，什麼都沒有的空艙。

蕭峻遲疑著，終於還是找來一盞「氣死風燈」，躍下了空艙，然後他就怔住了！

空艙的角落裏，居然真的有一個人！

這個人居然真的就是那個經過詐死不成的億萬富豪孫濟城，和那個逃奔後又回到濟南的吳濤，兩次化身後才出來的三笑驚魂李將軍！

蕭峻站在他面前，就好像在做夢一樣，這實在是件連做夢都想不到的事。

李將軍斜倚在那裏，身子半坐半臥，背靠著艙壁，好像已經沒有力氣坐直。

那一劍雖然沒有真的刺入他心臟，他的傷勢看來卻還是很不輕。

但是他的一雙眼睛卻還是炯炯有光，看到蕭峻的時候，臉上居然露出了微笑，一種彷彿很安慰，又彷彿很難受的微笑，他忽然問蕭峻：「元寶呢？」

元寶也下來了，隨手關起了那塊暗板，故意裝出高天絕走路的樣子，慢慢的走到李將軍面前。

他確實有點天才，學起別人的樣子來，確實學得很像。

「元寶那個小王八蛋已經被我殺了去餵老王八去了。」他故意說：「你再也看不到他了。」

李將軍卻早已在笑：「一個人怎麼能自己說自己是個小王八蛋？」他說；「我們是朋友，如果你是小王八蛋，我是什麼？」

元寶也笑了。

「你怎麼知道是我？」他問李將軍：「你怎麼知道我會來？」

「因爲我躲到這裏來的時候就已經在想，如果有人能找到我，一定就是你這個小元寶。」

元寶立刻拚命點頭表示同意！

「除了我之外當然沒有別人，像我這樣的天才本來就沒有第二個。」元寶嘆著氣：「有時候連我自己都不能不佩服自己。」他忽然用力拍了拍蕭峻的肩：「現在你也不能不佩服我了吧？」

蕭峻好像還在做夢一樣，呆呆的看著李將軍。

——這個他從來沒有見過面的人，如果真的是他父親，爲什麼要拋下他母子兩個人？讓他的母親含恨而死，讓他一直活在痛苦裏？

不管怎麼樣，這個人現在還活著，他雖然做錯了，總算還沒有鑄成永遠無法彌補的大錯。

蕭峻看著這個又陌生又親近的人，心裏也不知是恨是愛是悲是喜。

元寶卻開心極了，「誰也想不到你能上得了這條船的。」元寶說：「除了我之外，誰也想不到你用的是什麼法子。」

「你怎麼想得到的？」李將軍問。

「看到那些下水去打撈你的人，看到他們身上穿的水靠時，我就想到了。」

那些人下水時穿的都是緊身的魚皮水靠，把全身上下連頭髮都套在裏面的那種水靠。

現在李將軍身上穿著的就是這種水靠。

「那些人水底下的功夫雖然都不錯，你雖然受了傷，可是要對付其中一個還不困難。」

李將軍微笑：「那實在簡單極了。」

「把那個人身上的水靠脫下來穿在你自己身上，把那個人藏在湖底的淤泥水草裏，再混在那些人裏面溜上船，乘著大家換班的那一陣混亂，悄悄溜到這裏來。」元寶說：「那時候天還沒有亮，水底下和水面上都是暗暗的，什麼東西都看不清楚，要做這些事都不能算太困難。」

李將軍帶著笑容嘆了口氣：「現在連我都有點佩服你了。」

「只有一點佩服？」元寶好像很驚訝：「我本來認爲你最少也應該有七八九十點才對。」

他居然又強調：「我本來以爲你一定會這麼樣佩服我的，絕對一定。」

這樣子說法實在未免有點過份了，但是他既然這麼說，當然有原因。

所以連李將軍都忍不住要問：「絕對一定？爲什麼絕對一定？」

元寶的回答更絕：「因爲你的眼睛還沒有瞎。」

「我本來就沒有瞎。」李將軍對他的回答也顯得有點莫測高深，莫名其妙：「眼睛瞎不瞎跟我佩不佩服你有什麼關係？」

「當然有關係。」元寶說：「你的眼睛既然沒有瞎，就應該看得出我身上這一身打扮本來是誰的。」他一臉得意洋洋的表情：「要從高天絕身上把這些東西拿來，絕對不是件容易事。」

「這些都是你從她身上拿下來的？」

「每一樣都是。」

「你怎麼樣去拿的？」

「我只不過給她看了樣東西而已。」元寶說：「她只看了一眼，就被我點住了穴道，所以我就把這些東西拿來了。」

李將軍看著他，看了半天，臉上的表情也和蕭峻聽到這些話的時候完全一樣。

這些事本來就沒有什麼人會相信，所以李將軍又忍不住要問：「你給她看的是什麼？」

「是一顆星，」元寶說：「一顆小小的星。」

五

元寶身上總是帶些亂七八糟的東西，別人看來都是些不值一文錢的破銅爛鐵，他自己卻當作寶貝，連看都不給別人看。這次他本來也並不是一定要把這顆星拿給李將軍看的，但是他不等李將軍開口，就先拿了出來，而且送到李將軍面前，好像生怕他看不清楚。

「就是這顆星，」元寶說：「這顆星不是從天上掉下來，卻好像是從海裏撈起來的。」

李將軍的神色開始變了。

元寶的話還沒有說完，他的神色已經變了，就好像高天絕一樣，只看了一眼，他的神色就已經變了，就好像忽然有人將一根又尖又細又長的尖針，一下子刺到他心裏去。

這顆星只不過是個小孩子用貝殼做的玩物而已，就算掉在路上，也很少人會去撿的，如果你拿它送人，也會被人丟到陰溝裏去。

可是在這位縱橫江湖，不可一世的大笑將軍眼中看來，這顆星卻好像已經經過了九天十地四方八界諸神諸魔的祝福和詛咒，已經變得比世上所有的珍寶都神奇珍貴。

他伸出手，想去拿這顆星，他的手已經發抖，也和高天絕一樣，一直抖個不停。

這次元寶當然不會乘機點他的穴道，卻遠遠的退開了。

「這是我的。」元寶笑嘻嘻的說：「大人不可以搶小孩的東西。」

「這不是你的。」李將軍的聲音都已因悲痛而嘶啞：「我知道不是。」

「就算以前不是，現在也已經變成我的了。」元寶說：「誰也不能從我手裏拿走。」

「你是從哪裏拿來的？」

「那就是我的事了。」元寶眨著眼：「我是不是可以替自己保守一點小小的秘密？」

李將軍盯著他看了很久，才長長嘆了口氣，「你果然是龍家的人。」他忽然問元寶：

「你排行第幾？是老八？還是老九？」

元寶不回答卻反問：「你怎麼知道我一定是龍家的人？」

「因爲我知道這顆星絕不會落在別人的手裏。」李將軍說得極肯定。

元寶也不再否認，只問他：「如果我不是龍家的人，現在你是不是已經把這顆星搶走了？」

李將軍又盯著他看了很久：「如果你不是龍家的人，現在已經是個死人。」

「爲什麼呢？」

「因爲我絕不要這個星落在別人手裏。」李將軍忽然又問元寶：「你肯不肯把它換給我？」

「換什麼？」

「隨便你要換什麼，」李將軍說：「黃金白玉珍珠翡翠，隨便你要換什麼都行。」

元寶笑了：「你明明知道我不肯換的，那些東西既不能穿，又不能吃，送給我我也不要。」

李將軍說的這些東西，每一樣都是世人求之不得的，世上也不知道有多少人每天都在爲這些東西勾心鬥角、流血拚命，可是在元寶眼中看來，卻好像連一文都不值。

李將軍又嘆了口氣：「不錯，我也知道你絕不肯換的，龍家的子弟又怎麼會把世俗的珍寶財富看在眼裏？」

「所以我看到你果然還沒有死的時候，心裏真是開心得很。」元寶笑道，「因爲你如果死了，這顆星現在就已經是別人的了。」

「爲什麼？」

「因爲我剛才跟這位蕭堂主打了一個賭。」元寶說：「賭的就是這顆星。」

「你們怎麼賭的？」

「剛才他一直很難受，因爲他一直認爲你已經死在他的劍下。」

「你怎麼說？」

「我就告訴他，你是絕不會死的，」元寶笑得更愉快：「縱橫一世的三笑驚魂李將軍，怎麼會這麼樣隨隨便便就死了呢？」

李將軍的神色忽然又變了，變得說不出的痛苦與悲傷。

可是他的眼睛裏卻忽然發出了光，秋夜寒星般的光。

元寶又在拍蕭峻的肩。「現在你已經輸了，所以這顆星還是我的。」元寶笑嘻嘻的問蕭峻：「你有沒有忘記你輸給我的是什麼？」

蕭峻沉默，李將軍卻忽然說出了很奇怪的話。

「他沒有忘記。」李將軍一個字一個字的說：「可是他也沒有輸。」

「他沒有輸？」元寶覺得又吃驚又好笑：「輸的難道是我？」

「不錯。」李將軍說：「輸的是你。」

元寶又笑了，笑得彎下了腰。

「我簡直要笑死了。」他說：「我這一輩子都沒有聽過這麼好笑的。」

「哦！」

「如果我告訴別人，三笑驚魂李將軍居然也會幫他的兒子賴皮，江湖中也不知道有多少人會活活笑死。」元寶說：「如果要把被你笑死的那些人都運來給你看，就算用五百輛八個輪子的大板車去運，最少也得運三天三夜。」

他好像已經笑得連氣都喘不過來，好像已經真的快要被笑死了。

李將軍卻沒有一點開玩笑的樣子，神情反而比他面對強敵時更嚴肅沉重。

等到元寶自己也覺得不太好笑的時候，李將軍才慢慢的說：「江湖中如果有人知道這件事，當然有人會死，如果有一個人知道，就死一個人，如果有一萬人知道，就要死一萬人，但是我保證他們絕不會是笑死的。」他的聲音忽然變得很冷：「因爲這件事並不可笑。」

元寶也笑不出來了。

「這究竟是怎麼回事？」他問李將軍：「你爲什麼一定要說我輸了？」

「因爲輸的本來就是你。」

元寶看著蕭峻，又看著李將軍：「難道他不是你的兒子？」

「他是的。」李將軍黯然道：「他是我骨中的骨，血中的血。」

「難道你已經死了！」元寶又問，當然是故意問的。

「我還沒有死。」

「那就奇怪了。」元寶說：「你明明還沒有死，我怎麼會輸呢？」

「因爲我雖然還沒有死，李將軍卻已經死了，多年前就已死了。」

元寶嚇了一跳。

「李將軍已經死了?難道你不是李將軍?」

「我不是。」

元寶怔住。他吃驚的看著這個正在被天下英豪追殺,被大家認定了是李將軍的人,又看著蕭峻!

「高天絕親口告訴我,他是李將軍之子。」元寶說:「我相信高天絕是絕不說謊的。」

「她不會。」

「那麼他確實是李將軍的兒子?」

「他是。」

「你剛才是不是也告訴過我,他是你的兒子,是你的骨中之骨,血中之血?」

「是。」

「我看你也不像是個會說謊的人,可是你實在把我弄糊塗了。」元寶苦笑:「你能不能告訴我這究竟是怎麼回事?」

「這本來並不是件很複雜的事,只不過你自己要把它想得那麼複雜而已。」

「哦?」

「每個人都有父母的,父母並不是一個人。」

元寶終於明白了,卻還是不能相信:「難道李將軍是他的母親?」

「是。」

「難道李將軍是個女人？」

「是的。」

元寶又怔住。

名震天下的三笑驚魂李將軍竟然是女人，這實在是件令人不得不吃驚的事。

雖然至今還沒有人看見過李將軍的真面目，也沒有人知道她究竟是男是女，可是在大家心目中，誰也沒有想到她會是個女人。

在江湖好漢的心目中，女人永遠都是弱者，永遠都比不上男人。

「李將軍是他的母親，你才是他的父親。」元寶嘆著氣：「這一點我總算已經明白了。」

「你還有什麼不明白的？」

「你。」元寶說：「我越來越不明白你究竟是什麼樣的人了？」

能夠配得上李將軍的男人，當然絕不會是個平凡的人。

「你的武功，你的豪氣，你的臉色，你的機智，我從來也沒有看見過第二個人能比得上你。」元寶說得很誠懇：「如果你是李將軍，那就不奇怪了，因為在我想像中，李將軍本來就應該是個這樣子的人。」元寶嘆了口氣：「可惜你不是李將軍，所以我越想越想不通。」

「想不通什麼？」

「如果你不是李將軍，你是誰呢？」元寶說：「我想來想去也想不出江湖中有你這麼樣一個人，你這個人好像根本就不該存在的。」

「你說得不錯，我確實不該存在的。」

這個人黯然而笑：「因為我本來早已應該死了。」

「你究竟是誰？」

「我就是郭滅，」這個人說：「我就是十七年前就已應該死了的郭滅。」

六

郭滅和高天絕夫妻，是江湖中武功最高的一對夫妻。

他們和李將軍本來應該是死敵。

「天絕地滅」以追捕天下所有漏網的盜匪為己任，也不知有多少仗著一身武功逍遙法外的巨盜死在他們夫妻手裏。

三笑驚魂李將軍縱橫江湖時，也正是他們夫妻的聲名達於巔峰的時候。

江湖中人都知道，「天絕地滅」是絕不會放過李將軍的，如果不能使這個巨盜中的巨盜伏法，無疑是他們夫妻一生中的遺恨。

所以江湖中人都在等著看他們之間龍爭虎鬥的一場好戲。

這一戰究竟是誰勝誰負，誰也不敢確定。

後來「天絕地滅」的組織忽然瓦解，郭滅忽然自江湖間消失，每個人都認爲他們已經死了，而且一定是死在李將軍的手裏的。

所以這一次高天絕復出，每個人都認爲她是爲了李將軍而來的，爲了替自己的丈夫復仇，無論她用多惡毒的方法對付李將軍，大家都不會覺得意外。

想不到她要對付的這位李將軍並不是李將軍，而是她的丈夫郭滅。

她當然知道這個人不是李將軍而是郭滅，就算世上所有的人都不知道，高天絕也是一定知道的。

她爲什麼要把自己的丈夫當作誓不兩立的仇人？

郭滅怎麼會沒有死？怎麼會和「天絕地滅」的死敵李將軍生下一個兒子？

收養蕭峻的丐幫前任幫主任老先生，爲什麼要對蕭峻說他母親是被李將軍害死的？

郭滅在天下英傑的追殺圍剿中，爲什麼還要承認自己就是李將軍？

他的行蹤是誰透露的？

十七年來，從來也沒有人能找得到他，爲什麼忽然在一夜之間全部找到濟南來了？

這些事誰能解釋？

廿二 一個故事

一

四月十九日，夜。

空艙裏空氣漸漸混濁。因爲這一層空艙已經在湖面下，是絕不會有一點通風之處的，如果有一點空隙，湖水就會灌進來，船就要沉了。

但是元寶現在關心的並不是這裏的空氣，而是郭滅這個人。

有關這個人的每一件事，本來都應該是不可能會發生的，當然也沒有人能解釋。元寶卻不服氣。

他一直在想，想找出這些事的解答，想得頭都痛了，還是找不出一點頭緒來。

「你有沒有注意到我的頭？」他忽然問郭滅：「你看不看得出它已經變了？」

「我看不出。」

「可是我知道它已經變了，變得比平時大了三倍。」元寶苦笑：「我的頭雖然本來就不小，可是現在我一個頭最少也有平時三個頭那麼大，簡直已經變得頭大如斗。」

他又問郭滅：「你知不知道一個人的頭爲什麼會忽然變大？」

「爲什麼？」

「因爲我想不通。」元寶終於承認：「有關你們夫妻父子的事，我完全想不通。」

他捧著自己的腦袋：「本來我自己還認爲自己滿聰明的，這個世界上大概還沒有什麼我想不通的道理，可是只要一想到你們的事，我的腦袋馬上就會發脹，脹得又大又重，重得好像連我的脖子都快要被它壓斷了。」

「你本來就不該去想的，」郭滅說：「這本來就是件應該永遠淹沒的秘密，除了我們三個人之外，誰都不該知道。」

「爲什麼？」

「因爲這個秘密就像是把兇刀，是會傷人的。」郭滅說：「如果有人將它發掘出來，不但會傷害到我們，也會傷及他自己。」

「你們三個人是哪三個人？」元寶又問：「是不是李將軍、高天絕和你？」

「是的。」

「可是現在你一定要讓另外兩個人知道才行。」元寶說：「因爲這兩個人有權知道！」

他好像生怕郭滅會弄錯：「我說的這兩個人，當然就是我跟你的兒子，」元寶說：「每個人都有權知道自己身世的秘密。」

「你呢？」郭滅問元寶：「你爲什麼也有權知道別人的秘密？」

「因爲現在已經不能不知道了。」元寶說：「如果你不告訴我，你心裏也會難受的。」

壯。

他其實連一點理由都沒有說出來，但卻說得好像有一百種理由一樣，而且說得理直氣壯。

「而且我手裏就算真有把兇刀，也不會用來傷人的。」元寶很愉快的說：「就算那真的是把兇刀，到了我手裏也會變成大吉大利。」

郭滅看著他，又看看一直木立那裏的蕭峻，忽然嘆了口氣。

「好，我告訴你。」郭滅對元寶說：「這個世界上本來就沒有可以永遠隱藏的秘密，現在也好像已經到我應該把這秘密說出來的時候。」

元寶也在看著他，神情忽然也變得十分嚴肅誠懇：「你只管說出來，我保證你絕不會後悔的。」

他們互相凝視著，心裏好像已經有了一種只有他們兩個人才能體會出的溝通與承諾。

他們都知道對方已經完全能夠瞭解自己的意思。

所以郭滅就說出了他的故事……

二

多年前，一個頑皮而好動的孩子在荒山中迷了路，在那座荒山裏迷了路的人，不是被虎豹當做了一頓盛餐，就是被活活餓死，從來也沒有一個人能夠活著走出來的。

這個孩子的運氣卻特別好，因爲他在無意中闖入一個神秘的山谷，遇見了一對年紀跟他差不多的姐妹，就像是天仙般美麗的姐妹。

她們不但救了他，而且還將他帶回家去。

這個孩子當然也是個非常聰明、非常可愛的孩子，而且非常會討人喜歡。

這是他從艱苦的生活中訓練出來的。

他本來是個命運極悲慘的孤兒，可是從那一天之後，他的命運就改變了。

因爲那一雙姐妹的父親，是位隱居已久的異人，一身神奇的武功已入化境，只因爲愛妻的慘死才遁世埋名，隱居到這座荒山裏。

他接納了這個孩子。

他看得出他的兩個女兒都很喜歡這個孩子，也看得出這個孩子絕頂聰明。

這一雙姐妹雖然同樣美麗，可是脾氣卻完全不同，姐姐溫柔文靜，妹妹爭強好勝，而且常常會發一點小脾氣。

這個孩子年紀雖小，卻已經懂得要用什麼法子才能讓她們姐妹兩人都很開心。

在一種一定要艱苦掙扎才能生存下去的生活中，每一個人都不能不努力學習這一類的事，何況那時候他只不過是個還不滿十歲的孩子。

每個孩子都有長大成人的時候，他們也不知不覺間長大了，雖然沒有人教過他們，可是他們也已經懂得一點男女間的事。

這個世界上本來就有很多事是用不著別人教的。

父親的年紀已老，顯然已經準備要這個長大的孩子做自己的女婿。

這個孩子也明白這一點。

他雖然一向對驕縱任性的妹妹千依百順，但卻只有文靜溫柔的姐姐才是他的意中人。

這時候姐姐已經是個完全成熟的女人，這些事她當然也能看得出來。

所以這一對雖然還沒有名正言順的成親，卻已兩心互許的年輕人，就在一個溫柔的夏夜裏互相結合了。

這本來實在是個非常美麗的故事，就像是最美麗的神話一樣美麗。

可是後來的轉變，卻使得他們三個人都後悔痛苦了一生。

三

聽到這裏，元寶已經忍不住問郭滅：「這個孩子就是你？」

「是的。」

「那個姐姐呢？是不是李將軍？」

「是。」

姐姐是李將軍，妹妹無疑就是高天絕了，親生的姐妹怎麼會變成了死敵？

文靜溫柔的姐姐怎麼會變成了縱橫江湖的大盜李將軍？

元寶當然又忍不住要問。

「後來呢？」他問郭滅：「後來怎麼樣？」

四

後來父親漸漸老了，看來遠比他實際的年紀更蒼老得多。

因爲他太孤獨，太寂寞，對往事的追憶懷念太深。

這些事本來就最容易使人蒼老衰弱。

在一個淒風苦雨的晚上，就在他妻子的忌辰那天晚上，他喝了一點用山果釀成的烈酒，比平時喝得多了一點。

那天晚上他就倒了下去。

每個人都會衰老病死的，何況是一個對生命本來已經無所留戀的人，可是他在臨死的時候，卻對那個孩子說出了一個願望，最後一個願望，最後的一個要求。

他要這個孩子娶他第二個女兒，要這個孩子答應終生保護她。

這不是因爲他的偏心，而是因爲他太瞭解他的兩個女兒了。

他這麼樣做，只因爲他知道他的小女兒外表雖然比姐姐強，內心卻是脆弱的，經不起折磨，也受不了打擊，如果沒有一個又有智謀又有力量的男人保護她，她很容易就會變得沉淪崩潰。

這個孩子無疑是最適當的人，而且一向對他的小女兒溫柔體貼，無疑已互相愛慕傾心。

所以他認爲自己做了個最明智正確的決定，卻不知道這個決定竟使得他兩個女兒都痛苦終生。

——一個寂寞的老人，又怎麼會完全瞭解年輕人的心事？

這個孩子是老人一手撫養成人的，怎麼能拒絕他臨死前最後一個要求？

姐姐也沒有說什麼。

她的父親並沒有看錯她，她一向是個外柔內剛的女人，無論什麼樣的打擊她都能承受，無論受到什麼樣的委屈她都不會說出來的。

所以老人死後的第二天，她就悄悄的走了，悄悄的離開了她在這個世界上唯一的親人，唯一的情人。

她從來沒有告訴過任何人，那時候她已經有了身孕。

所以這個孩子還沒有生下來，就已經命中注定沒有父親。

五

元寶沒有看到蕭峻現在的臉上是什麼表情。

他不忍去看，也不想去看。就算他想去看，也未必能看得清楚。

因爲他自己的眼睛也是模模糊糊的，好像隨時都有眼淚快要流下來了。

他同情郭滅。

無論什麼人在那種情況下，都不會做第二種選擇的，除非這個人連一點感恩的心都沒有，那麼這種人也就根本不能算是一個人。

他也同情那個溫柔而倔強的姐姐。

父親的遺命她不能違抗，妹妹的終生幸福她不忍毀壞。

她也不願意她的情人痛苦爲難。

除了走之外，她還能怎麼樣？

元寶可以想像得到，她走的時候，她的心一定已經碎了。

他當然同情她的孩子。

可是他也知道，妹妹也是無辜的，因爲她根本什麼事都不知道。

她當然更不會違背她父親的遺命，因爲她也早已將自己默許給郭滅。

一個女孩子怎麼會無緣無故的拒絕嫁給一個她本來就深愛著的人？

老人也沒有錯。

一個做父親的人，在垂死的時候，爲自己的女兒選擇一個可以託付終生的伴侶。

誰能說他做錯了？

他們都沒有錯，那麼錯的是誰？

元寶也說不出來，這種事本來就是任何人都無法判斷的。

所以元寶只能問：「後來呢？」他又問郭滅：「後來怎麼樣？」

六

後來「天絕地滅」就在江湖中出現了，忽然像奇蹟般出現了。

那時候還沒有人知道他們是夫妻，也沒有人知道高天絕是女的，她不願讓人知道。

因爲她認爲女人在江湖中總是被人輕視的。有很多英雄好漢遇到女人時總會先讓三分，有些甚至根本不願和女人交手。

她不要別人讓她，她要別人怕她。

「天絕地滅」的威名日盛，綠林中的英豪、黑道上的好漢，敗在他們手裏的也不知道有多少，如果他們要追捕一個人，從來也沒有任何人能逃脫他們的掌握。

只有一個人是例外。

這個人就是在他們聲名最盛時，忽然出現的三笑驚魂李將軍。

爲了追捕李將軍，「天絕地滅」曾經擬訂出一個無比周密精確的計畫，動員了所有的力量和人力，而且等了六個月。

可惜他們還是失敗了。

對他們計畫中的每一個步驟、每一個細節，竟好像都早已在李將軍的預料中。

他們從未見過李將軍，可是李將軍竟好像對他們的生活習慣非常瞭解，甚至好像對他們的思想都很瞭解。

天上地下，只有一個人能夠如此瞭解他們。

絕對只有一個人。

七

艙裏的空氣更污濁，郭滅呼吸已經很困難。

他傷在胸腔，他的傷勢很不輕，但他卻還是勉強支持著說下去。

「那時候我們才想到，這位大笑將軍很可能就是高天儀。」

高天儀，這是元寶第一次聽到李將軍的真名，也是蕭峻第一次聽到他母親的名字。

郭滅的神情黯然：「我們三個人在一起生活了多年，除了她之外，絕沒有第二個人能夠如此瞭解我們。」他說：「可是到那時候爲止，高天絕還不明白她的姐姐爲什麼要和我們作對。」

「你爲什麼不告訴她？」

「有一個人傷心已經夠了，我爲什麼還要讓她也傷心？」郭滅嘆息：「何況這種事本來就是不足爲人知道的，說出來對誰都沒有好處。」

「我不怪你，因爲你是局中人，」元寶也在嘆息：「當局者迷，這句話既然能流傳至今，多少總有點道理的。」

元寶又說：「可是我也不明白，當初她既然已經悄悄的走了，既然已經願意服從她父親的遺命成全你們，後來爲什麼又要這麼做呢？」

「那時候我也不明白，因爲我也不知道她已經有了我的孩子。」郭滅道：「有些結越打越死，越解不開，有些事也一樣，越想越想不開，一個女人生了孩子後，想法也會變的。」

女人的思想，本來就沒有男人能完全瞭解。

郭滅說：「所以那時候我想去找到她，單獨去跟她談一談。」

「你找到她沒有？」

「我找到了。」

「你們出動了那麼多人都找不到她，爲什麼你一個人去反而找到她了？」

「因為那時候我已知道她是誰了，」郭滅說：「她的思想和習慣我也同樣瞭解。」

元寶忽然嘆了口氣：「那就糟了。」

「為什麼？」

「你們三個人是一起長大的，你能找到她，高天絕當然也能找到她。」元寶說：「你找到她的時候，高天絕一定已經在附近了。」

元寶苦笑：「只可惜那時候你不但是當局者，而且又沒有我聰明，所以一定想不到這一點，所以一定被高天絕當場抓個正著。」

郭滅沒有回答，因為他的呼吸已經更困難，已經說不出話來。

元寶本來還有很多事要問的。

——高天絕發現了她丈夫和她姐姐的私情後，是用什麼樣的方法和態度來處理這件事？

——高天絕的手臂怎麼會被砍斷？是被誰砍斷的？

——李將軍為什麼會忽然退隱？悄悄的帶著她的兒子隱居到鄉間，鬱鬱的含恨而死？死前為什麼要把她的兒子託付給丐幫？

——郭滅為什麼要同時和他的妻子及他的情人斷絕，為什麼又在天下英豪圍剿他的時候，承認他就是李將軍？

蕭峻現在已經明白很多事了。

——他已經明白高天絕為什麼要砍斷他的一條臂。

——他已經明白他聽到高天絕的聲音時，爲什麼會覺得那麼熟悉親切。

——他也已明白，任老幫主爲什麼要說他母親是被李將軍害死的。

如果不是因爲情仇糾纏，無法化解，他母親怎麼會化身爲李將軍？

如果李將軍這個人從未出現過，他母親怎麼會鬱鬱而死？

——他當然也已明白，高天絕爲什麼一定要他去殺郭滅，可是在他得手後非但沒有愉快得意之色，反而發出了那種又悲傷又可怕的笑聲。

這些錯綜複雜的事，蕭峻現在雖然已完全瞭解，可是元寶想不通的問題，也同樣是他想不到的。

他也和元寶一樣，很想問個清楚。

但是現在他們都已經不能問了。

現在這些問題都已經不是最重要的一個問題，最重要的一個問題是，他們怎麼樣才能離開這裏。

因爲他們如果不趕快離開這裏，很可能就要被活活悶死。

那時候他們當然還不知道空氣中如果缺乏氧氣，無論武功再高的人，都會覺得疲倦衰弱無力，然後就會長眠不起。

可是一個人如果無法呼吸就會被悶死，這件事卻是古往今來人人都知道的。

元寶忽然說：「只有一個法子，」

他說：「我想來想去也只有一個法子。」

「什麼法子？」

「把下面的船板打破一個洞，讓海水倒灌進來，我們就可以出去了。」元寶嘆了口氣：「只可惜這個法子並不容易。」

這個法子當然不容易。

因爲這是條造得特別堅固的船，每一塊船板都是經過特別選擇的堅木，而且遠比任何人能看得到的木板都厚得多。

如果郭滅沒有受傷，在他說來，這只不過是舉手之勞而已。

可惜他不但受了傷，而且傷得極重。

元寶還抱著萬一的希望，所以還在問郭滅：「你的傷口有沒有敷藥？有沒有好一點？」

終日在刀口討生活的江湖人，總難免有受傷的時候，身上總會準備有一些獨門傷藥的。

可惜郭滅不是別人，所以元寶很快就打消了自己這個想法。

「你身上當然不會有傷藥。」元寶嘆氣：「如果我的武功也像你一樣，已經認爲世上沒有人能傷我毫髮，我也不會帶傷藥的。」

郭滅已經沒有反應。

他忽然覺得非常疲倦，非常非常疲倦，他這一生中從未覺得如此疲倦過。

他雖然還能聽得到元寶說話，可是已經沒有一點反應的能力了。

就好像元寶和蕭峻一樣，他們雖然還能思想，可是思想已經變得比平常遲鈍得多。

他們忽然也陷入一種半昏迷的狀況中。

直到他們忽然聽到一陣「叮叮咚咚」的敲打聲時，他們才比較清醒一點。

聲音就是從他們想要打破的船板外面傳來的。

他們想把船板打出一個洞，可惜他們已經完全沒有力氣。

現在外面居然有人在替他們敲打，而且好像很快就要打出一個洞來了。

外面的人是誰？

這裏最底層的空艙，已在湖水下。

「通」的一聲響，船板忽然被打開了一個大洞，可是外面卻沒有湖水湧入。

連一滴水都沒有，只有風。

元寶驟然驚醒，立刻怔住。

他確實是個聰明絕頂的人，可是他也想不通外面爲什麼沒有水只有風？

廿三 鼓掌

一

四月十九，夜。

這天晚上到過大明湖左岸一邊的人都會覺得非常奇怪，非常非常奇怪。

因爲他們看到了一條船。

看見一條船絕不是件奇怪的事，就算看見幾十幾百條也不算奇怪。

奇怪的是，他們看見的這條船本來明明是在水面的，卻忽然「走」到岸上了。

一條船怎麼能在陸上走？

有些人認爲一定是自己的神智忽然變得有點錯亂了，趕快跑回家去蒙頭大睡，有的人回去告訴了他的老婆，馬上就挨了老婆一個大耳刮子，說他一定是在外面跟女人喝酒鬼混，回來還要編出這種鬼話騙人。

這種事本來確實不可能會發生的。

還有些人的膽子比較大，好奇心也比較重，決心要去看個究竟。

他們居然看見船底下有好多雙腳。

一條船絕不會自己生出腳來，這些腳當然是人的腳。

這條船當然不是自己「走」上來，而是被很多人抬上來的，很多很有力氣的人。

這些人是不是有毛病？爲什麼要辛辛苦苦的把一條船從湖裏抬上岸來？

二

水面上絕不會有風，風是從哪裏來的？

蕭峻手裏提著的那盞氣死風燈早就滅了，外面也一片漆黑，什麼都看不見，當然更看不見人。

元寶忽然問了個讓人莫名其妙的問題：

「你猜是誰？」他問蕭峻：「是高天絕？還是田雞仔？」

蕭峻沒法子回答這個問題，他根本不明白元寶是什麼意思。

元寶解釋：「如果這條船還在水上，這層空艙一定在水面下，」他說：「可是水裏是絕不會有風的。」

「難道這條船已經不在水上了？」

「大概是不在了。」元寶說：「可是一條船也絕不會走上岸來。」

「你認爲已經有人把這條船抬上岸來？」

元寶點頭：「所以我才問你，你猜是高天絕叫人抬的，還是田雞仔？」

「爲什麼一定是這兩個人？」

「要把這麼大的一條船抬上岸，至少要有七八個武功很不錯的人才抬得動，」元寶說：「除了他們兩個人之外，還有誰能命令這麼多好手來做這種絕事？」

這件事的確做得很絕，在別人眼中看來，能做出這種事來的人就算不瘋，也多少有點毛病。

「他們爲什麼要做這種事？」

「因爲他們已經算準了我們一定會躲在這層空艙裏。」元寶嘆了口氣：「你也應該看得出高天絕和田雞仔就算比我笨一點，比別人還是聰明得多。」

這一點誰也不能否認，高天絕和田雞仔無疑都是江湖中的奇才。

「我們這三個人都是他們一心想要抓住的，而且還要活口。」元寶說：「他們也想到我們很可能會把船底打個洞，從水裏逃走。」

元寶說：「在水底下，人總比魚要差一點，水底下的事，無論誰都沒法子完全控制，他們在水底下的功夫大概也不太靈光。」

蕭峻也想到了這一點。

丐幫的故幫主一直優遊在太湖，以舟爲家，蕭峻一直跟著他。他的水下功夫，絕不會比他的陸上功夫差。

這一點也是江湖上都知道的，所以誰也不願意跟他在水裏交手。

「可是在陸上就不同了。」元寶說。

「他們當然都知道郭滅已經負傷。到了陸上，他們根本就沒有把我們兩個人放在眼裏。」元寶說：「把一條船從水上抬到岸上來，對他們來說並不是件很困難的事，又不要費他們自己的力氣。」

他嘆了口氣：「所以不管是高天絕還是田雞仔，爲了萬全之計，都一定會這麼做的。」

元寶又說：「我也會這麼做的。」

終於有聲音了，鼓掌的聲音。

元寶微笑鞠躬，就好像一位名伶在演出他的得意傑作後，接受熱情觀眾的掌聲一樣。

然後他就用一種很愉快的聲音說：

「能夠讓田先生佩服我實在不容易，如果這裏有酒，我一定自己先乾三杯。」

掌聲停止，外面有人在問：「你怎麼知道是我？」

元寶的回答簡單極了：「因爲高天絕不會鼓掌。」

——只有一隻手的人怎麼會鼓掌？

外面有人笑了，大笑！

笑聲果然是田雞仔的聲音，可是他並沒有進來，船板上那個大洞外面仍然是一片黑暗，有田也看不見田，有雞也看不見雞，有人也看不見人。

所以元寶又忍不住要問：「田先生，」他問田雞仔：「是你要進來？還是要我出去？」

「你猜我會不會讓你出來？」

「你不會的，」元寶嘆了口氣：「我只希望你進來的時候，帶點東西進來。」

「你要我帶什麼？」

「你猜呢？」

「帶一點酒好不好？」田雞仔說：「另外再帶一點下酒菜。」

「不好。」

「不好！」田雞仔聲音顯得很驚訝：「爲什麼不好？」

「因爲你太小氣了，」元寶說：「如果你要帶酒來，就不要一點一點的帶，我生平最受不了的就是一點酒一點菜一點人。」

「一點人是什麼意思？」

「如果你進來的時候，並沒有全部進來，只進來了一點。」元寶道：「譬如說如果你只進來了一點手，一點腳，把其他的部分都留在外面了，你說我能不能受得了？」

田雞仔大笑：「我保證我一定會全部進去的，而且把我全部財產都買酒帶進去。」

「現在你的全部財產有多少？」元寶嘆著氣：「我知道你財產一向不太多的。」

「可是現在不同了，」田雞仔說：「我保證你看見的時候一定會嚇一跳。」

燈。明亮亮的燈。

一盞二盞三盞四盞五盞……

一長列明亮亮的燈。

這是元寶最先看見的東西。

然後他就看見提著燈籠的女人。

美麗的女人，穿著繡花絲綢，挽著高髻的女人。

元寶的眼睛愈瞪愈大。

因爲提著燈籠的女人，每一個都明艷照人，彷彿一輪明月，清麗絕俗。

八個美女在洞外款擺腰肢，彎一下身，然後魚貫走入船艙。

她們分列兩行，每行四人的站著，動也不動的站著。

一陣清脆嘹亮的聲音，忽然自遠處傳來：「二十年的女兒紅！」

四個同樣裝束，同樣美麗的女人，二前二後抬著兩根竹竿，竹竿中央縛著一塊豹皮，豹皮中央放著一罈酒。

她們走入船艙，盈盈向元寶一笑，輕輕將酒罈放下。

清脆嘹亮的聲音又從遠處傳來：「二十年的貴州茅台！」

那四個女子以相同的動作，將茅台放在元寶面前。

然後是蓮花白、竹葉青、波斯葡萄酒……

然後忽然間進來的不是美女，而是一個上身赤條條的大漢。

這個大漢一言不發，在被打破的船洞邊量量度度，然後忽然出掌，如削豆腐般將原來的洞口削成方形。

這大漢再在洞口比比，就站到船艙正中央，兩手一上一下伸出。

元寶他們好奇的看著大漢，正想出言發問，忽然「嗖」地一聲，有物體破空聲自外傳入。

大漢馬步紮穩，「嗖」的聲音，落在他手上。

他手上已多了一張漆黑亮晶晶的木桌子。

他將木桌放在船艙中央，退出。

清脆嘹亮的聲音，又從遠處傳來：

「珍珠丸子！」

元寶皺起眉頭，說：「珍珠丸子也算名菜？」

元寶正想笑，忽然閉起嘴，滿臉驚訝的注視著中央的木桌。

木桌上正放著一籠剛端進來的珍珠丸子，熱氣騰騰的還在冒煙。

蕭峻看看這一道菜，臉上的表情，絕對比元寶更加驚訝，其他人的表情也差不了多少。

因爲這真是名副其實的「珍珠」丸子，每一個滾圓的丸子上，都有一顆直徑近一寸的珍珠嵌在上面。

白亮亮滾圓圓的珍珠！

元寶真的嚇了一跳！

「你現在該相信我的話了吧！」田雞仔的聲音，忽然從洞外傳來。

然後，是他得意之極的大笑聲。

元寶嘆了口氣：「想不到，雞仔也有長大的時候！」

「雞仔本來就會長大的，」田雞仔愉快的說：「你沒有看過公雞冠都非常美麗嗎？」

「你是會下蛋的公雞！」元寶說：「不但做事漂亮，還會變錢。」

「對，對極了！」

三

田雞仔看起來好像並沒有變得太多，還是一副懶洋洋的樣子，能夠坐著的時候還是不願走路。

只不過現在他坐的已經不是那張有木輪的椅子，也用不著自己用手推。

他是被人抬進來的，舒舒服服的坐在一張織金軟榻上，被四個高大健康而美麗的女孩子抬進來的，每個女孩子都有一雙修長而結實的腿。

元寶居然認得其中一個，兩條腿長得最結實最好看的一個。

他當然不會忘記這個女孩子，他雖然並不多情，卻也不會忘恩負義。

這個女孩曾經不顧一切的去救他，當然也不會忘記他。

可是現在她看到他的時候，卻好像沒看見一樣。

所以元寶也只有假裝從來沒有看過她，不管她是爲了什麼不去自由自在的走江湖賣藝，也不管她爲什麼要裝得和元寶不相識，元寶都不想拆穿她的秘密。

空艙已經不空了，田雞仔也已經不是以前的那個田雞仔。

元寶上上下下的看了他半天，然後才問他：「剛才你是不是說我講的話對極了？」

「好像是的。」

「其實是不對的，完全不對。」元寶說：「其實我剛才說的那些話完全都是放屁。」

「放屁？」田雞仔笑了：「你的嘴巴會放屁？」

「不但會放，而且放得其臭無比。」

「哦。」

「公雞是絕不會生蛋的，不管是大公雞也好，是小雞仔也好，都一樣不會下蛋。」元寶說：「銀錢也不會自己變出來。」

「哦！」

「田老爺子管教兒子一向是有名的，就算有錢，也不會拿給你。」元寶說：「就算拿給你一點，也不會讓你這麼樣胡亂折騰。」

田雞仔嘆了口氣：「老實說，我每個月拿的月例銀子，比大三元門口那個賣花的老太婆還少。」

「那麼你怎麼會忽然變得這麼闊氣起來了？」

「你猜呢？」

「如果我猜不出，你一定會認爲我是個笨蛋。」元寶說：「如果我猜出來，你也不會承認的。」

「那倒說不定！」田雞仔道：「如果你真的能猜出來，說不定我就會承認。」

「你真的要我說出來？」

田雞仔嘆了口氣：「現在我就算不要你說恐怕也不行了。」

元寶大笑。

「你實在是個聰明人，簡直已經快要跟我差不多聰明了，我一定要先敬你幾杯。」他居然好像是個好客的主人一樣問田雞仔：「你要喝什麼？是二十年的女兒紅？還是竹葉青？你想喝什麼就喝什麼，千萬不要客氣。」

田雞仔笑了：「主人究竟是你還是我？」

元寶的回答就好像他平常說的那些怪話一樣，又讓人不能不覺得很驚訝。

「都不是。」元寶說：「主人既不是你，也不是我。」

「那麼你認爲主人是誰？」

「是李將軍。」元寶一本正經的說：「三笑驚魂李將軍。」

田雞仔盯著他看了半天，才說：「主人爲什麼會是李將軍？」

元寶沒有回答這句話，卻慢吞吞的說：「李將軍來無影，去無蹤，江湖中誰也沒有看見過她的真面目，更沒有人知道她的下落。」元寶說：「可是就在這個月裏，忽然間大家全都知道了。」

他問田雞仔：「你想不想得通這是什麼道理？」

田雞仔也不回答，卻反問：「難道你已經想通了？」

「這個道理其實是人人都能想得通的，」元寶說：「比我笨十倍的人都應該能想得通。」

元寶很認真的告訴田雞仔：「江湖中突然有那麼多人知道了李將軍的消息，只因爲有個人故意把這個消息走漏出去了。」

這道理確實誰都應該想得通的，但卻很少有人會這麼想。

因爲這其中還有個最大的關鍵，誰也想不通！

——走漏消息的這個人是誰？他怎麼會知道李將軍的行蹤？爲什麼要將這麼重要的消息告訴別人呢？

元寶先解釋最後一個問題：「他故意將這個消息走漏出去，讓李將軍的對頭都趕到濟南來，大家混戰一場，殺得天昏地暗，他才好混水摸魚。」元寶說：「如果大家都死光了，那當然是再好也沒有。」

「有理。」田雞仔微笑：「你說的話好像多少都有點道理。」他問元寶：「可是這個人怎麼會知道李將軍在濟南的?為什麼別人都不知道，只有他知道?」

「其實他也未必知道。」

「這是什麼話?」

「這句話的意思就是說，其實他也沒有把握能確定孫大老闆就是李將軍。」元寶說：「所以他一直等了十幾年都不敢動。」

「哦。」

「他不但在濟南待了很久，而且是濟南城裏數一數二的好漢，地面上的一舉一動都休想瞞過他的耳目。」

「哦?」

「最近他忽然發現地面上有點不對了，」元寶說：「城裏忽然來了很多行蹤詭秘的陌生人，邱不倒屬下的警衛中忽然發現了一些新面孔，每個人都好像是從地下忽然冒出來似的。」

元寶嘆了口氣：「這些事當然也瞞不過他。」

田雞仔也同意：「我想大概是瞞不過的。」

「所以他立刻就發現，已經有人準備要動孫大老闆了。」

「很可能。」

「看到那些從未在江湖中出現的陌生人，他也很可能立刻就會想到他們都是高天絕近年來在暗中秘密訓練的殺手。」

「有理，」田雞仔說：「這一點孫大老闆自己一定也會想到了。」

「任何人都知道高天絕很不好對付，這個人當然也知道。」

田雞仔嘆了口氣：「天絕地滅，趕盡殺絕，落在他們手裏的人，非但全無生路，拚命得來的錢也要被他們刮光爲止。」

元寶也嘆了口氣。

「要維持這麼樣一個組織，是要花很多錢。」

「我明白。」

「可是我說的這個人已經在孫大老闆身上花了這麼多年的功夫，當然不甘心就這麼樣眼看著高天絕一手把他搶過去。」

「如果是我，我也不甘心。」

「可是他也沒把握能鬥得過高天絕。」

田雞仔又嘆了口氣：「如果是我，也沒把握。」

「所以他就索性把大家都弄到濟南來，讓大家鬥個天翻地覆。」元寶說：「等到大家鬥得精疲力盡、死的死、傷的傷，他就可以出來撿便宜了。」

田雞仔微笑：「你說的這個人，聽起來倒好像是個聰明人，而且聰明極了。」

「他確實是的，這麼聰明的人連我都少見得很。」

「你看他比起你來怎麼樣？」

「比我當然還要差一點，」元寶忽然問田雞仔：「你看他跟你比起來怎麼樣？」

「他跟我不能比。」

「爲什麼？」

「因爲我就是他，他就是我。」

說到這裏，其實大家都已猜出元寶說的這個人是誰了。

可是這句話從田雞仔自己嘴裏說出來，大家都還是難免要吃一驚。

元寶又在嘆氣：「你爲什麼一定要自己說出來？你自己說出來多不好玩。」

「你要我怎麼樣？」田雞仔微笑：「難道一定要等你把刀架在我脖子上，逼著要我說出來的時候你才覺得好玩？」

「那也不好玩。」元寶說：「其實這件事一開始我就覺得不好玩。」

「爲什麼？」

「因爲死的人太多了。」元寶說：「最不好玩的是，有些不該死的人也死了。」

「哦？」

「牛三掛近年一直就待在東海之濱，一定見到過我，所以想把我抓住，利用我來要脅我家裏的人，幫他們來對付李將軍。」

「所以他們都死了。」田雞仔道：「我認爲他們死得並不冤。」

他又說：「邱不倒死得也不冤，高天絕手下那些人死得更不冤。」

元寶忽然打斷了他的話，忽然用一種很嚴肅的態度問他：「柳金娘呢？柳金娘死得冤不冤？」

田雞仔忽然閉上嘴不說話了。

「你在孫大老闆家裏當然有內線，你的內線就是柳金娘。」元寶說：「她出自深宮，見多識廣，對孫大老闆的身體骨骼構造比誰都瞭解，她早已看出孫大老闆不是個普通生意人，而是位身懷絕技的內家高手，這一點是絕對騙不過她的。」

田雞仔還是閉著嘴。

元寶又道：「她也是個人，而且是個寂寞的女人，遇到了你這種男人，她當然只有投降。」

孫大老闆的錢太多，事也太多，身邊一些人的私生活，就不能管得太多了。

如果一個男人總認爲自己只要招招手，女人就會跟他一輩子，而且一輩子都會等著他再招第二次手，那麼這個男人就難免會遇到一些不愉快的事了。

「我想你一定已經跟柳金娘暗中來往很久，」元寶對田雞仔說：「田老爺子表面上雖然好像不聞不問，其實什麼事都瞞不過他的。」

元寶嘆息道：「他沒有反對你們交往，因爲兒子如果風流一點，做爸爸的通常都不會反對的，甚至連做媽媽的都不會反對，父母們通常只反對自己在外面交朋友，」元寶說：「就因爲田老爺子知道你和柳金娘之間的關係，所以不相信她會死於情殺，所以才會主動調查這件事。」

「有理，」田雞仔苦笑：「你說出來的話爲什麼總他媽的有點道理。」

「現在有關這件事的人差不多都已快要死光了。」元寶說：「孫記商號裏的大小管事，當然有很多是你的兄弟，如果你能捕殺大盜李將軍，這些生意買賣當然就全都順理成章變成了你的。」

「有理。」

「就算沒理，也會變成有理的。」元寶說：「李將軍的財產本來就是贓物，你殺了李將軍，還有誰敢追究這些贓物的下落?就算有人心裏會這麼想，也沒有人敢來碰花旗門。」

元寶說：「那時候天下英雄一定都會挑起大拇指來說，田大少爺真是了不起。」

田雞仔大笑：「其實只要有你說這麼樣一句話就夠了。」

「蕭峻呢？」

「蕭堂主當然是捕殺李將軍的最大功臣之一。」田雞仔笑道：「可是自從他執掌丐幫刑堂之後，當然已不會將這些身外錢財看在眼裏。」

「高天絕呢？」元寶又問：「你不怕高天絕？」

「本來我是怕的，怕得要命，」田雞仔道：「幸好現在已經有人替我解決了這件事。」

「誰？」

「銀電夫人、無聲霹靂，和你那位湯大老闆，」田雞仔故意嘆了口氣：「他們不是兩敗俱傷，而是四敗俱傷，傷得雖然不重，也不太輕。」

元寶的臉色變了。

田雞仔笑得更愉快：「可是你一點都用不著擔心，因爲我們是朋友，看在你的面子上，我絕不會對他們有一點不客氣的。」

「你準備對我們怎麼樣！」

「我準備花九千兩銀子替你備兩匹最好的馬、一輛最好的車，把你們一起送回東海之濱。」田雞仔的態度忽然變得很誠懇：「你離家已經很久了，老太爺一定已經在耽心。」

他的態度不但誠懇，而且嚴肅：

「而且我也知道你不會對我怎麼樣的，因爲我做的並不是壞事，我只不過抓住了一個大盜而已，如果人人都說這是天網恢恢，疏而不漏，我也絕不會臉紅的。」

元寶苦笑：「就算以後有人稱你爲大俠，我看你也不會臉紅的。」

田雞仔的臉果然沒有紅：「總有一天你也會成爲大俠的，那時候蕭堂主一定也已榮任丐幫幫主，我們三個人互相照顧，江湖中就全都是我們的天下了。」

他越說越愉快，笑得已經連嘴都合不攏來。

元寶也陪著他笑，笑得也很愉快。

「所以現在你們兩位就該成全我，讓我把這位李將軍帶走。」田雞仔說：「我這一輩子絕不會忘了你們的好處。」

「你一定要把李將軍帶走？」

「不錯。」

「那麼你就走吧，」元寶忽然不笑了，嘆著氣道：「只不過這趟路可遠得很，而且一去之後，就永遠回不來了。」

「你說的是什麼路？」

「當然是有去無歸的黃泉路。」

「黃泉路？」田雞仔問：「我爲什麼要走到黃泉路去？」

「因爲李將軍早就去世了。」元寶說：「你要去找他，不走黃泉路怎麼找？」

田雞仔微微變色，盯著元寶看了半天，又露出笑容：

「李將軍雖然受了點傷，可是我保證他一時半刻還死不了的。」

「那麼他的人呢？」

「就在那裏。」

「在哪裏？」

元寶問田雞仔：「我怎麼看不見？」他眼珠子直轉，最後才停留在郭滅身上：「難道你說的就是他？」

「除了他還有誰？」

「難道你認爲他就是三笑驚魂李將軍？」

「難道他不是？」

元寶忽然大笑，笑得彎下了腰，笑得連氣都喘不過來，就好像一輩子都沒有聽過這麼好笑的事。

「如果他就是李將軍，那麼，我一定就是楚香帥了。」

他指著自己的鼻子：「你看我像不像楚香帥？」

田雞仔居然還能沉得住氣，等元寶笑完了之後才問：「他不是李將軍？」

「當然不是。」

「那麼他是誰？」

郭滅一直坐在那裏，臉上帶著欣賞的笑容，就好像在看戲一樣看著他們，直到這時候才開口：「我姓郭，叫郭滅。」

四

田雞仔怔住了！臉上的表情就好像元寶第一次聽到這個名字的時候一樣。

無論誰忽然聽到這種事的時候都會變得這樣子的。

可是田雞仔畢竟和別的人有點不一樣，他臉上居然很快又露出了微笑。

「想不到，實在想不到。」他帶著微笑說：「俠蹤已十餘年未現江湖的郭大俠，想不到居然又在這裏出現了，這實在是天大的喜事！」

「你不信？」元寶替郭滅問。

「天絕地滅縱橫江湖時，我好像還在穿開襠褲，要尿尿的時候總是尿得一腿一腳，怎麼能見得到當世大俠的真面目？」田雞仔道：「我既然從未見過郭大俠的真面目，又怎麼敢不相信這位朋友就是郭大俠？」

他嘆了口氣：「我只不過覺得有件事不太對而已。」

「什麼事不對？」

田雞仔說：「可是高夫人久別重逢，本來應該高興得要命才對，」

「高夫人與郭大俠久別重逢，本來應該高興得要命才對，反而好像一心只想要郭大俠的命。」

他問元寶：「你是個天才，你比我聰明，你能不能告訴我這是怎麼回事？」

元寶不能告訴他，這是他們夫妻父子間的隱秘，他怎麼能告訴別人？郭滅卻黯然道：

「因為我不但害了她一生，讓她終生殘廢，她苦心組織起來的『天絕地滅』也因我而瓦解，她要殺我，無論用什麼方法都是應該的，我絕不怪她。」

田雞仔吃驚的看著他，看了半天：「你為什麼要做這種事？」

郭滅也沉默了很久，才一個字一個字的回答：「為了李將軍。」

田雞仔更吃驚。

「你說你是為了李將軍而夫妻反目的，所以你才砍斷了她的一隻手，她才要殺你？」

「大致情況就是這樣子的。」

田雞仔又笑了：「我不信，我也不明白，你說的這個故事實在不好聽。」

田雞仔當然不明白，因為他根本不知道他們三個人之間的關係。

元寶卻已經明白了。

——郭滅與李將軍相見時，高天絕隨後而來，妒恨交迸，姐妹成仇，在那種情況下，難免會動起手來。

——李將軍的武功也許本來就比高天絕差一點，也許因爲心裏多少有點難受羞慚，所以幾乎死在她妹妹的手裏。

郭滅當然不能讓她死，也許出手幫了她一招，也許替她擋了一招。高手相爭，連一招都差不得，所以高天絕一條手臂就被砍斷了。

元寶相信這件事一定是這樣的。

雖然這只不過是個大致的情形，其中的細節他當然還不知道。

他也不想知道。

這一部分的細節已經完全是別人私人的隱秘了，如果別人不說，他是絕不會問的。

他最多也只不過是覺得有些好奇而已。

——李將軍爲什麼孤身遠走，單獨去撫養他們的兒子，以致鬱鬱含恨而死？

——郭滅爲什麼要單獨到濟南城，化身爲億萬鉅富孫濟城？

這其中當然另有隱情，田雞仔當然更不知道。

「不管你說的這故事好不好聽，能夠編出這麼一個故事來的人，也算很不容易了，我實在已經很佩服你。」田雞仔又恢復笑容：「所以只要有一個人能證明你真的就是郭滅，我就相信你說的這個故事。」他看著元寶：

「你當然是不能證明的，現在不管你說什麼，我恐怕都不會相信。」

蕭峻的人彷彿在很久以前就到了遠方，到了遠方一個破舊小屋裏，一張破舊的木板床邊，陪著一個終日咳嗽的婦人，看著她在貧窮衰弱孤苦悲傷中慢慢的因悔恨而死。

她始終沒有告訴他，他的父親是誰？可是她也始終沒有埋怨過他的父親。

她悔的是自己，恨的也是自己。

蕭峻慢慢的轉過身，面對田雞仔，蒼白的臉上彷彿又有了紅暈。

田雞仔從來不怕別人看的，別人要看他，不但證明他是有名的人，而且相當好看，所以不管什麼人看他，都會讓他覺得很高興。

但是現在他一點都不高興，因爲他已經發現蕭峻的眼色裏，彷彿帶著種說不出的怨毒之色，忽然冷冷的問他：「我能不能證明？」

「你？」田雞仔笑得已經有點勉強：「你要證明什麼？難道你能證明他說的是真話？」

「我不能。」

田雞仔笑了，笑的時候卻不長，因爲蕭峻已經接著說：「我什麼都不能證明，也不必證明。」蕭峻冷冷的說：「因爲我絕不會讓你活著離開這裏。」

「難道你要殺我？」田雞仔真的吃了一驚：「我們一向無冤無仇，而且一直是好朋友，你出了事，我總是站在你這一邊，你來找我，我總是幫你的忙，現在你居然要殺我？」他當然想不通其中的道理，只有嘆氣：「你能不能告訴我，我究竟有什麼地方得罪你？」

「你沒有。」

「那麼你是爲什麼？」

「我不爲什麼。」

「你不爲什麼就要殺我？」田雞仔更驚訝：「你是不是忽然中了這個人的毒？是不是忽然瘋了？」

蕭峻沒有回答這句話，外面卻忽然有個人替他回答：

「他沒有瘋。」

一個很和平的聲音說：「只不過有些事你還不知道，他也不能說出來而已。」

廿四 前因後果

一

四月十九，黎明前。

如果無燈無火，黎明前總是最寒冷黑暗的時候，如果有燈有火，那麼這段時候也跟一天之中，任何一段時候都沒有什麼不同了。

有些人就好像是黎明前的燈火一樣，一件本來誰也看不出頭緒的事，有了這麼樣一個人出現，所有的問題都會豁然開朗。這件事也有這麼一個人。

這個人現在已經來了。

二

鄭南園慢慢的走了進來。

他的兩條腿也不知是真的有風濕，還是以前受過傷，所以通常總是坐在那個有木輪的椅子上，因爲他從來不願讓別人看到他走路的樣子，他總認爲自己走路的樣子很滑稽可笑。

現在卻絕對沒有一個人覺得他可笑，就算是爬進來的，也沒有人會覺得他可笑。

——這個人絕不是個普通人，也不是做酒店掌櫃的那種人，他幹這一行，只不過要掩飾自己真正的身分而已。

——他和孫濟城之間，必定有某種不可告人的關係，他的真實身分和他的武功，都不是別人所能想像得到的。

這些事本來都是他的秘密，可是現在，這些秘密都已經不是秘密了。

看見他進來，最高興的是元寶。

「我就知道你遲早一定會露面的，」元寶說：「你果然來了。」

田雞仔雖然也十分驚訝，卻還是忍不住要問：「夜深露寒，大掌櫃的兩條腿又不太方便，辛辛苦苦的趕到這裏來幹什麼？」

鄭南園揉著腿嘆著氣：「我實在也不想來的，只可惜非來不可。」

「爲什麼？」

鄭南園反問：「如果元寶說他能證明這個人就是郭滅，你信不信？」

「我不信。」

「如果蕭堂主這麼說呢？」

「我也不信，」田雞仔：「郭大俠失蹤的時候，他們兩位一位還沒有出娘胎，一位還在流鼻涕，他們能證明什麼？」

「幸好那時候我已不再流鼻涕，已經學會流血了！」

「流血也要學？」

「當然要學，」鄭南園說：「應該在什麼時候流血？爲什麼流血？要怎麼做才能讓血流得最少？要學會這些事並不容易，最少也要學二三十年。」

「所以那時候你的年紀已不小。」

「那時候已經有三十出頭，」鄭南園說：「所以今天我非來不可。」

「來證明他真的是郭滅？」

「是的，」鄭南園說：「這些人裏面恐怕也只有我最有資格證明這一點。」

「爲什麼？」

「因爲那一天我也在那裏。」

這句話說得實在沒頭沒尾，田雞仔當然不懂：「是哪一天？在哪裏？」

鄭南園先不回答，卻轉著臉去看郭滅，兩個人互相凝視，眼色中彷彿都帶著一種說不出的感慨。

過了很久，郭滅才慢慢的點了點頭，鄭南園才回答：「那一天也是四月十五日，只不過已經是十七年前的四月十五了。」

四月十五就是孫濟城從這個世界上消失的那一天，也正是十七年前，郭滅與李將軍從這個世界上消失的一日。

鄭南園說：「那一天李將軍和郭滅相見，高夫人趕去，三個人起了爭執，後來高夫人受傷斷臂，怒極之下，憤然而去，可是郭滅和李將軍也受了傷，李將軍中了高夫人一掌，傷勢更重。」

他說得也不太詳細，因爲他也不願揭穿這一段本來就不足與外人道的私情。

但是他卻說出了元寶和蕭峻至今都無法明瞭的一個重大關鍵。

「這件事已過去多年，本來我已經不願提起，」鄭南園說：「可是其中有一點關鍵，現在我已經不能不說出來。」他知道每個人都會聽他說下去的，所以先扳開一罈酒，喝了一大口，才接著道：「那一天他們相見時，都沒有帶部屬從人，因爲他們三個人都認爲那是件極秘密的事，也絕不會被外人知道。」

鄭南園說：「可是他們想不到我們爲了這件事也已籌劃了多年，他們衝突起來的時候，我們已經將水月庵包圍了。」

水月庵無疑就是他們的聚會之處，但是元寶卻忍不住要問：「你們？」他問鄭南園：「你們是些什麼人？」

「我們只有八個人。」鄭南園說：「因爲我們都知道天絕地滅和李將軍都是江湖中的絕頂高手，生怕驚動了他們，所以也沒有帶部屬從人。」

「哪八個人？」

「大內的一等侍衛之首『一劍鎮八荒』鐵常春、丐幫的昔任幫主任老先生、點蒼掌門吳雪岩、少林南宗的法華大師、長江三十六寨的總瓢把子俞老大、關外第一高手關東王府的馮總管、南七北六十三省聯營鏢局的總鏢頭『四平八穩』王中平。」鄭南園一口氣說出了七個人的名字。

十七年前，只要在江湖中混過一天的人，聽到這些人的名字臉色都會發白的。直到十七年後也一樣。連元寶都聽過他們的名字。

「你說只有八個人，好像還嫌太少了，」元寶苦笑：「這八個人哪一個都比得上八百個。」

鄭南園並不否認。

「李將軍犯的案太多，膽子太大，什麼人都敢動，」他說：「天絕地滅的手段太辣太狠，所以這八個人才會出手。」

「可是你只說出了七個人的名字。」元寶問鄭南園：「還有一個人是誰？」

「還有一個只不過是個捕快而已。」

「只不過是個捕快也就沒什麼了不起了。」元寶說：「天下的捕快也不知道有幾千幾百個，了不起的最多也只不過有一個而已！」

「哦？」

「我也只不過聽人說過，這個了不起的捕快好像也姓鄭。」

「好像是。」

「你是不是也聽說過這個人？」元寶又問鄭南園：「他的名字是不是叫鄭破，是不是還有個外號叫鄭沒有？」

「好像是。」

「鄭沒有的意思，當然不是什麼都沒有。」

元寶道：「而是說不管什麼樣的案子，只要到了他的手上，就沒有破不了的。」

他盯著鄭南園：「你一定就是鄭沒有。」

這本來已是毫無疑問的事，鄭南園卻搖了搖頭。

「我不是。」他微笑道：「你這位天才兒童終於還是猜錯了一次。」

「你不是鄭沒有？」元寶很意外：「那麼你是誰？」

「鄭南園和孫濟城都是我們假造出來的名字，我根本不姓鄭。」

「你本來姓什麼？」

「姓鐵。」

元寶吃了一驚：「你就是那時候江湖中的四大劍客之一，皇宮大內的第一高手，『一劍鎮八荒』鐵常春？」

「是的，」這位鄭南園說：「我就是鐵常春。」

元寶怔住了，過了半天才長長嘆了口氣。

「鐵常春，『一劍鎮八荒』鐵常春，連我那個眼睛一向長在頭頂上的三姐夫對你的劍法都佩服得很。」元寶苦笑道：「如果我告訴他這些年來，你一直在做酒樓掌櫃，打死他也不相信的。」

「你呢？」鐵常春問元寶：「你信不信？」

「我信，」元寶說：「可是我不懂。」

「不懂？」

「你早已知道孫濟城就是郭滅，而且知道他跟李將軍的關係，爲什麼還陪他在這裏耽了十幾年？而且還天天陪他喝酒？」元寶問：「吳雪岩、法華大師、王中平那些人爲什麼也不管你們？」

「因爲我們之間有約。」

「有約？」元寶又問：「什麼約？」

鐵常春嘆了口氣：「這件事又得從頭說起了。」

「你說，我聽。」

「那天在水月庵裏，李將軍雖然受了重傷，郭滅也掛了彩，而且被我們八個人包圍了。」鐵常春說：「普天之下無論誰被我們包圍住，都休想能逃走的，這一點他們當然也明白的。」

「這一點我也明白。」元寶說。

「但是他們卻完全沒有一點畏懼退縮之意，兩個人都下定了決心，要死也死在一起，不管怎麼樣都要跟我們決一死戰。」

元寶挑起了大拇指，大聲道：「好！好一個李將軍，好一個郭滅！」

「只可惜這一戰是萬萬打不得的。」

「爲什麼？」元寶問：「難道你們八位高手反而怕了他們兩個人？」

鐵常春苦笑：「怕倒不是怕的，只不過我們也不能讓他們死在那裏。」

「爲什麼？」

「因爲皇宮大內的失寶仍在他們手裏。」鐵常春道：「這一點吳雪岩、任老幫主、法華大師雖然不在乎，馮總管、王總鏢頭、鄭捕頭，和我卻在乎得很，俞老大和王中平是郎舅之親，也不能讓他唯一的妹妹做寡婦。」

鐵常春道：「我們當然也知道，如果我們以勢相逼，對李將軍和郭滅是一點用也沒有的，所以我們只有跟他們談交易了。」

「什麼樣的交易？」

「我們雙方各推一個人，一陣決勝負。」鐵常春道：「如果他們敗了，就將失寶交出。」

「如果你們敗了呢？」

「那麼他們雖然還是要交出大內的失寶，可是我們也得接受他們兩個條件。」鐵常春說：「這個交易所以能談得成，也因爲他們提出的兩個條件不但公道合理，而且也讓我們顧全了江湖道義，所以連法華大師那麼方正的人都沒有反對。」

「他們提出的是什麼條件？」

「第一個條件就是保證李將軍的安全，既不能損傷她的毫髮，也不能將她逮捕歸案。」

鐵常春道：「這個條件法華大師和吳雪岩本來都不肯接受的。」

「後來呢？」

「直到郭滅說出了一件事後，法華大師才回心轉意。」

「什麼事？」

「他說，李將軍雖然做下無數件巨案，盜得的珠寶錢財何止億萬，可是她自己卻分文未動。不出來做案時，居然還是跟她的幼子在一間破舊的木屋裏，過著清貧如洗的日子，以替人縫補刺繡爲生。」鐵常春長嘆道：「李將軍的狷介，實在讓人佩服得很。」

江湖中人一直找不到李將軍的行蹤，也許就因爲誰也想不到，縱橫天下的李將軍平時過的竟是這種日子，她這麼做絕不是爲了要避人耳目，而是保全她母子的清白，要她的兒子做一個堂堂正正的人。

蕭峻的人雖然好像已經完全痲木，可是眼睛裏已有了淚光。

——一間破舊的小屋，一張破舊的木板床，一個終日咳嗽的婦人。

多麼悲傷的歲月，多麼痛苦的生命，卻又多麼令人尊敬。

元寶的眼睛好像已經有點發紅了，忽然大聲說：「李將軍，我佩服你，如果你還活著，我一定跪下來跟你磕三千六百個響頭。」

鐵常春嘆息道：「所以那時我已打定了主意，那一戰就算是我勝了，我也絕不動李將軍毫髮。」他又說：「那時我們雖然並沒有親眼看見這件事，但是郭滅說出的話，普天之下有誰會不信！」

元寶又挺起胸，大聲道：「他本來就是條好漢，而且是我的朋友。」元寶說：「他肯把我這個小鬼當做朋友，我這輩子都會覺得光榮得很。」

「所以那一戰讓我雖然一直到現在走起路來還像是個小丑，可是我也不覺得不光彩。」鐵常春道：「能和這樣的英雄好漢放手一戰，實在是我生平第一快事。」

「他的第二個條件是什麼？」

「大內的失寶雖然一定要還，可是李將軍盜的大多是不義之財。」鐵常春說：「李將軍堅持要將這一筆財富用來做一些有意義的事，不讓我們拿去還給那些不仁不義的人。」

「好主意。」

「贓物無法追回，鄭破雖然無法交差，但是他也不反對。」鐵常春說：「所以第二天他就退出了六扇門，到鄉下種田去了。」

元寶又大叫起來：「好！原來鄭沒有也是條好漢子，如果我能找到他，我一定也跟他磕頭。」

「可是這一筆財富的數目實在太大，總不能胡亂送出去。」

「所以你們雙方又分別推出一個人，來掌管這筆錢財。」元寶說：「可是你們也不能讓別人知道這些錢財是怎麼來的，所以你們只有用做生意的法子來避人耳目，才好在暗中利用這筆錢財去做好事。」

「其實這也是李將軍的主意。」

「但是她自己既然不願出面，也不想出面，所以就將這副重擔交給了郭大哥。」元寶說：「那時你兩條腿已經不太方便了，已經不能回宮當差了，所以只有由你來陪他挑這副擔子。」

鐵常春嘆了口氣：「你實在是個天才，現在連我也佩服你了。」

「濟南是通商大埠，萬商雲集，所以你們就選中了這個地方。」元寶說：「在這種地方，一個人只要有錢就行了，誰也不會太追究他的來歷。」

元寶又說：「何況你們丐幫的幫主、點蒼少林兩門的掌門人、長江的總瓢把子、聯營鏢局的總鏢頭，和關外王府的總管都替你們掩護，所以這十幾年來，誰也沒有發覺你們的真實身分。」

「但是這十幾年來，我們也做了不少事，」鐵常春道：「我們已經在暗中送出去三千八百九十二萬五千六百四十三兩銀子。」

他說：「這筆數目雖然不少，可是救的人也不少，我敢保證，我們用出的每一兩銀子都是應該用的，絕對用得正正當當，問心無愧。」

「我相信，」元寶說：「王八蛋才不相信。」

鐵常春卻又長長嘆息：「唯一遺憾的事，是這些事李將軍都已看不見了，」他黯然道：「她死得實在太早。」

船艙裏忽然沉寂下來，每個人都低下頭，連那些挑酒提燈的女孩子們都低下了頭，連田雞仔都低下了頭。每個人心裏都明白，交代過那些事之後，李將軍絕不會再活下去的。

做錯的事已經做錯了，心裏已經留下了永生無法磨滅的創痕和無窮無盡的悔恨，應該做的事也都已做過，一生的心願也已算有了交代，就算她的傷不重，她也活不下去的。

元寶在心裏問自己：「她究竟是位縱橫一代的大俠，還是個可憐的女人？」

可是郭滅一定要活下去，爲了完成李將軍的心願，爲了那些需要他救助的人，爲了大局，他不但要活下去，而且還要像一個真正億萬富豪一樣活下去——活到什麼時候爲止呢？活到高天絕出現的時候爲止。

他知道高天絕遲早會找到他的，他也知道她心裏的痛苦和仇恨有多麼深，他只有走。

元寶又在心裏問自己：「他這麼做，究竟是對？還是錯？如果他錯了，應該怎麼做才是對的？」

這些問題有誰能回答？有誰敢說自己的回答是完全正確？

廿五　第三四五六七顆星

一

四月二十，黎明。

外面的天色雖然亮了，可是船艙裏並沒有受到任何影響，如果外面的天色再亮一點，船艙裏反而會變得暗一些，因爲燈火只有在黑暗中才會顯出它的明亮，到了白天就沒有用了。

這個世界上有很多事都是這樣子的。

田雞仔從椅子上站起來，拍了拍身上那套價格顯然非常昂貴的新衣裳。「現在我總算已經完全明白了，」他說：「幸好現在還不算太遲。」

「哦！」

「幸好現在這套衣裳還沒有弄髒，還可以拿去還給人家，幸好這些珍珠丸子還沒有動過，酒也只不過開了一罈，問題還不算太大。」田雞仔說：「否則就真的糟糕透頂了。」

「爲什麼？」

「因爲李將軍既然不是李將軍，田雞仔就當然還是以前那個窮光蛋。」他說：「這些東西連一樣都沒有給過錢，如果衣服髒了，酒喝光了，珍珠丸子下了肚，這筆債叫我幾時才還得清？」

他臉上居然還帶著微笑，告訴他帶來的那些人：「求求你們，幫我一個忙，趕快把這些東西抬走吧，你們的工錢也只能算一天，我以後一定會想法子給你們，絕不會賴賬。」

不管怎麼樣，田雞仔的人緣總是不錯的，因爲這些人什麼話都沒有說就走了。

元寶本來想問問那個長腿的辮子姑娘，是真的被田雞仔僱來的？還是另有圖謀而來？辮子姑娘卻好像生怕元寶問她這些話，一溜煙的走了，走出去之後，才偷偷的回頭向元寶霎了霎眼。元寶只好閉著嘴。

不管怎麼樣，這個好心的姑娘對他總算不錯，就算她們那些人真是藉著賣藝掩飾身分，到這裏來做另外一些不可告人的事，元寶也不想揭穿她，他相信以後一定還會見到她的，他們都還年輕，生命還長得很，這些事到那時他再問她也不遲。

元寶的年紀雖小，卻已懂得做事要留三分餘地了，替別人留餘地，也就是替自己留餘地，這麼樣做人總不會錯的。

燈也提走了，幸好外面的天色已經大亮，已經用不著燈了。

田雞仔伸了個大懶腰，長長吐出口氣，臉上露出最可愛的笑容，忽然說出了一句誰也想不到他現在會說出來的話。「再見！」

他說：「各位再見！」

「再見！」元寶睜大了眼睛看著他：「再見是什麼意思？就這樣你就想一走了之？」

「這齣戲已經演完了，最少我的角色已經演完了，我還不走幹什麼？」田雞仔笑得還是很愉快：「難道你們還想留下我來喝酒？」

元寶又盯著他看了半天，苦笑搖頭：「原來這個人的臉皮比我還厚，做出了這種事來，居然還滿不在乎。」

「我做出了什麼事？」田雞仔嘻嘻的說：「我既沒有偷，也沒有搶，更沒有害人。我只不過像郭大俠以前一樣，想抓一個別人一直抓不到的巨盜而已，既然抓不到，也就只好算了。」

他笑嘻嘻的看著這些人：「各位，像我這麼有風度的人，你們還要對我怎麼樣？」

元寶傻了眼，別人也無話可說。

可是外面卻有人說話了：「他們的確不能對你怎麼樣，幸好我可以，」這個人說：「我不但要打爛你的屁股，還要打斷你的兩條狗腿。」

一聽到這個人的聲音，田雞仔的臉色變了，就想溜之大吉，可惜他已經溜不掉。

田老爺子已經到了他面前，田雞仔只有趕快低頭彎腰陪笑：「老爺子，你好。」

「我不好！」田老爺子板著臉道：「我已經快要被你氣死了，怎麼好得起來？」

「那麼我就趕快回去，脫掉褲子，趴在地上，等著老爺子回去用大板子重重的打，也好讓老爺子消消氣。」

元寶本來不想笑的，卻忍不住笑了起來。

他一笑，情況就和緩多了，田老爺子順手給了田雞仔兩個大耳光。

「你滾吧，滾回去給我趴在那裏，再想往外溜我就活活打死你。」

「我滾，」田雞仔抱著頭：「我馬上就滾。」

這句話還沒有說完，他的人影已經不見了，可是他的聲音還能聽得見。

大家只聽見他遠遠的笑著說：「幸好我是人，不是狗，也沒有狗腿，幸好老爺子要打斷的是狗腿，不是人腿。」

元寶忽然大聲叫道：「只不過你以後還是要小心一點，小心我來吃你的雞腿。」

二

田老爺子不是一個人來，他進來沒有多久，後面又有兩個人跟著走了進來。

兩個女人，非常非常好看的女人，一個低頭紅著臉，居然是湯蘭芳湯大老闆。

另外一位年紀好像比湯蘭芳還大一點，可是看起來還是明艷萬方，風姿和儀表之美，更沒有任何言語能夠形容得出。無論任何人看到這麼樣一個女人，都會忍不住要多看兩眼的。

可是天不怕地不怕的元寶看見她，卻好像田雞仔看到田老爺子一樣，又想躲、又想溜。

可惜他也跟田雞仔一樣，躲也躲不了，溜也溜不掉，只有硬著頭皮上去，陪笑招呼：

「三姐，你好。」

這位貴婦人只輕輕的說了句：「老九，你給我站在那裏，不許動。」

元寶果然就不敢動了。

大家本來還在奇怪，這個連天塌下來都不會眨眼睛的小鬼，爲什麼會忽然怕成這種樣子，現在才忽然明白是怎麼回事。

頑皮的小弟弟對姐姐總是會害怕的，姐姐打起人來一定比爹娘打得還疼。

鐵常春忽然嘆了口氣，就好像放下了一副千百斤重的擔子：「謝天謝地，現在什麼事都可以解決了。」他說：「龍三小姐既然已經來了，還有什麼事不能解決？」

江湖中就算是有人不服龍三小姐，有一樣東西卻是天下無人不服的。

這樣東西是人人都知道龍家子弟一定會帶在身邊的。

這樣東西既不是吹毛斷髮的寶劍利刃，也不是見血封喉的毒藥暗器，只不過是一面小小的旗子而已，一面繡著一條龍和七顆星的旗子。

一面七星旗。

花旗門的田老爺子雖然成名已久，威鎮一方，可是對龍三小姐也和別人同樣尊敬。

龍旗還未現，已經有這麼大的威力。

「郭大俠，你受的傷不輕，我已經準備了車馬，送你到一個地方去療治。」龍三小姐說：「就請蕭堂主送你去吧。」她笑了笑，又接著道：「尊夫人臉上的傷痕也可以平復的，可是她心裏的傷痕，就只有你能治得好了，你在那裏，也許會看見她的，我只希望你能治好她的心傷。」

她的笑容溫柔，可是她說出的話從來也沒有人能拒絕。

一個像她這樣的人，是用不著大聲說話的。

「鐵大俠最好還是留在這裏，你同老爺子在一起，把李將軍未了的心願完成。」龍三小姐柔聲道：「這是積德的好事，兩位將來一定多福多壽的。」

等到大家都走了，元寶才忍不住問：「我呢？」

龍三小姐回過頭，看看他，過了很久，才輕輕的嘆了口氣：「你呀，我實在也不知道應該拿你怎麼辦。」她拉起湯蘭芳的手：「看來我只有把他交給你管了。」

湯蘭芳的臉更紅：「我……我怎麼管得住他！」

龍三小姐嫣然道：「每個人都有一個人可以管得住的，說不定你就是唯一能夠管得住他的人。」她笑得更親切：「我讓你管他一年，如果你真的能夠管得住他，那麼我就叫你一聲弟妹了。」她又故意板起臉來淡淡的說：「如果連你都不肯要他，我只好現在就把他送回家。」

湯蘭芳的頭雖然垂得更低，卻忍不住偷偷瞟了元寶一眼。

元寶也正偷偷的跟她打眼色，偷偷的對她磕頭。

當然不是真的跪下來磕頭，只不過是用一根大拇指在磕頭而已。

可是已經夠了。

三

滿天繁星，千千萬萬顆亮晶晶的星星下，有兩個人在說好像永遠都說不完的話，有些話是別人聽也聽不見的，有些話不妨聽聽。

「我知道你們家的七星龍旗威鎭天下，我也知道老太爺最疼你這個么兒子，所以也給了你七顆星。」

「嗯。」

「天降福星，點鐵成金，這顆星我見過了。」

「哦？」

「小星星、亮晶晶，那是李將軍幼年時送給郭大俠的，郭大俠成親時才被她要回去，有一次李將軍負傷，你大姐無意中救了她，她就把這顆星送給你大姐作爲信物，還對你大姐說，只要帶著這顆星的人，就等於是她的恩人，不管出了什麼事，她都會全力出手相助。」

「哦？」

「你大姐一定知道你喜歡惹是生非，怕你被人欺負，所以就把這顆星送給了你。」

「嗯！」

「另外的星呢？你能不能給我看看？」

「不能。」

「爲什麼？」

「天上有那麼多星，你不去看，爲什麼偏偏要看我的星？」

「我偏要看。」

「我偏不給你看，現在我連頭上的星都不給你看了。」

「……」

「到底你給不給我看？」

「總有一天我會給你看的，到了那時候，你想不看都不行了。」

全書完

七星龍王（全）

作者：古龍
發行人：陳曉林
出版所：風雲時代出版股份有限公司
地址：10576台北市民生東路五段178號7樓之3
電話：(02) 2756-0949　傳真：(02) 2765-3799
封面原圖：明人出警圖（原圖為國立故宮博物館典藏）
封面影像處理：風雲編輯小組
執行主編：劉宇青
業務總監：張瑋鳳
出版日期：古龍珍藏限量紀念版2025年6月
ISBN：978-626-7510-34-6

風雲書網：http://www.eastbooks.com.tw
官方部落格：http://eastbooks.pixnet.net/blog
Facebook：http://www.facebook.com/h7560949
E-mail：h7560949@ms15.hinet.net
劃撥帳號：12043291
戶名：風雲時代出版股份有限公司

風雲發行所：33373桃園市龜山區公西村2鄰復興街304巷96號
電話：(03) 318-1378　傳真：(03) 318-1378
法律顧問：永然法律事務所 李永然律師
　　　　　北辰著作權事務所 蕭雄淋律師

行政院新聞局局版台業字第3595號 營利事業統一編號22759935

定價：340元　**版權所有　翻印必究**

國家圖書館出版品預行編目資料

七星龍王／古龍 著.　-- 三版.--
臺北市：風雲時代出版股份有限公司，2025.06
面；公分.（另類俠情系列）古龍珍藏限量紀念版

ISBN 978-626-7510-34-6（平裝）

857.9　　113016825